Anne Hoffmann

Vom Mut des ersten Fisches, der das Wasser verlässt

Ein Hinweis zu Beginn

Vom Mut des ersten Fisches, der das Wasser verlässt
ist ein fiktives Werk, doch es behandelt Themen,
die potenziell triggernd wirken können.
Eine Auflistung dieser Themen (Achtung, Spoiler!)
sowie mögliche Hilfestellen findet ihr hinten im Buch.

Euer Magellan Verlag

ANNE HOFFMANN

VOM MUT DES ERSTEN FISCHES, DER DAS WASSER VERLÄSST

magellan

Für alle Hexen und Landfische

1

»Zappel nicht«, sage ich und tauche meinen Finger in ein Töpfchen mit weißer Farbe, das ich gestern im 1-Euro-Shop gekauft habe.

Emma hält abrupt inne und kneift ihr kleines Gesicht so fest zusammen, als hätte sie in eine Zitrone gebissen.

Ich muss lachen. »Hast du Verstopfung? Du sollst nur stillhalten!«

Emma kichert. Sechsjährige kriegt man mit solchen Witzen. Einfach übers Kacken reden, schon bist du der Held. Ich schmiere die Theaterschminke über ihre Wangen, male mit Schwarz tiefe Augenringe und dann mit Weiß spitze Zähnchen.

»Ich brauche noch Blut!«, fordert Emma.

»Du brauchst Blut? Bist du jetzt wirklich ein Vampir geworden?«

»Nein, ich brauche noch Blut am Mund, Felix!«

»Jaja, okay, setz dich wieder hin.«

Als ich fertig bin, springt Emma auf, um sich im Spiegel zu betrachten. Sie trägt einen schwarzen Umhang mit Stehkragen, schwarze Leggins, ein rot gesprenkeltes Shirt und dreht sich im Kreis wie eine Prinzessin, die gerade begeistert von ihrer ersten Menschenjagd heimgekehrt ist.

»Das muss ich Papa zeigen!«, ruft sie, rennt in den Flur und schreit: »Papa?!«

»Emmi«, seufze ich. »Papa musste früher los. Ich bring dich heute zur Schule. Komm, zieh dich an, und lass die armen Nachbarn schlafen.«

Vor unserem Block stehen Kürbisse in einer Reihe und warten darauf, abends angezündet zu werden. Ihre Fratzen sehen so früh am Morgen nicht besonders gruselig aus, eher müde.

Ich schließe Papas Lastenrad ab, Emma klettert in die Box und wir fahren los. Heute ist Halloween, trotzdem sind die Straßen voll mit dem üblichen Pendlerverkehr. Keuchend trete ich in die Pedale. Ich schwöre, dieses Kind wächst so schnell, dass sie mir bald Konkurrenz macht. Mein Blick fällt auf meine langen Finger, die Brille rutscht über den dünnen Nasenhöcker und ich schiebe sie ungeduldig wieder hoch.

»Felix!«, quengelt Emma, als wir an einer Ampel halten, mitten in einem Pulk anderer Fahrradfahrer.

»Was?«, erwidere ich.

»Können wir hier Stopp machen?«

»Wieso? Was ist los?«

»Ich muss dir etwas zeigen!«

»Emmi, wir müssen zur Schule.«

»Bitte, ganz kurz nur!«

Schnaufend steige ich vom Rad ab und drängle mich auf den Gehweg durch. Ich weiß nicht, ob das Fahrrad heute schwerer ist als sonst oder ich einfach besonders schlapp bin.

»Na gut«, keuche ich. »Was willst du mir zeigen?«

»Das lebende Haus! Lenny hat gesagt, es steht beim Schwimmbad.«

»Das – was?«

»Hast du nichts davon gehört? Fee, hast du keine Freunde? Alle reden über das Haus.«

»Sag mal!«, antworte ich. »Ich *habe* Freunde. Und ich geh sowieso nicht gerne auf den Rummel.«

»Nein, es gehört nicht zum Rummel, es ist ein richtiges Haus, hier um die Ecke. Lenny hat gesagt, dass es zum Leben erwacht ist!«

»Na, wenn *Lenny* das sagt …«, beginne ich und will unser Fahrrad zurück zur Ampel lenken, doch Emma greift blitzschnell nach ihrem Gurt und schnallt sich ab. »Hey«, füge ich hinzu, »sitzen geblieben!«

»Können wir uns das Haus angucken gehen? Bitte? Nur ganz kurz.«

»Nein.«

»Wieso?«

»Weil wir zur Schule müssen.«

Diese Antwort ist kein valides Argument für Emma. Trotz meiner Widerworte klettert sie aus ihrer Holzbox und rennt einfach los.

»Was zum Teufel? Stopp!«

Emma ist schnell. In ein paar Sekunden hat sie den kleinen Platz an der Kreuzung überquert und biegt hinter der glatten, hohen Mauer des Schwimmbads ab. Ich eile ihr hinterher, das Rad hüpft polternd über schiefe Gehwegplatten.

»Emma?«, rufe ich.

Hinter dem Eingang ist nichts von ihr zu sehen. Der Verkehr der Bundesstraße dröhnt in meinen Ohren und mischt sich mit dem Kreischen und Zischen einer nahen Baustelle. Mist. Wir sind am Rand von Berlin – die Stadt übertönt mich mit Leichtigkeit. Langsam werde ich panisch. Was, wenn Emma auf die Straße rennt? Sobald sie richtig aufgeregt ist, guckt sie nie nach links und rechts. Ich versuche schon ewig, ihr das abzugewöhnen. In einer Kurzschlussentscheidung stoße ich das Rad in einen struppigen Busch und bete zu den Fahrradgöttern, dass es dort für fünf Minuten unbehelligt bleibt. Dann kämpfe ich mich durch ein Wirrwarr aus Bauzäunen.

»Emma?!«, rufe ich wieder.

»Hier!«, antwortet sie.

Erleichterung schwappt über mich, als ich einen kleinen Vampir finde, der neben einem abgesperrten Gehweg steht und auf die Fassade einer alten Villa deutet. Doch Emma ist so unbekümmert, dass meine Erleichterung zu Wut wird. »Du kannst nicht einfach wegrennen!«, blaffe ich. »Hier ist überall Verkehr! Willst du überfahren werden? Mann, reiß dich jetzt zusammen. Ich muss auch zur Schule.«

»Aber guck erst mal!«

»Nein, ich hab jetzt die Schnauze voll!«

»Aber guck doch!« Emma springt auf und ab und zeigt weiter auf die Villa, die ihrerseits von Bauzäunen und hohen Brombeerbüschen umgeben ist. »Das ist das Haus! Das Haus, das um Hilfe ruft!«

Ich trete neben sie und greife nach ihrer kalten Hand. »Schluss jetzt. Wir haben keine Zeit für den Mist, den Lenny erzählt.«

»Das ist kein Mist! Es steht sogar in der Zeitung, kannst du alle fragen. Selbst die Polizei war schon da, weil das Haus sie angerufen hat.«

»Du redest so einen Stuss.«

Emma stemmt sich gegen meinen Zug, versteift sich und rutscht über die sandige Straße. Ich bleibe stehen.

»Lass das!«, sage ich.

»Erst, wenn du guckst.«

»Schön. Bitte.«

Demonstrativ drehe ich mich zum Haus um. Keine Frage, es ist imposant, mit großen Fenstern und Säulen. In verblassten Lettern steht *Theodora* über dem Eingang, wie bei den Kurhäusern an der Ostsee. Dennoch hat es die eigentümliche Atmosphäre eines verwaisten Gebäudes, einige Fenster sind vernagelt, der Garten ist überwuchert, das Dach eingesackt, und darüber hängt eine schiefe Antenne, so eine kümmerliche aus Draht. Alles scheint ein Stückchen gebeugt, als wären sogar die Mauern beschämt über ihren eigenen Verfall.

»So«, sage ich schließlich. »Ich habe geguckt. Jetzt gehen wir zur Schule.«

»Glaubst du, das Haus telefoniert, weil es sich einsam fühlt?«, fragt Emma.

»Das Haus kann niemanden anrufen, Emmi.«

Sie verdreht die Augen. »Hat es aber.«

»Unmöglich. Ich bezweifle, dass es in diesem Schuppen noch ein funktionierendes Telefon gibt, aber selbst wenn, dann wird es nicht *vom Haus* benutzt. Wahrscheinlich ist jemand eingestiegen und hat den Notruf gewählt. Als blöden Scherz.«

»Nein, eben nicht, weil als die Polizei hingefahren ist, war niemand da! Das hat das Haus gemacht. Glaub mir!«

Die Fensterfront der Villa spiegelt unschuldig den grauen Herbsthimmel. Emmas Story klingt für meinen Geschmack zu sehr nach etwas, womit man sich an Halloween gruseln will. Wahrscheinlich hat dieser Lenny sie aus der Kinderrubrik unserer Zeitung.

»Okay, du hast sicher recht«, erwidere ich versöhnlich. »Sind wir hier jetzt fertig?«

»Meinst du, ich kann meine Spirit-Box benutzen, um das Haus reden zu hören?«, antwortet Emma, ohne auf meine Frage einzugehen. »Wenn wir kurz noch mal zurückgehen und …«

»Spirit-Box?«, unterbreche ich sie. »Was hat Papa dir schon wieder für einen Scheiß gekauft?«

»Das ist kein Scheiß, das gab's auch beim Channel von den *Geistermädchen*!«

»Du sollst so was nicht gucken. Du bist noch zu jung für Youtube.«

»Boah.« Emma stößt einen großen Seufzer aus und verdreht die Augen. »Du bist so langweilig, Felix!«

»Erzähl mir was Neues«, brumme ich. »Und nun komm. Die Schule wartet.«

Während ich Emma mit sanftem Druck zur Hauptstraße ziehe und sie tatsächlich mitkommt, schaue ich kurz zurück. Die Villa ragt wie ein verwitterter Holzstumpf aus dem Dickicht. Ein ungewohnter Anblick für diese Gegend, in der gerade so viel modernisiert und neu gebaut wird. Spitzengardinen hängen starr im Obergeschoss wie lange Teppiche aus vertrockneten Spinnenweben. Ich finde, es ist kein großes Rätsel, warum solche Ruinen ihre eigenen Geschichten kriegen. Etwas, das lange unbenutzt rumsteht, erregt halt Aufmerksamkeit. Wir sind es nicht gewohnt, wenn Dinge keinen Nutzen haben, also geben wir ihnen einen.

Ich führe Emma zurück zur großen Kreuzung, wo unser Rad im erstbesten Brombeerbusch steckt. Es wieder aus dem Strauch herauszubekommen, erweist sich als unerwartet kompliziert. Emma und ich zerren beide mit aller Kraft daran, bis die langen Dornenarme schließlich nachgeben und wir samt Lastenrad auf den Gehweg stolpern. Ein Geruch von Bier und Urin folgt uns und ich begutachte angeekelt den feuchten Rahmen.

Ganz toll. Ich hab unser Rad in einem von Berlins Pissebüschen abgestellt.

»Also dann«, sage ich so nonchalant wie möglich und suche in meiner Jacke nach einem Taschentuch, mit dem ich Emmas Sitz abwische, »weiter geht's!«

Emma klettert wenig begeistert in ihre Box. Ich schwinge mich auf den Sattel und bringe sie die restlichen drei Kilometer zu ihrer Grundschule.

Die ganze Fahrt über redet Emma von dem Haus, aber ich bekomme nicht viel mehr mit, als sie mir eh schon weismachen wollte: Seit ein paar Wochen erhalten Leute in unserem Kiez Anrufe von einer komischen Nummer, doch wenn sie abnehmen, ist niemand in der Leitung. Oder vielleicht ist auch jemand in der Leitung, der- oder diejenige sagt jedenfalls nichts. Schließlich geht der erste Notruf bei der Polizei ein, die diese Nummer zur alten Villa zurückverfolgt.

Mehrmals fahren sie nachschauen, was los ist, und jedes Mal finden sie das Gebäude leer und ohne Anzeichen eines Einbruchs. (Hier ist jetzt Platz für eine beklommene Stille oder einen theatralischen Paukenschlag oder so.) Bis jetzt weiß also keiner, was wirklich los ist.

Ich muss mich sehr bemühen, während Emmas Erzählung ernst zu bleiben und mir zynische Kommentare zu verkneifen, denn sosehr ich dieses paranormale Gequatsche auch hasse, sie ist immer noch meine kleine Schwester. Vor zwei Jahren hat sie an den Weihnachtsmann geglaubt, jetzt sind es eben Geister.

Am Schultor verabschieden wir uns. Meistens bedeutet das, dass ich kaum dazu komme, »Tschüss!« zu rufen, ehe Emma mich vergisst und abhaut, weil sie einen ihrer Freunde entdeckt hat. Dieses Mal jedoch hält sie mich für einen Moment zurück und fragt: »Du, Fee, können wir heute Abend zu dem Haus gehen und meine Spirit-Box ausprobieren? Wenn wir mit Lydia Süßigkeiten sammeln gehen?«

Fast will ich »nein« sagen. Es ist immerhin schlimm genug, dass Papa wieder Überstunden machen und ich mein Halloween dafür opfern muss, meine kleine Schwester und ihre Freundin zu babysitten. Ich will das Elend nicht auch noch mit sinnlosen Aktivitäten in die Länge ziehen. Doch ich kann Emma nichts abschlagen, nicht für lange, nicht ernsthaft.

»Na gut«, seufzte ich.

2

Vielleicht habe ich meine Schwester vorhin angelogen.

Ich habe eigentlich gar keine Freunde.

Es bringt nichts, mir da etwas vorzumachen. Wenn mein Papa fragt, sage ich mittlerweile: *Ich bin mehr so der Typ für Bekannte.* Oder, das füge ich aber nur in meinem eigenen Kopf hinzu, der Typ für ein Leben als verrückter Wissenschaftler, der irgendwann das Haus hochjagt, weil er zu lange nicht gelüftet hat. Jedenfalls bemühe ich mich vor anderen, mein Schicksal als ein selbst gewähltes darzustellen, doch das entspricht nicht der Wahrheit. Ich will Freunde haben – nur irgendwie will niemand mich.

Meine Theorie, woran das liegt, ist folgende: Ich bin ein Blobfisch. Was zum Teufel ein Blobfisch sein soll? Genau das ist der Punkt. Blobfische sind diese Tiefseekreaturen, um die sich, wenn sie an Land gespült werden, die Leute versammeln und fragen: »Was zum Teufel ist das?« Der Blobfisch gilt als eines der hässlichsten Tiere der Welt, denn sobald er das Meer verlässt, läuft er auseinander wie ein bemitleidenswerter Klumpen Wachs. Mich hat zwar noch niemand direkt gefragt, was zum Teufel ich bin, doch es würde mich nicht wundern, wenn die meisten Leute in meiner Klasse schon kurz davor waren.

Es klingelt zur letzten Schulstunde, was meine mentale Abhandlung über Blobfische jäh unterbricht. Ich packe meine Sachen zusammen und verlasse den Klassenraum als Erster, noch vor meinem Lehrer. Weshalb sollte ich mir auch Zeit lassen? Maximal spricht mich jemand darauf an, ob ich mitgekriegt habe, welche Hausaufgaben es gibt. Und gerade ist mir nicht nach dem Standard-Streber-Modus. Ich will einfach eine Pause machen, bevor Emma und ihre Freundin nachher kommen.

Zu Hause schiebe ich eine gefrorene Lasagne in die Mikrowelle und hole mir Nutella aus dem Kühlschrank. Papa hasst es zwar, wenn wir mit dem Löffel direkt ins Glas langen, doch ich kann sehen, dass Emma mir längst zuvorgekommen ist: Überall hat sie kleine Krater und Gräben gehauen, wie auf dem Tagebau. Ich schiebe die Reste zu einem großen Ball zusammen und lasse ihn in meinem Mund zergehen. Danach wandere ich in mein Zimmer, während im Hintergrund die Mikrowelle rödelt.

Der Raum ist so klein, dass ich mich entscheiden musste, was mir wichtig ist. Ich besitze einen großen, hässlichen Schreibtisch zum Zeichnen, und auf der Fensterbank dahinter reihen sich verschiedene Versteinerungen, die ich im Urlaub an der Ostsee sammle. Was ich zeichne? Na ja, die Fossilien. Das klingt vielleicht öde, ist es aber gar nicht. Fossilien sind unglaublich faszinierend! Ich könnte sie den ganzen Tag angucken und darüber nachdenken, wie verrückt es ist, dass da ein Millionen Jahre altes Tierchen vor mir liegt. Mir kommt schon die Zeitspanne, seit Emma geboren wurde und Mama gestorben ist, unendlich lang vor, und so ein Ammonit zum Beispiel hat mehr Zeitalter gesehen als die ersten Säugetiere.

Die Mikrowelle piepst.

Ich schaufle mir die Hälfte der Lasagne auf einen Teller, um Emma etwas übrig zu lassen, obwohl ich wetten würde, dass sie bei ihrer Freundin isst, bevor beide herkommen. Wahrscheinlich stopfen sie sich schon mit Süßigkeiten voll, und ich darf dann zwei hyperaktive Knirpse ausführen, die beim Anblick jeder schwarzen Katze einen Schreikrampf kriegen. (Ist nicht so, dass ich einen Ruf zu verlieren hätte, aber auf diese Aussicht freue ich mich trotzdem nicht. Immerhin wohnen alle meine Mitschüler in der Gegend.)

Die nächsten zwei Stunden verbringe ich deshalb im Bett, esse Lasagne und lese. Das gibt mir zumindest ein bisschen Kraft zurück, bis Emma und ihre Freundin um achtzehn Uhr von deren Eltern bei uns abgeladen werden. Mittlerweile zieht eine Kindergruppe nach der anderen für Süßes-oder-Saures durch die Straße. Zu meiner Überraschung jedoch interessieren Emma und Lydia sich dieses Jahr gar nicht für Süßigkeiten, sondern wollen unbedingt zu diesem Haus.

»Wir gehen da jetzt hin!«, verkündet Emma mit einem Seitenblick auf mich, als wolle sie sichergehen, dass ich mein Versprechen halte. »Das wird so cool!«

»Ja, meine Schwester hat gesagt, dass es dort Dämonen gibt«, ergänzt Lydia.

»Was? Wie krass!«

»Sie sagt, jemand muss einbrechen und alles erforschen.«

»Felix, sollen wir in das Haus reingehen?«

»Nein«, erwidere ich, während ich mir die Schuhe anziehe. »Natürlich nicht. Das ist verboten.«

»Wieso?«

»Weil es gefährlich ist, in ein verlassenes Gebäude einzusteigen«, antworte ich.

»Wegen der Dämonen«, fügt Lydia wissend hinzu.

»Nein.« Ich muss mir ein Lachen verkneifen. Kinder. »Wegen der Einsturzgefahr – ach, lasst uns einfach losgehen.«

Emma und Lydia laufen kichernd vorweg, schwenken Einkaufsbeutel und ich folge ihnen mit dem angemessenen Abstand einer alten Gouvernante. Der Abend ist kühl, Nebel kriecht aus den Vorgärten auf die Gehwege und verschluckt die Laternen, bis sie nur noch so blass schimmern wie ferne Hafenlichter. Auf unserem Weg kommen wir an kleinen Geistern, Zombies, Hexen und allen Varianten von Superhelden vorbei. Die Geschichten über das Haus scheinen herumgegangen zu sein, denn wir sind nicht die Einzigen, die sich davor einfinden. Ein Vater hat sein Kind auf den Schultern, damit es einen besseren Blick auf die ausdruckslos starrende Fassade erhaschen kann, und eine Gruppe Jugendlicher drückt sich im Abseits der Bauzäune herum.

»Juhu!«, ruft Emma, unbeeindruckt von den anderen Schaulustigen. »Los, Lydia, wir jagen jetzt Geister!«

Die beiden rennen zum Zaun, um mit ihren Handys Fotos zu schießen. Ihre Theorie ist, wie Lydia mir vorhin erklärt hat, dass Dämonen und Geister sich lieber auf Fotos zeigen als in echt. Ich beobachte die beiden mit verschränkten Armen.

Warum ist das eigentlich mein Leben? Alle anderen aus meiner Klasse sind jetzt sicher auf einer Party. Neid steigt in mir auf, aber auch Erleichterung. Ich hasse Partys. Sie sind laut und ich bin kein lauter Mensch. Warum fühle ich mich überhaupt, als würde ich etwas verpassen? Was ist falsch mit mir? Gibt es ein Wort für einen Menschen, der dazugehören will, ohne wirklich dabei sein zu müssen? Also, abgesehen von *Weirdo*…

Emma taucht wieder mit leuchtenden Augen vor mir auf. »Felix, können wir jetzt die Spirit-Box haben?«

»Okay«, antworte ich und nehme meinen Rucksack von der Schulter. »Ihr bleibt aber schön hier am Zaun, ja?«

»Jaja.«

Während ich das schmale Gerät auspacke, höre ich Schritte. Die Jugendlichen, denen ich zuerst keine große Beachtung geschenkt hatte, nähern sich.

»Ihr habt eine Spirit-Box?«, fragt einer von ihnen. »Oh«, fügt er hinzu, als er mich erkennt. »Felix.«

»Ben«, entgegne ich verdattert.

»Was machst du denn hier?«

Ben geht in meine Parallelklasse. Er und seine Zwillingsschwester Gia sind Emos; obwohl der Emo-Trend nie ganz gestorben ist, wirken ihre aufgebürsteten Haare und kajalumrandeten Augen auf mich ein bisschen peinlich, aber das scheint sie nicht zu stören.

»Babysitten.« Ich zögere, dann stelle ich die offensichtliche Gegenfrage: »Und ihr?«

Ben dreht sich zu seinen Freunden um und grinst. Neben Gia gibt es noch ein weiteres Mädchen, beide tragen My-Chemical-Romance-Shirts. Dann ist da ein Typ, den ich nicht kenne, auf dessen Jeansjacke »Be Gay, Do Crime« steht. Und Chris und Luke aus meiner eigenen Klasse. Verdammt. Damit hätte ich rechnen müssen. Eine sagenumwobene Gruselvilla direkt in unserer Nachbarschaft? Das ist gefundenes Fressen für den YouTube-Kanal, den sie haben.

»Hausfriedensbruch«, sagt Ben schließlich.

»Was?«, erwidere ich.

»Feee-lix«, quengelt Emma.

Sie ist komplett unbeeindruckt von der Anwesenheit der exzentrischen Gruppe. Ich gebe ihr geistesabwesend die Box und sie springt davon.

»Hausfriedensbruch?«, wiederhole ich in die eintretende Stille. »Heißt das – also –, meint ihr *dieses* Haus? Ihr wollt da rein?«

Ben grinst breiter. Er hat ein sehr markantes Kinn, weswegen ihm der Spitzname *Jawline-Benni* verliehen wurde. Ich bin nicht sicher, ob das als Kompliment oder Beleidigung zu verstehen ist. Wie ich unsere Schule kenne, wahrscheinlich irgendwie beides.

»Sag mal, ist das deine Spirit-Box?«, fragt jetzt auch Gia, die sich am liebsten *Gigi* rufen lässt. »Können wir uns die ausleihen?«

»Die gehört meiner Schwester«, antworte ich. »Ich weiß nicht mal, was das ist.«

»Irgendeine Chance, dass deine Schwester die Box nachher nicht mehr braucht?«

»Ich weiß nicht …«

Unbehaglich drehe ich mich nach Emma und ihrer Freundin um. Die beiden hängen am Zaun und wedeln mit ihrem Spielzeug herum. Eigentlich möchte ich Emmas Sachen nicht verleihen, erst recht nicht für solche Aktionen.

»Weißt du, eine Spirit-Box ist dazu da, um paranormale Energien hörbar zu machen«, fügt Gia hinzu. »Das Gerät spult in schneller Abfolge Radiofrequenzen durch. Geister können diese manipulieren und so mit uns sprechen. Wir würden die Box gerne mit ins Haus reinnehmen. Nur heute natürlich – morgen bringe ich sie dir wieder. Du bist doch bei Chris in der Klasse?«

Ohrenbetäubendes Rauschen übertönt fast Gias letzte Worte. Emma und Lydia jubeln begeistert. Anscheinend haben sie es geschafft, dieses Ding anzuschalten.

Was für ein pseudowissenschaftlicher Bullshit, denke ich, doch das will ich natürlich nicht laut aussprechen.

Gia scheint meine Zurückhaltung zu bemerken. Aus heiterem Himmel fragt sie: »Möchtest du mitkommen?«

Ganz ehrlich, ihr Angebot schockiert mich. Und nicht nur mich. Während ich erstarre wie ein geblendetes Tier, das zufällig auf die Straße geraten ist, platzt Chris heraus: »Hä? Wieso?«

Gia dreht sich zu ihm um. »Problem?«

»Nee, aber wir sind schon so viele.«

»Einer mehr schadet doch nicht.«

Chris scheint wenig überzeugt. »Okay.«

Er und ich haben tatsächlich so etwas wie eine Vergangenheit.

Im Klassenzimmer sitzt Chris in der letzten Reihe, bei den coolen Kids, und ich sitze in der ersten, bei den Strebern. So weit, so gut. Die Sache ist jedoch, dass Chris eigentlich auch aus der ersten Reihe kommt. Damals, das ist kaum zwei Jahre her, waren wir Banknachbarn. Ich habe viel zu passionierte Vorträge über Mitochondrien gehalten (nenn mir einen Schüler, der Mitochondrien toll findet, ich warte …), und Chris ist immer mit seiner gebrauchten Spiegelreflex rumgerannt oder hat versucht, Hawkings Theorien von schwarzen Löchern (falsch) zu erklären. Wir waren zwar keine Freunde, aber immerhin herrschte zwischen uns ein stillschweigendes Einverständnis unter Losern. Jetzt hängt Chris mit Stoner-Lukas rum. Die beiden haben einen gemeinsamen Channel, *Chris & Luke*, wo sie Videos mit dummen Stunts oder Pranks hochladen. Lukas kann ziemlich gut skateboarden, und Christian mag Technik, insofern sind sie ein perfektes Team. Die eine Hälfte unseres Jahrgangs hält sie für komplett cringe, die andere guckt regelmäßig ihre Clips und lacht sich schlapp.

Ich sitze mittlerweile allein.

»Fee!« Emma kommt zurück, eine begeisterte Lydia auf den Fersen. »Wir haben ein Wort gehört!«

»Wirklich?«, murmle ich.

»Willst du wissen, was es war?«

Emma hängt sich an den Zipfel meiner Jacke wie ein Koala-Baby an seine Mutter, und ich wage es kaum, die Gruppe anzuschauen. Unglücklicherweise entscheidet sich Lydia sofort, es Emma nachzutun. Unter dem kombinierten Gewicht schwankend, erwidere ich gezwungen: »Was war es denn?«

»Kartoffelpuffer!«, ruft Emma.

Gia und Ben brechen in Gelächter aus. Chris schaut irritiert. Und ich würde am liebsten im Boden versinken.

»Ich glaube, wir müssen jetzt nach Hause«, fauche ich.

»Was? Wieso? Jetzt schon?«

»Ja, Em, es ist spät. Also dann, tschüss, Leute!«

Ich greife Emma und Lydia an den Händen und ziehe sie weg vom Haus und seinen sensationshungrigen Beobachtern. Was für eine Schnapsidee hierherzukommen. Selbstverständlich sehe ich Leute, die ich kenne. Und Leute, die mich kennen, sehen mich. Und finden mich komisch. Und peinlich. Und langweilig. Weil ich keinen Schritt tun darf, ohne meine Schwester dabeizuhaben.

»Warte!«, ertönt Bens Stimme hinter uns.

Ich bleibe nur sehr widerstrebend stehen, damit Ben aufschließen kann. Er überbrückt die verbleibenden Schritte mit einem lässigen Joggen.

»Sorry, wir wollten nicht lachen«, sagt er. Irgendwie glaube ich ihm das sogar. »Hast du Lust, nachher dazuzustoßen? Wir können die Box richtig ausprobieren.«

»Ich weiß nicht.«

»Also wenn du es dir überlegt hast, komm einfach zum Hintereingang. Wir warten eh noch auf eine günstige Gelegenheit. You know.« Ben nickt Richtung Zaun, wo sich bereits neue Schaulustige gesammelt haben. »Sobald alles ein bisschen ruhiger wird.«

Ich spüre Emmas und Lydias gespannte Blicke. Hoffentlich zählen sie nicht eins und eins zusammen und krakeelen durch die ganze Nachbarschaft, dass ich gerade dazu eingeladen wurde, an Halloween in dieses Haus einzusteigen.

»Ich überleg's mir«, entgegne ich.

»Okay.« Ben grinst wieder. Es ist kein unfreundliches Grinsen. »Und noch mal: Sorry«, fügt er hinzu. Dann dreht er sich um und joggt zu der Gruppe zurück.

3

Wenn Papa abends nach Hause kommt, ist er ein bisschen wie ein Ballon: Man kann ihm wortwörtlich beim Luftablassen und Zusammensacken zuschauen. Wir finden ihn in der Küche, wo er Einkäufe auspackt, das runde Gesicht eingefallen und blass. Dennoch gibt er sich alle Mühe, Emma und Lydia nicht die Stimmung zu vermiesen.

»Habt ihr schon gegessen?«, fragt er fröhlich, während die beiden ihre wenigen erbeuteten Süßigkeiten auf dem Tisch ausbreiten. (Nach dem Zusammentreffen mit Ben & Co. hatte ich keine Lust mehr auf Süßes-oder-Saures und habe sie in Rekordgeschwindigkeit durch die Nachbarschaft geschleift.)

»Ja«, erwidert Emma abgelenkt und hebt einen Schokoriegel dicht vor ihre Augen, als wolle sie ihn einer Qualitätsprüfung unterziehen.

»Du auch, Felix?«

»Ich hatte Lasagne.«

»Gut.« Papa gähnt. »Das ist gut.«

»War die Station wieder sehr voll?«, frage ich.

»Kannst du wetten.« Papa lächelt müde. »Ein Notfall nach dem anderen. Egal. Wie läuft euer Abend?«

Bevor ich antworten kann, fängt Emma bereits eine ausführliche Erzählung über das Haus und ihr Geisterradio an, unterstützt von Lydia, die Emmas Pausen dazu nutzt, ihre eigene Variante der Ereignisse einzuschieben. Papa nickt bei den angemessenen Stellen, doch ich kann sehen, dass er nicht wirklich bei der Sache ist. Das ist per se nicht ungewöhnlich, bloß ein normaler Arbeitstag, an dem im

Krankenhaus irgendein neues Chaos herrscht. Papa ist das gewohnt, ich bin Papa gewohnt. Heute allerdings fällt es mir schwer, in seine erschöpften Augen zu schauen. Vielleicht liegt das daran, dass ich genauso erschöpft bin, oder vielleicht sauge ich auch die Emotionen aus meiner Umgebung wie ein Schwamm. Ich spüre Papas unterdrückte Anspannung jedenfalls, als wäre es meine eigene.

»Ich glaube, ich dreh noch eine Runde um den Block«, unterbreche ich das hektische Kindergequassel.

»Wo willst du denn hin?«, fragt Emma.

»Nur spazieren«, antworte ich und ziehe den Reißverschluss meiner Jacke wieder zu. Bis jetzt hatte ich nicht mal Gelegenheit, sie oder den Rucksack überhaupt abzulegen.

»Gehst du zu den Leuten?«, erkundigt sich Lydia.

»Welche Leute?«, fragt Papa.

»Nein. Ach niemand.« Genervt verdrehe ich die Augen. »Wir haben nur ein paar von meinen Mitschülern gesehen. Ich geh einfach spazieren. Muss den Kopf freikriegen.«

»Na gut, aber guck auf dein Handy, ja?« Papa nimmt die restliche Lasagne aus dem Kühlschrank und tut sich selbst etwas auf. »Und sei leise, wenn du wiederkommst, deine Schwester muss bald ins Bett.«

»Was? Wieso? Aber es ist Halloween!«, ruft Emma.

Ich beeile mich, die Wohnung zu verlassen, ehe die nächste Diskussion in vollen Gang gerät. Die Straße ist mittlerweile leerer geworden und auch die Luft ist kälter. Ich schiebe beide Hände in die Jackentaschen, schließe für einen Moment die Augen und genieße die Stille.

Während ich so dastehe, fühle ich langsam all die fremden Gefühle von mir abfallen, die ich den Tag über mitgenommen habe. Sie werden durch etwas anderes ersetzt, eine komische Art Sehnsucht, die ich oft spüre. Ich bin mir nicht einmal sicher, wonach ich mich sehne, doch wenn das Gefühl sehr stark ist, dann kann ich einfach nicht still stehen.

Unvermittelt laufe ich los.

Mein Weg führt im Zickzack durch den Kiez und meine Gedanken wandern zu Ben und seinen Freunden. Zugegeben, ihre Einladung war nicht so enthusiastisch wie in meinen Träumen. (Ihr wisst schon, diese Tagträume, wo man der coolste Typ der Welt ist und alle einen unbedingt kennenlernen wollen … also ich hoffe zumindest, dass ich nicht der Einzige bin, der solche Träume hat.) Aber ich bin kaum in der Position, um Ansprüche zu stellen. Meine sechsjährige Schwester hat ein besseres Sozialleben als ich. Emma telefoniert abends mit Lydia, geht auf die übliche Parade an Kindergeburtstagen und spielt im Theater dieses Jahr eine verzauberte Wolfskriegerin. (Ich hab absolut keinen Plan, was das für ein Stück sein soll, aber Em ist total happy damit, wir haben schon drei Dokus über Wölfe in Brandenburg geguckt.) Währenddessen sitze ich zu Hause und male tote Tiere. Das kann es nicht sein, oder? So auf Dauer.

Meine Füße scheinen geahnt zu haben, welche Entscheidung ich treffen würde, denn plötzlich stehe ich wieder vor der alten Villa.

Die Schaulustigen sind verschwunden, Bens Gruppe auch. Ich blicke mich verstohlen um. Durch die Baustelle gibt es keinen Verkehr, dennoch fühle ich mich beobachtet. Über meine Unterarme kriecht Gänsehaut.

Eigentlich finde ich das Haus gar nicht unheimlich. Es ist eher bedrückend. Immerhin haben hier einmal Menschen gelebt, denen all die leeren Zimmer etwas bedeutet haben, für die das nicht nur eine große Kulisse war. Jetzt zerfällt alles zu Sperrmüll und Fremde stehen am Zaun und erfinden Geschichten über Geister. Das ist doch irgendwie traurig.

Für einen Moment werde ich unschlüssig. Vielleicht sollte ich umkehren. Ben ist sicher längst abgehauen. Niemand, der noch alle seine Sinne beisammenhat, würde in diese Bruchbude einsteigen. Ich trete schon einen Schritt zurück, dann höre ich aus dem Garten ein unterdrücktes Lachen und jemand anderen, der »Psst!« macht, sich dabei aber selbst kaum das Kichern verkneifen kann.

Sehnsucht pocht wieder laut in meiner Brust. Ich will nicht mehr allein sein. Ich will nicht zerfallen und verstauben wie eins meiner blöden Fossilien.

Ohne weiter nachzudenken, klettere ich über das hüfthohe Eingangstor und schlage mich durch dichtes Buschwerk, das die Villa wie ein zweiter Zaun umgibt. Zerkratzt komme ich auf der anderen Seite heraus.

»Leute?«, flüstere ich. »Seid ihr da?«

Im Vorgarten schichtet sich das Laub vieler Jahre, Schieferplatten blitzen aus dem Halbdunkel. Sie geben eine vage Ahnung davon, wo sich einmal ein Weg befunden hat. Ich folge dem Pfad, und als ich das rückseitige Grundstück erreiche, finde ich Ben, Gia, Lukas, das Mädchen und den Jeansjacken-Typ, angestrahlt von einer kleinen GoPro-Kamera, die Chris in der Hand hält.

»Felix!«, ruft Ben, und die Kamera zuckt kurz zu mir herüber. »Hast du uns erschreckt!«

»Hi.« Ich blinzle in das ungewohnt helle Gegenlicht. »Sorry, das wollte ich nicht. Ich – ich hab die Box dabei.«

»Ja nice, komm her, Gigi erzählt gerade, was vor vielen Jahren in der Villa passiert ist.«

»Es ist etwas passiert?«, frage ich.

»Klar«, sagt Gia. »Was denkst du, warum an einem Ort so viele paranormale Phänomene auftreten? Das ist kein Zufall.«

Ich öffne den Mund und verkneife mir dann eine Antwort. Wenn man Freunde finden will, sollte man wohl nicht alles, was sie mögen, für Bullshit halten. Diplomatisch zucke ich die Schultern und suche Christians Blick. Er muss das auch bescheuert finden – so als ehemaliger Science-Nerd. Aber Chris ist ganz aufs Filmen konzentriert und bemerkt meinen Kommunikationsversuch nicht.

»Okay, wo war ich?« Gia legt den Kopf in den Nacken und betrachtet die rissige Fassade, bevor sie sich wieder der Kamera zuwendet. »Ach ja. Nachdem die ursprünglichen Besitzer verstorben waren, gab es lange niemanden, der es in dem Haus ausgehalten hat. Sicherlich hing das mit den Wirren der damaligen Zeit zusammen, doch es wurden auch schon früh Gerüchte verbreitet, dass die Villa selbst ihren Teil dazu beiträgt. Dass sie nicht bewohnt werden *will*. Nach der Wende versuchte ein Eigentümer nach dem anderen, das Gebäude zu modernisieren und zu vermieten. Erfolglos. Zuerst traten Vorfälle während der Renovierung auf: Werkzeug verschwand, Möbel und Leitern krachten plötzlich zusammen und gefährdeten die Arbeiter. Dann ging es während der Besichtigungen weiter. Potenzielle Mieter hörten Stimmen und Schritte und fühlten sich verfolgt. Nachbarn redeten von einer Schattengestalt, die manchmal in der Nacht am Fenster stand. Schließlich wurde das Haus spottbillig verscherbelt, an ein altes Schwesternpaar. Die Schwestern lebten fast zehn Jahre darin und erneuerten sogar den Namenszug über der Tür. Keiner weiß, warum die seltsamen Phänomene aufgehört haben, als die Schwestern dort wohnten, aber vielleicht taten sie das gar nicht. Es heißt, beide hätten mit dem Okkulten herumexperimentiert und bewusst Kontakt zu dem gesucht, was hier lebt. Irgendwann muss das jedoch schiefgegangen sein, denn sie sind am selben Tag unter mysteriösen Umständen verstorben.«

»Echt jetzt?«, platzt der Jeansjacken-Typ heraus.

»Ja. Das war 2016. Seitdem steht die Villa endgültig leer. Für eine Weile war auch alles ruhig … bis jetzt die Anrufe losgingen.«

Lukas stößt einen leisen Pfiff aus. Ben tritt von einem Fuß auf den anderen und lacht nervös. Sogar ich spüre ein Kribbeln in meinem Magen, aber ich weigere mich, von der Stimmung mitgerissen zu werden. Was redet Gia da eigentlich? Ein bösartiges Haus? Okkulte Schwestern? Geister, die telefonieren? Das ist bloß eine Geschichte. Gruselgeschichten sind gruselig, das ist ihr ganzer Zweck. Nur weil mein Gehirn unruhig wird, wenn man ihm an Halloween etwas von verfluchten Häusern erzählt, heißt das nicht, dass irgendetwas davon stimmt.

»Okay, Cut!«, unterbricht Chris die eingetretene Stille. »Mega, Giovanna. Du solltest das professionell machen. Wir haben für draußen genug Material. Sollen wir reingehen?«

Seine Unbeschwertheit irritiert mich, und ich scheine nicht der einzige zu sein, dem es so geht. Selbst Gia blinzelt ihn einige Sekunden verständnislos an.

»Ja klar«, sagt sie schließlich. »Lasst uns reingehen.«

Christian pausiert seine Kamera. Während die anderen die Rückseite der Villa nach einem Eingang absuchen, trete ich neben ihn.

»Hey«, sage ich.

»Hey.« Chris schultert seine Tasche.

»Lustig, dass ausgerechnet wir beide in ein Gruselhaus einsteigen, oder?«

»Hm-hm.« Er spielt geistesabwesend mit einem Karabinerhaken, der in seinen Hosenbund eingehakt ist und an dem etliche Schlüssel klimpern.

»Wir haben schon lange nicht mehr geredet. Wie geht es dir? Was macht dein großer Bruder? Studiert er schon?«

»Gut. Ja. Äh, du, Felix, ein Tipp: Versuch nächstes Mal, nicht mitten in die Szene reinzuplatzen, ja? Sonst ruinierst du den ganzen Take.«

»Oh, Entschuldigung.«

»Hey, Leute!«, ruft Lukas. »Es gibt eine Kellertür!«

Chris dreht sich auf dem Absatz um, folgt seinen Freunden und lässt mich mit einem komischen Gefühl stehen. Damals war er nie der Typ für den Mittelpunkt, auch mit seinen Fotos war er immer zurückhaltend. Jetzt, mit den Videos und dem Angeber-Schlüsselbund, kommt er mir vor wie ein visionärer Direktor.

Ich schiebe den Gedanken beiseite und beeile mich, den Anschluss nicht zu verlieren. Die Kellertür hat ein Gitterfenster. Lukas, der nicht besonders groß ist, stellt sich auf die Zehenspitzen und späht hindurch.

»Siehst du was?«, flüstert Gia.

»Nope. Alles dunkel.«

»Meinst du, wir müssen einbrechen?«

Lukas antwortet nicht und probiert stattdessen die Klinke. Sie quietscht, knackt und gibt dann nach.

»Glaube nicht«, prustet Ben.

»Ey, Luke, mach mal Platz! Lass mich leuchten!«

Christian richtet die Lampe an seiner Kamera auf den dimensionslosen Raum, der hinter der aufschwingenden Tür erscheint. In der Mitte drängen sich die dunklen Schatten abgestellter Möbel und Gartengeräte und es riecht stark nach Schimmel.

»Bäh.« Ben zieht seinen Schal über den Mund. »Hier sollten wir uns nicht lange aufhalten. Hoffentlich ist der Rest vom Haus nicht genauso versifft.«

Am anderen Ende führt eine Holztreppe ins Erdgeschoss. Die Bretter biegen sich unter unseren Schritten. Fahles Straßenlicht fällt durch die Eingangstür. Wir bleiben geschlossen in der Diele stehen und Chris lässt seine Kamera wandern. Niemand spricht.

Dann hören wir ein leises Geräusch, ein rasches Tapp-Tapp-Tapp, wie von einem Tier. So schnell es anschwillt, so schnell verschwindet es wieder. Im ersten Moment bin ich sicher, mir das Geräusch eingebildet zu haben, aber Ben stöhnt, greift nach der Schulter von dem Jeansjackentyp und flüstert: »Was war das?«

»Ratte«, sagt Chris nur und filmt weiter.

»Sicher?«

»Nee.«

»Ich finde, es klang zu schwer für eine Ratte. Und es kam von über uns.« Wir blicken Richtung Decke. »Meint ihr, da ist jemand?«

»Glaub ich nicht. Los, lasst uns hier weitermachen.« Chris bricht als Erster den Kreis und leuchtet in einen angrenzenden Raum. Zwei pompöse Flügeltüren geben den Blick auf einen Salon frei. Einige Fenster zeigen zur Front, wo wir vor Stunden gestanden haben, der Rest auf den düsteren Garten. In der Mitte des Raumes türmen sich Müll und alte Kisten, manche geöffnet, manche verschlossen, alle mit einer Schicht Staub bezogen.

Gia setzt sich auf eines der abgedeckten Sofas. »Okay, wie wollen wir die Geister hervorlocken?«

»Spirit-Box?«, schlägt Ben vor, wirkt davon aber nicht mehr so überzeugt wie vorhin, als er noch keinen Fuß über die Schwelle des Hauses gesetzt hatte.

Alle schauen mich an.

»Felix, dein Einsatz«, brummt Chris.

»Oh.«

Rasch lasse ich den Rucksack von meiner Schulter gleiten und hole Emmas Spirit-Box heraus. Meine Finger zittern, als ich nach den richtigen Schaltern suche, was jedoch mehr an dem wachsamen Auge von Christians Kameralinse liegt als an unserer Umgebung.

Ohrenbetäubende Statik plärrt los und lässt alle zusammenzucken.

»Sorry!« Ich drehe am Lautstärkeregler. »Sorry, mein Fehler.«

Ein rhythmisches Klicken folgt, während das Gerät verschiedene

Radiosender anspielt und sofort wieder wechselt. Manchmal stehlen sich Musikfetzen und einzelne Silben dazwischen, ansonsten kommt nur weißes Rauschen. Wir schauen uns über das Gerät hinweg an.

»Das ist irgendwie enttäuschend«, sagt Ben, er wirkt beinahe erleichtert.

»Du bist zu ungeduldig. Wir sollten eine Frage stellen«, schlägt Gia vor. Sie hebt die Stimme, um das Rauschen zu übertönen. »Ist hier jemand mit uns in diesem Haus? Wenn ja, dann gib uns ein Zeichen! Sag uns deinen Namen!«

Das Radio stottert ein paar abgebrochene Worte zusammen, die ganz offensichtlich ein wirrer Mix aus Werbung, Musik und Verkehrsansage sind.

»Wenn du hier bist, zeige dich!«

Mehr Kauderwelsch ertönt.

»Gib uns ein Zeichen!«

Der Jeansjackentyp lacht plötzlich: »Hat das Ding gerade *Arschgesicht* gesagt?« Die anderen lachen auch, nur Gia hebt eine Hand und macht: »Shhh!«

»Komm, Gigi, da war ein Arschgesicht, ich hab's gehört« –

»Nein, Mann, seid still! Alle! Mach das aus!«

»Was ist los?« –

»*Mach es aus!*«

Ich weiß nicht, ob Gias Panik nur Theater ist, aber falls ja, dann ist sie wirklich eine geborene Schauspielerin. Ich beeile mich, die Spirit-Box auszuschalten.

Tapp-Tapp. Knack. Tapp-Tapp-Tapp.

»Was ist das?«, flüstert Ben.

Gia antwortet nicht. Sie schaut zur Decke. Das Geräusch stoppt und doch war es kein Theater und keine Einbildung. Wir haben es alle gehört.

4

Wir stehen im Kreis und blicken regungslos an die Decke, als würden wir ein neues Geisterritual versuchen – nur wirkt niemand mehr besonders enthusiastisch, nicht einmal Gia. Angespannt warten wir auf eine weitere Bewegung, aber was auch immer da oben ist, scheint ebenso erstarrt zu sein.

»Da hast du dein Zeichen, Gigi«, wispert das Mädchen. »Deutlicher geht's ja kaum.«

»Das ist 'ne Ratte«, widerspricht Chris sofort. »Oder ein Waschbär. Wahrscheinlich haben wir ihn erschreckt mit unserem Lärm.«

»Ich finde, wir sollten verschwinden«, sagt der Jeansjacken-Typ.

»Leute«, seufzt Chris, »wir sind gerade erst angekommen.«

»Dann guck halt nach, was das war. Ich geh keinen Schritt weiter in dieses Höllenloch, solang wir nicht wissen, was das war.«

»Nachgucken gehen?« Das Mädchen schüttelt den Kopf. Sie hat ein Tattoo von einer Fledermaus unter dem Schlüsselbein. »Hast du nichts aus Horrorfilmen gelernt? Wer nachgucken geht, stirbt als Erstes.«

»Was willst du machen, Mel? Hier *warten*?«

»Nein, keine Ahnung, lasst uns einfach aus dem Fenster steigen und abhauen.« Mel rüttelt probehalber an einem der Griffe, der sich kein Stück bewegt. Alter und Feuchtigkeit scheinen die Mechanik außer Kraft gesetzt zu haben.

»Wir müssen das einschlagen«, sagt Ben.

»Alter, bist du beknackt, das geht total gegen den Urbex-Code!«

Lukas hält Ben zurück, der schon nach einer schweren Uhr auf dem Beistelltisch gegriffen hat. »Man macht an verlassenen Orten nichts kaputt. Ist nicht anständig.«

»Seit wann interessiert es *dich*, was anständig ist?«

»Leute!«, bellt Chris ins Durcheinander. »Leute! Ich geh nachgucken, okay?« Auch er sieht ein bisschen blass um die Nase aus, was mich nicht wundert.

»Ernsthaft?«, fragt Ben.

»Ja. Ich hab keine Lust, jetzt schon wieder abzuhauen. Das ist nur 'ne blöde Ratte.«

Alle schweigen, als ob sie lieber nichts sagen wollen, was Chris umstimmt oder auf die Idee bringt, jemanden zum Mitgehen aufzufordern. Chris scheint auch nicht damit zu rechnen, dass sich noch jemand freiwillig meldet. Geschäftsmäßig zieht er seine Jacke zu und tastet in der Hosentasche nach dem Handy.

Ich beobachte ihn unentschlossen. Ist es nicht irgendwie unfair, ihn allein nach dem Geräusch gucken zu lassen? Wenn ich er wäre, würde ich wollen, dass meine Freunde mir beistehen. Das machen Freunde doch, oder?

»Ich komme mit«, sage ich.

Die Augenpaare, die gerade noch auf Chris gehangen haben, zucken zu mir.

»O-okay.« Chris hält für einen Moment meinen fragenden Blick. »Wenn du willst.« Er öffnet mit einer Hand die großen Flügeltüren und strahlt mit der anderen in den Flur. »Dann nimm du die GoPro. Ich gehe voran.«

Ich beeile mich, Christian die Kamera abzunehmen und sie auf ihn zu richten, aber er ist schon aus dem Fokus verschwunden, so schnell und entschlossen tritt er in die Diele. Aus seiner Jackentasche zaubert er eine Taschenlampe. Was ist eigentlich in ihn gefahren?

Ich finde ihn am Fuß der Treppe wieder, wie er ins obere Geschoss hinaufleuchtet, mit dem entschlossenen Blick eines Höhlenforschers vor seinem nächsten Abenteuer.

»Komm«, sagt er und geht los.

Ich folge ihm zögernd.

Alter Teppich liegt auf den Treppenstufen und dämpft unsere Schritte. An den Wänden hängen vergilbte Bilder, manche liegen auch auf dem Boden, Wasserflecken sprießen dahinter auf wie Blütenblätter. Chris ist wieder mehrere Meter vorangeprescht. Im oberen Stock gibt es ein Badezimmer, zwei Schlafzimmer und einen Aufstieg ins Dachgeschoss, der nur aus einer steilen Klappleiter besteht.

Chris checkt das Badezimmer, an dessen Milchglasscheibe sich die Tentakelarme eines hohen Baums klammern, bevor er wieder zu mir in den Flur kommt.

»Wie viel wiegst du?«, fragt er.

Verwirrt starre ich ihn an. »Wieso?«

»Ich trau der Leiter nicht«, antwortet Chris und nickt Richtung Dachgeschoss, »aber du hast quasi nix auf den Rippen … wie viel wiegst du?«

»Sechzig«, murmle ich widerstrebend.

»Perfekt. Geh hoch und guck, ob du die blöde Ratte findest, ja? Ich schaue die restlichen Zimmer durch.«

Mit diesen Worten und einem knappen Nicken zieht er davon. Ich weiß nicht einmal, ob ich seine Kamera mitnehmen oder im Flur ablegen soll. Oder ob dieses Nicken jetzt motivierend gemeint war oder nicht. Und was ist das für ein Argument mit meinem Gewicht? Wenn die Sprossen morsch sind, krachen sie auch bei sechzig Kilo durch …

Seufzend mustere ich erneut die steile Leiter. Schließlich entscheide ich mich dazu, die Kamera mitzunehmen; um die Hände freizukriegen, stopfe ich sie in meine Jackentasche und klettere langsam höher, bis ich mir an der hölzernen Luke den Kopf stoße.

»Autsch.« Ich reibe meine Stirn. »Chris? Kannst du mal von unten leuchten?«

Keine Antwort.

Ich strecke eine Hand aus und drücke die Luke beiseite. Sie gibt nur zögernd nach, dann fällt sie mit einem lauten Schlag, der durch das gesamte Haus dröhnt, zu Boden.

Aus dem unteren Geschoss dringen erschrockene Ausrufe.

»Ich bin's doch nur«, murmle ich und stecke meinen Kopf durch das Loch.

Der Dachboden scheint im Gegensatz zum Keller weniger vollgestellt, aber genau lässt es sich nicht ausmachen. Ein schmales Dachfenster an der Rückseite bietet den einzigen Orientierungspunkt. Zumindest riecht es nicht so schlimm nach Schimmel. Eigentlich riecht es sogar ganz nett. Nach Lavendel und Kräuter.

Aus dem Flur unter mir ertönt immer noch Getrampel.

»Chris?«, rufe ich. »Was ist da bei euch los?«

Ich verstehe nicht, wieso sie jetzt so durchdrehen. Doch auch in meiner unmittelbaren Nähe gibt es plötzlich einen Laut.

Ich krame die Kamera aus meiner Jacke und richte sie in den Raum.

Neben dem Fenster, zwischen Kisten und Koffern, steht eine Person. Kein Pappaufsteller oder eine verstaubte Schneiderpuppe oder ein komischer Schatten, den ich falsch gedeutet habe – nein, eine junge Frau.

Der Raum ist niedrig und bietet kaum Versteckmöglichkeiten, aber sie hat zumindest versucht, sich hinter einem alten Schrankkoffer zu verbergen. Wahrscheinlich hat sie nicht damit gerechnet, dass ich mit Christians Flutlicht anrücke.

Für einige Millisekunden schauen wir uns nur an, eingefroren in einer grellen Zwischenwelt.

Sie ist klein und athletisch und ihr Gesicht drückt trotz des Schreckens Entschlossenheit aus. Türkis gefärbte Haare klemmen in einem dicken, fransigen Bündel hinter ihren Ohren. Um den Hals trägt sie einen funkelnden Stein.

Das Mädchen tritt ein paar Schritte vor. Dann hebt sie ihren Arm und legt langsam einen Finger auf die Lippen.

Unter mir verstärkt sich der Tumult. Es ist, als ob sie mit ihrer Geste einen Sturm ausgelöst hätte. Ich höre die anderen rennen.

»Entschuldige«, sage ich und schalte Licht und Kamera aus.

Der Raum, ihre Silhouette hämmern als grelles Nachbild auf meine Netzhaut ein und ich blinzle angestrengt.

»Hau ab«, erwidert das Mädchen.

»Ja«, antworte ich.

Geblendet stolpere ich die Leiter hinunter und lasse Christians Kamera fallen. Sie prallt auf den Boden und fliegt ins Badezimmer.

Mein Herz klopft so stark, dass ich es in den Ohren spüren kann.

Vor dem Haus ertönen Stimmen, fremde Stimmen. Taschenlampenlicht strahlt von draußen durch die Fenster.

Verwirrt irre ich ins Schlafzimmer und ducke mich dann unter den Fenstersims. Am liebsten würde ich sofort losstürzen und so viel Abstand wie möglich zwischen mich und dieses Mädchen bringen, aber ich bin zu desorientiert. Mit zusammengekniffenen Augen spähe ich über das Fensterbrett. Das Glas ist dünn und lässt jeden Laut durch: dumpfe Schritte, gemurmelte Worte, das Knistern eines Funkgeräts.

Auf der Straße, halb verdeckt vom Gestrüpp des Gartens, steht ein Polizeiauto.

Oh nein.

Ich presse meinen Rücken gegen die kalte Zimmerwand. Mein

Atem steigt vor mir in einer kleinen Wolke auf. Auch das Mädchen im Dachboden scheint sich nicht zu regen. Kein einziges Geräusch dringt von oben herunter. Ob sie die Polizei gesehen hat? Vielleicht sollte ich, so schnell es geht, verschwinden. Nicht hier sitzen und darauf warten, dass ich gefunden werde. Aber was, wenn ich in den Keller runtersteige und der Polizei direkt in die Arme laufe? Mein Vater würde mich umbringen. Hausfriedensbruch und Felix Laubmeyer, das passt nicht zusammen, das ist wie Öl und Wasser, ich bin kein Regelbrecher, ich bin vernünftig, ich bin, was meine Mitschüler »langweilig« und die Lehrer eine »alte Seele« nennen.

Eine Weile lausche ich meinen eigenen rasenden Gedanken, dann höre ich das Zuschlagen von Türen. Ich komme auf die Knie und linse wieder aus dem Fenster. Scheinwerfer flammen auf, das Auto fährt davon.

Gott sei Dank.

Mit einem Satz bin ich auf den Beinen, eile die Treppe hinunter und platze in den Salon. Niemand ist da. Auf dem Boden, im Staub, sind Fußabdrücke zu erkennen, aber auf mein zittriges »Leute?« kommt keine Antwort.

Sind sie abgehauen?

Ich öffne die Tür zum Keller und taste mich vorsichtig zurück ins schimmlige Dunkel. Ohne Licht ist es schwer, nicht alle paar Sekunden mit übereinandergeworfenen Möbeln zusammenzuprallen.

»Leute?«, frage ich wieder.

Sie *sind* abgehauen.

Am anderen Ende des Raums fällt ein schmaler Strahl Mondlicht auf den Boden, ich fixiere ihn wie eine Rettungsleine. Als ich die Tür aufstoße und zurück in den Garten gelange, bläst mir erlösend frische Luft entgegen. Der Mond ist gewandert, die Straße ist still geworden. Ich renne los und werfe keinen Blick zurück.

5

Der erste Novembertag beginnt mit einem lang gezogenen Regenschauer, der die ganze Stadt zu verschlucken scheint. Ich sitze mit meiner kleinen Schwester im Bus, die Scheiben sind beschlagen und der Morgenverkehr braust laut durch die Straßen. Sogar Emma wirkt müde. Als ich sie vor ihrer Schule abliefere, schaut sie sich kaum nach mir um und trottet ins Gebäude.

Ich werfe einen Blick auf meine Armbanduhr und mache mich auf den Weg, meinen Anschluss zu kriegen. Es dämmert, aber die dichte Wolkendecke lässt kaum etwas durch. Nasse Blätter kleben auf dem Boden und an meinen Schuhsohlen.

Eigentlich ist das meine Lieblingszeit: Wenn der Herbst in vollem Schwung ist, es nach welken Laubbäumen riecht, nach Heizungsrauch und kalter Erde, wenn das Krächzen der Wildgänse sogar über Berlin zu hören ist.

Leider komme ich heute nicht in Stimmung, die Nacht steckt mir zu tief in den Knochen. Immer wieder habe ich das Bild dieses Mädchens vor mir: Sie steht im grellen Schlaglicht, hebt den Finger und bedeutet mir, sie nicht zu verraten.

Was hat sie in diesem Haus zu suchen? War sie aus demselben Grund da wie wir – um Halloween zu feiern, Geister anzurufen und sich ein bisschen zu gruseln? Aber wieso ganz allein? Ich würde nie auf die Idee kommen, allein in einem Gebäude zu sitzen, das angeblich heimgesucht wird – egal, wie unglaubwürdig ich die Geschichten finde.

Die 73 kommt mit zehn Minuten Verspätung vorm Schultor an. Ich springe über Pfützen und beeile mich, noch vor dem Klingelzeichen in unseren Klassenraum zu kommen, die Gänge sind verstopft mit quatschenden Schülern und tropfenden Regenschirmen.

Ben lehnt neben der Treppe an der Wand, Gia und das andere Mädchen tippen auf ihren Handys. Die drei tragen ihr übliches Ensemble aus Schwarz, Netzstrümpfen und schnurgeradem Eyeliner, der so aussieht, als hätten sie ihn mit der Schablone aufgetragen.

Was nun, denke ich und bleibe zögernd stehen. Gehe ich an ihnen vorbei und tue so, als wäre alles wie immer? Oder höre ich auf die Stimme in meinem Kopf, die mich schon den ganzen Morgen daran erinnert, dass sie mich einfach sitzen lassen haben? In einem verfluchten Haus. Mit der Polizei im Nacken. Andererseits, was habe ich das Recht, mich aufzuregen? Wir sind ja gar keine Freunde. Und wenn ich mich jetzt aufrege, dann werden wir auch keine.

»Hi«, sage ich im Vorbeigehen.

Gia und das Mädchen schauen auf, mit blanken Gesichtern, dann stupst Gia Ben an. Der wird knallrot, als er mich erkennt.

»Hi«, murmelt er.

Verwirrt bleibe ich stehen. Das passt so gar nicht zu Ben. Wir kennen uns zwar kaum, aber ich habe ihn noch nie rot werden sehen. Murmeln tut er erst recht nicht; Ben ist der, der immer am lautesten krakeelt.

»Bist du gut nach Hause gekommen?«, fragt Gia in die eingetretene Stille.

»Ja«, antworte ich.

»Wurdest du erwischt?«

»Nein. Äh – ihr?«

»Nee.«

»Gut.« Ich warte darauf, dass Ben etwas sagt, aber er schweigt. »Na dann … man sieht sich.«

»Bye!«, rufen Gia und ihre Freundin.

Mit einem dicken Klumpen im Hals steige ich die Treppe hoch. Auf dem obersten Absatz drehe ich mich noch einmal um. Ben sagt irgendetwas zu seiner Zwillingsschwester. Ich könnte verzweifeln. War es das schon wieder? Meine eine Gelegenheit, endlich Freunde zu finden? Verpufft nach einem blöden Abend?

Trübsinnig gehe ich zu meiner ersten Stunde. Kaum betrete ich den Klassenraum, ruft Lukas aus der letzten Reihe: »Er hat überlebt!«

Chris lehnt neben ihm am Tisch, seine Arme verschränkt, ein Bein angewinkelt.

»Hey.« Ich trete zu ihnen.

»Das war knapp gestern, was? Sorry, Mann, dass wir dich nicht mehr holen konnten, die Cops waren schon im Vorgarten. Chris hat sie durchs Fenster im Obergeschoss gesehen.«

Ich werfe ihm einen Blick zu. Chris nickt, sagt aber nichts weiter dazu.

»Ist okay«, erwidere ich. »Ich hab mich versteckt, bis sie wieder weg waren.«

»Kann nicht glauben, dass irgendein Wichser die Polizei gerufen hat. Ich wette, es war einer von den Nachbarn. Die waren schon den ganzen Tag gestresst, weil wir da vor dem Tor rumgehangen haben. Bist du bis ins Dachgeschoss gekommen? Hast du rausgefunden, woher das Geräusch kam?«

Ich zögere. Das Mädchen legt vor meinem geistigen Auge wieder einen Finger auf die Lippen. »Nein«, antworte ich schließlich. »Der Dachboden war leer.«

»Das ist nicht gut.« Lukas streckt sich genüsslich. »Ihr wisst, was das heißt? Wir haben einen Geist gehört.«

»Bullshit«, brummt Chris.

»Äh, nein? Das waren Schritte. Körperlose Schritte. Was gibt's Geistermäßigeres?«

»Das war eine Ratte.«

»Muss 'ne fette Ratte sein.«

»Vielleicht.«

»Felix, hast du 'ne fette Ratte gesehen?«

»Nein.«

»Sag ich doch.« Lukas schlägt seine Hände auf die Oberschenkel wie ein Geschäftsführer am Ende eines Meetings. »Geist.«

»Lass uns erst mal mein Footage sichten, bevor wir voreilige Schlüsse ziehen. Hast du meine GoPro dabei?«

Chris schaut mich erwartungsvoll an und ich spüre meinen Magen zu einem schweren Klumpen zusammenschmelzen und in meine Kniekehlen rutschen. Die Kamera.

»Äh, ich – ich hab sie zu Hause vergessen«, sage ich schnell. »Sorry.«

»Dann bring sie morgen aber mit, ja?«

»Ja – ja klar.«

Es klingelt, und ich beeile mich, zu meinem Tisch zu kommen. Glücklicherweise ist das nicht besonders auffällig, weil ich halt ich bin und direkt vor dem Lehrertisch sitze. Mein Nerd-Faktor rechtfertigt, dass ich vor dem Ende des Klingelzeichens auf meinem Platz sein will. Aber dieses eine Mal sind mir die Klingel und der Unterricht und die Schule egal. Wie ein Zombie packe ich einen Hefter aus. Meine Gedanken drehen sich im Kreis und verfangen sich immer wieder an einer Stelle: Christians Kamera. Ich brauche die Kamera. Aber um sie wiederzubekommen, muss ich in dieses Haus zurück.

Der Regen lässt nicht nach. Er überschwemmt die Straßen, Gehwege und Ablaufgitter, als hätte er es sich persönlich vorgenommen, meinen Tag so anstrengend wie möglich zu gestalten. Ich steige aus dem Bus, ein paar Stationen früher als sonst, und eile über die große Kreuzung mit den Baustellen. Das spitze Dach des Hauses mit seiner veralteten Antenne ist schon aus der Ferne zu erkennen. Es thront wie ein Mahnmal über dem modernen Großstadtdschungel. Ich halte darauf zu, schaue mich aufmerksam um, dann schlage ich mich ins Dickicht: Neben dem Grundstück verläuft ein Streifen Brachfläche, den ich entdeckt habe, als ich gestern entkommen bin; die Brombeerbüsche stehen dort besonders hoch und schützen mich vor den neugierigen Blicken der Nachbarn (hoffe ich zumindest).

Ungelenk klettere ich über den Zaun. Meine Schuhe versacken sofort im aufgeweichten Boden. Fantastisch. Ein lautes Schmatzen ertönt, während ich einen Fuß nach dem anderen aus der Erde ziehe, den Schaden begutachte und schlecht gelaunt weitergehe.

Im Tageslicht sieht man, dass der Garten einst schön gewesen sein muss. Es gibt hohe Bäume und geschwungene Pfade, ein kaputtes Gewächshaus, Blumenbeete und eine Vogeltränke, die so mit der ungezähmten Natur verschmolzen ist, dass es aussieht, als wäre sie selbst ein Stück sonderbar gewachsenes Holz.

Ich frage mich, ob ich heute allein bin.

Außer meinen eigenen sehe ich keine Fußabdrücke, aber das hat nicht viel zu sagen. Man könnte vorsichtiger sein als ich, man könnte noch weniger entdeckt werden wollen.

Ich lege den Kopf in den Nacken und schaue zum kleinen, runden Dachfenster hoch.

Was tust du hier?, frage ich mich.

Warum versteckst du dich?

Wer bist du?

Dann schüttle ich abrupt den Kopf. Es ist egal. Ich brauche die Kamera, nichts weiter. Sobald ich sie Chris gegeben habe, muss ich nie wieder in diese alte Villa zurückkommen. Augen zu und durch.

Das Haus ist im Tageslicht um einiges leichter zu manövrieren. Ich klemme die Kellertür mit einem Backstein aus dem Garten fest und finde die Treppe ins Erdgeschoss schneller als gestern Nacht. Während ich erneut die Diele betrete, lausche ich. Der Salon zu meiner Linken liegt verlassen da. Kein Geräusch dringt aus dem ersten Stock. Graues Licht fällt durch die Fenster auf abgedeckte Möbel, eine breite Couch, eine Anrichte, Stühle. Von den Wänden schält sich Tapete. Ich beeile mich, die nächste Treppe zu nehmen. Im Obergeschoss bleibe ich stehen.

Wenn ich mich richtig erinnere, ist mir die Kamera im Flur heruntergefallen und dann ins Badezimmer geschleudert worden.

Es knirscht unter meinen Sohlen, als ich den kleinen, gekachelten Raum betrete, und einen erschrockenen Moment lang bin ich mir sicher, dass ich Christians GoPro in tausend Einzelteile zerlegt habe. Dann fällt mein Blick auf den leeren Rahmen eines Spiegels, der in der Badewanne liegt, in einem Haufen zusammengeknüllter Klamotten. Der Boden ist übersät mit Scherben, aber die Kamera ist nirgendwo zu sehen. Vorsichtig gehe ich auf die Knie und spähe unter den Waschbeckenschrank. Nichts.

Was mache ich eigentlich, wenn das Mädchen die GoPro gefunden hat? Soll ich Chris einfach die Wahrheit sagen? Dass jemand dort war? Dass sein liebstes Spielzeug verschwunden ist? Nein, ausgeschlossen.

Ich spähe in die Badewanne. Mit spitzen Fingern hebe ich die einzelnen Kleidungsstücke an. Sie sind ausgefranst, teilweise zerschnitten, teilweise auseinandergerissen. Ich lasse sie wieder fallen. Allmählich wird es komisch. Was auch immer dieses Mädchen hier treibt, es ist für meinen Geschmack etwas zu … ich weiß auch nicht. Mit steigender Panik durchsuche ich den Rest des Badezimmers, gehe zurück in den Flur, durchkämme die angrenzenden Räume, aber es bleibt dabei: Christians Kamera ist weg.

»Shit«, flüstere ich und fahre mir durch die kurzen Haare. »Shit, Shit, Shit.«

Was soll ich jetzt unternehmen? Ich kann Chris nicht hängen lassen, nicht jetzt, da ich die Chance habe, etwas an meinem Blobfischstatus zu ändern. Wenn ich es versaue, wer will dann noch mit mir zu tun haben? Es ist so schon schwer genug. Ich spüre Christians Skepsis mir gegenüber, ich spüre Ben schon wieder Abstand nehmen, ich spüre meine eigene Einsamkeit wie ein kräftiges magnetisches Feld, das alles von mir wegstößt – und ich habe keine Lust mehr. Alte-Seele-am-Arsch. Wenn Erwachsene das zu einem sagen, suchen sie eh nur höfliche Worte dafür, dass man ein verdammter Weirdo ist.

Ich nehme meinen Rucksack von den Schultern und setze mich ans Fensterbrett im Schlafzimmer, dort, wo ich gestern noch gekauert und die Polizei beobachtet habe. Dann hole ich meinen Hefter und einen Kuli hervor.

An das Mädchen mit den bunten Haaren,
ich war an Halloween in diesem Haus und habe eine kleine Kamera verloren. Ich brauche sie dringend wieder. Hast du sie gefunden? Wenn ja, bitte leg sie auf den Tisch im Wohnzimmer. Ich zahle auch Finderlohn.
Danke.
F

Die fertige Nachricht reiße ich mit einem Ruck aus dem Hefter und klebe sie mithilfe eines Post-Its, von denen ich immer einen dicken Stapel dabeihabe, an die Tür zum Badezimmer. Der Post-It leuchtet neongelb. Hoffentlich ist er auffällig genug. Eine Weile betrachte ich ihn wie hypnotisiert. Schließlich gebe ich mir einen Ruck. Anscheinend werde ich ein weiteres Mal in dieses Haus zurückkehren müssen. Besser, wenn ich dann nicht mehr Zeit als nötig zwischen den alten Möbeln und morschen Decken verbringe. Geister gibt es hier nicht, da bin ich mir sicher, aber die Realität hat ihre eigenen Wege, jede Wand zu durchdringen und einen heimzusuchen.

6

Der Regen hört auch am nächsten Tag nicht auf. Er liegt wie eine schwere Filzdecke über allem. Ich schiebe es auf ihn, dass ich mich immer noch niedergedrückt fühle und den halben Schultag aus dem Fenster starre, obwohl mir klar ist, dass draußen schönster Sonnenschein sein könnte und ich trotzdem am liebsten losheulen würde. Das erste Mal seit Langem habe ich mich aus meiner Blase gewagt und nun fühle ich mich noch einsamer als vorher. Wie ist das eigentlich möglich? Und warum habe ich Ben heute nirgendwo gesehen? Sein Emo-Club stand wie immer an der Treppe und hat mich gegrüßt, aber Ben selbst war nicht dabei. Keine Ahnung, ob er vielleicht krank ist. Ich habe nicht mal seine Handynummer, um ihn zu fragen. Und dazu noch hängt mir jemand ganz anderes im Nacken.

»Hast du meine Kamera?«, fragt Chris in der Frühstückspause.

»Oh, äh, ich hab sie schon wieder zu Hause liegen lassen«, antworte ich. »Tut mir leid. Ist gerade viel los. Hab die ganze Nacht Bio gemacht. Morgen, okay?«

»Na gut«, brummt Chris und stapft davon.

Zum Glück glaubt jeder ohne Zögern, dass ich zu sehr auf die Schule fokussiert bin und mich nicht um so weltliche Dinge wie meine Mitmenschen kümmere. Trotzdem spüre ich genau, dass meine Zeit bei Chris abläuft, wie bei einer Sanduhr. Die letzten Körnchen fallen – und ich kann nur hoffen, dass dieses Mädchen meinen Brief findet und ich rechtzeitig alles wieder geradebiegen kann.

Mein Plan ist derselbe wie gestern: nach Schulschluss ins Haus einsteigen. Idealerweise liegt Christians GoPro auf dem staubigen Tisch im Wohnzimmer, und ich lasse zwanzig Euro da, nehme die Kamera mit, bringe sie Chris zurück und mache ihn damit so glücklich, dass er mich als ebenbürtig anerkennt, was Ben dazu veranlasst, mir seine Nummer zu geben und mich zu jeder seiner Partys einzuladen, weil ich einfach so unwiderstehlich beliebt bin.

Ich seufze und massiere meinen Nasenrücken unter der Brille. Hör auf zu träumen, denke ich mir, konzentrier dich aufs Wesentliche. Aber was das Wesentliche überhaupt sein soll, fällt mir in diesem Moment nicht ein. Leute sagen das mit dem Wesentlichen so einfach, als ob allen klar wäre, was sie wollen. Ich will die meiste Zeit einfach nur nicht Ich sein und das ist wenig hilfreich.

Die Laternen sind schon an, als ich endlich von zu Hause loskomme. Sie werfen schwaches Licht, das meinen Schatten in alle Richtungen verzerrt, wenn ich unter ihnen hindurchschlüpfe. Mehrmals schaue ich über meine Schulter, sicher, dass jemand hinter mir ist, aber sooft ich mich auch umdrehe, die Straße ist leer.

Ich biege auf meinen erprobten Schleichweg ab. Versteckt von welken Brombeerbüschen, klettere ich wieder über den Zaun. Der Boden ist noch schlammiger als gestern, aber dieses Mal habe ich mir Papas Gummistiefel ausgeliehen.

Während ich auf das Haus mit seinen dunklen Fenstern zulaufe, muss ich an die vielen leeren Räume und tiefen Korridore denken. Am liebsten würde ich wieder umdrehen.

»Felix Laubmeyer, Augen zu und durch«, flüstere ich.

Ich nehme die kleine Betontreppe hinunter zur Kellertür. Der Stein, den ich als Stopper benutzt hatte, ist verschwunden, die Tür fest verschlossen. In dem schmalen Schlitz zwischen Tür und Rahmen steckt der Zettel aus meinem Hefter. Er ist mehrmals gefaltet und weich vom Regen. Vorsichtig ziehe ich das Papier auseinander. Unter meiner Nachricht ist eine neue aufgetaucht, in einer schmierigen Schrift mit kleinen, kugeligen Buchstaben:

Lieber F,
du bist das also gewesen? Lustig, wie sich das Blatt wendet. Ja, ich hab deine Kamera gefunden. Aber ich hab keine Lust auf einen Austausch, also steck dir deinen Finderlohn in den Arsch.
Fuck you.
L

Mit offenem Mund starre ich den welligen Zettel an.

7

~~Liebe L,~~
~~geht's noch?~~

~~Liebe L,~~
~~was hab ich dir getan? Ich brauche diese Kamera. Sofort.~~
~~Sie gehört einem Freund. Ich hab Mist gebaut. Bitte.~~

~~L,~~
~~hier ist F. WTF? Hast du~~

Hallo L,
ich verstehe, dass du wütend bist, weil wir an Halloween in das Haus eingestiegen sind. Hast du vielleicht eine Verbindung zu diesem Gebäude? Ich kann dir versichern, wir waren nicht da, um etwas kaputt zu machen. Meine Freunde wollten sich nur ein bisschen gruseln. Wegen der Gerüchte mit den Geistern. Hätte ich gewusst, dass du da bist, hätte ich sie davon abgehalten.

Es klingelt zur Frühstückspause und ich setze den Kuli ab, seine Spitze schwebt unschlüssig über dem letzten Satzzeichen. Diese Antwort gefällt mir besser als meine vorigen Versuche, aber sie ist nicht ganz ehrlich. *Meine Freunde* sind nicht meine Freunde, und ich bin nicht sicher, ob ich mich getraut hätte, sie von irgendetwas abzuhalten.

»Hey, was machst du da?«

Ich hebe den Kopf und lege intuitiv eine Hand auf den Zettel mit meinen Kontaktversuchen zu der mysteriösen L. Eigentlich hatte ich gehofft, an meinem Tisch ein bisschen Ruhe zu haben, weil meine Klasse sich eh nicht um mich kümmert. Tatsächlich aber steht Chris vor mir und runzelt die Stirn. »Schreibst du Liebesbriefchen?«, fragt er.

»Natürlich nicht.« Ich falte das Blatt Papier schnell zusammen und stopfe es in meine Hosentasche. »Was ist los?«

»Meine Kamera.«

»Ja.«

Chris streckt eine Hand aus. »Ich will sie haben.«

»Äh, ja, ich weiß.«

»Jetzt.«

»Okay.« Ich schaue Chris an, unsicher, wie ich fortfahren soll. In seinem Gesicht mischen sich Unverständnis und steigende Empörung.

Wenn mir nicht schnell etwas einfällt, um ihn zu vertrösten, geht er mir vor allen anderen an die Decke. »Können wir kurz draußen sprechen?«

»Warum? Was hast du mit meiner Kamera gemacht?«

»Gar nichts! Kommst du – bitte?«

Chris ist vielleicht nicht mehr der Typ, der auf ein ehrliches Bitten reagiert, doch als ich aufstehe, folgt er mir wortlos. Ich eile die Treppe hinunter, ins kalte Foyer, wo sich schlammige Fußspuren kreuzen. Regen schlägt gegen die verglasten Eingangstüren.

»Also.« Ich bleibe stehen und drehe mich zu ihm um. »Folgendes: Es tut mir leid. Ich weiß, dass du auf deine Kamera wartest. Das Ding ist … ich habe sie in dem Haus liegen lassen. An Halloween.«

»Was?«, schnappt Chris.

»Ich bin einfach noch nicht dazu gekommen, sie zu holen, weißt du, bei mir geht gerade alles drunter und drüber und …«

»Du kannst doch nicht meine Cam liegen lassen! Weißt du, wie viel Material auf der Karte ist? Und wie teuer die war?«

»Es tut mir wirklich leid! Ich hole sie wieder, okay?«

»Nichts ist okay!«, raunzt Chris. »Wie dumm bist du eigentlich? Mir war so klar, dass wir dich NPC nicht mitnehmen sollten, aber Ben musste ja wieder Charity spielen.«

Ich wünschte, ich könnte genauso laut und wütend werden wie Christian. Ihm gehen die Vorwürfe ganz leicht von der Zunge, dabei habe ich auch eine Menge Vorwürfe an ihn. Warum zum Beispiel hat er mich bei der erstbesten Gelegenheit im Stich gelassen? Er hätte mich doch wenigstens vor der Polizei warnen können. Es hätte nur ein Wort gebraucht. Aber vielleicht wollte er das gar nicht – mir helfen.

»Es tut mir leid«, antworte ich schwach.

»Ach, fick dich, Felix.«

»Morgen hast du deine GoPro, ich verspreche es.«

Chris sieht nicht überzeugt aus. Ich weiß nicht, wie viele Beleidigungen ihm noch auf der Zunge liegen oder wie viele ich noch hören kann. Dieses Mädchen hat alles ruiniert.

»Ich mach es wieder gut«, biete ich an, als Chris nach wie vor schweigt und Todesblicke durch meine Stirn starrt. »Ich kann dir bei Bio helfen …«

»Ich brauch deine Hilfe nicht!«, raunzt Chris. »Bring einfach meine scheiß Kamera morgen mit.«

»Mach ich!«

»Gut.« Chris deutet auf mich. »Peace, du NPC.«

Dann geht er.

»Peace!«, rufe ich ihm enthusiastisch hinterher und komme mir vor wie der größte, ekligste Schleimer der Welt.

☾☾☾

Nach der Schule steige ich an der üblichen Kreuzung aus und klettere über den Zaun der verlassenen *Theodora*. Der Regen pladdert unvermindert. Mittlerweile habe ich mich fast an ihn gewöhnt, genauso wie es zur seltsamen Routine wird, nachmittags hier vorbeizuschauen.

Verborgen zwischen Unkraut, steht das kaputte Gewächshaus. Zwei Seiten sind eingeschlagen, aber das Dach ist intakt. Jemand hat darin eine Menge leerer Holzkisten gestapelt, ich drehe eine der Kisten um, setze mich und krame in meinem Rucksack nach dem Hefter, auf dem ich einen neuen Brief für L entwerfen will.

Der Lärm der nahen Baustelle verschwimmt mit dem Rhythmus des Regens, während ich auf meinem Stift kaue und das leere Papier anstarre.

Ich verstehe langsam, warum L das Haus für sich beansprucht. Das endlose Tohuwabohu der Außenwelt gerinnt, sobald man den Garten betritt. Die Zeit wird dickflüssig und träge. Man kann atmen.

Ich setze den Stift auf und schreibe. Wolken ziehen über mir hinweg. Das Licht nimmt ab.

Mein nächster Versuch, einen überzeugenden Brief zu formulieren, landet als Papierknäuel in einer der Kisten, der danach auch. Beim überübernächsten habe ich endlich ein besseres Gefühl, was jedoch nicht viel heißen muss, weil zwischenmenschliche Kommunikation offensichtlich nicht meine Stärke ist – da unterbricht mich ein Geräusch.

Der Garten ist schon die ganze Zeit in Bewegung, er raschelt und knackt und seufzt unter den Wassermassen, die herunterkommen, aber er hat dabei seinen eigenen Rhythmus. Dieses Geräusch passt nicht dazu, es sticht heraus, es klingt anders – lebendiger. Für einen nervenzerreißenden Moment ist unklar, wo es herkommt. Dann höre ich das vertraute Schmatzen von Schlamm. Jemand schlägt sich durch den Garten und taucht auf dem überwucherten Weg auf, ohne mich im Gewächshaus zu bemerken.

Das Mädchen mit den bunten Haaren hat eine Kapuze tief ins Gesicht gezogen, sodass nur ihr türkisfarbener Pony darunter hervorfunkelt. Die frühe Dämmerung verdunkelt ihr Gesicht. Sie hat die Hände in den Taschen ihres viel zu großen Hoodies vergraben und setzt behutsam, aber zielstrebig einen Fuß vor den anderen.

Mein erster Impuls ist, zu erstarren und abzuwarten. Sie sieht mich nicht. Was auch immer L in dieser Villa treibt, wie auch immer ihr voller Name ist, sobald sie im Keller verschwunden ist, kann ich abhauen. Aber das bringt Christians Kamera auch nicht wieder, genauso wenig wie der nächste bittende Brief, den sie mir in den Arsch schieben will.

»Hey«, sage ich und stehe auf.

Das Mädchen fährt herum, die Kapuze rutscht von ihrem Gesicht und für einen Moment verliert sie das Gleichgewicht. Dann fängt sie sich mit einem schmerzverzerrten Zischen.

»Was zum Teufel?«, blafft sie. »Wer bist du? Was willst du?«

Ich dachte, das wäre ihr klar, sobald sie mich sieht. Dann fällt mir ein, dass sie mich damals im grellen Gegenlicht der LED-Lampe vielleicht gar nicht erkennen konnte.

»F«, antworte ich.

»Du«, sagt sie. »Du bist das.«

Wir stehen uns gegenüber wie zwei Tiere bei einem Revierstreit, zögernd, taxierend, abwägend, wer stärker ist, wer zuerst angreifen soll. Ich habe da eigentlich keinen Zweifel. Trotz der behutsamen Art, mit der sie sich bewegt, sieht sie aus, als würde sie trainieren. Ich bin ein dünner Lauch mit der Muskelmasse eines dünnen Lauchs. Und darüber hinaus will ich ihr Revier gar nicht.

»Ich glaube, du hast etwas, das mir gehört«, bringe ich mit all der Ich-bin-ein-großer-Bruder-Autorität heraus, die ich besitze.

Das Mädchen bleibt unbeeindruckt. Sie hebt spöttisch die Augenbrauen. »Warum redest du wie ein Bond-Bösewicht?«

»Ich – ich –, tu ich das? Also – was ich sagen will – du hast eine Kamera, die mir gehört. Also nicht direkt mir. Meinem Freund.«

»Eine Kamera.«

»Du weißt, welche.«

»Die gehört nicht dir?«

Ich schüttle den Kopf. Damit hat L anscheinend nicht gerechnet. Ihr Blick ändert sich. Er bleibt skeptisch, aber weicht ein wenig auf. Oder bilde ich mir das ein?

»Du willst die Kamera von deinem Freund wiederhaben«, fasst sie zusammen.

»Exakt.«

»Hm.« Sie verdreht die Augen, als würde sie angestrengt darüber nachdenken. »Nope. Bye.«

»Hey – warte mal!«

Ich laufe ihr nach, als sie sich daranmacht, die Betonstufen zum Keller zu nehmen.

»Was?«, fragt sie und dreht sich angriffslustig um. »Was willst du machen? Ich schulde dir nichts. Pass halt besser auf den Kram deiner Arschloch-Freunde auf.«

»Ich weiß, dass du mir nichts schuldest, aber ich dachte, keine Ahnung, du wärst vielleicht nett und würdest mir helfen.«

»Warum soll ich nett zu dir sein?«

»Weil – weil man das halt so macht!«

»Ja, das ist Bullshit«, erwidert sie und öffnet die Tür. »Geh jetzt. Ich hab keine Lust mehr auf dich.«

»Ich kann nicht!«

»Wieso?«

»Weil mein Arschloch-Freund mich sonst fertigmacht!«

L hat mir bereits den Rücken zugedreht, ihre Hand ruht auf der Türklinke. Sie hält inne. Es ist kein langes Zögern, aber für eine Millisekunde schöpfe ich Hoffnung. Dann sagt sie »dein Problem« und tritt in den dunklen Keller, ganz ohne Taschenlampe oder Handylicht.

Wieder stehe ich da, als ob mir jemand ein Brett vor den Kopf geknallt hat. Wieso ist sie so unkooperativ? Was hat sie gegen mich?

»Bitte!«, rufe ich ihr hinterher und greife nach der zufallenden Tür. »Laura! Oder Lena? Luise? Lilli?«

Stille.

»Ich bin Felix«, füge ich hinzu. »Laubmeyer.«

Um Gottes willen, warum erzähle ich diesem fremden Mädchen eigentlich meinen Nachnamen?

»Meine Fresse«, kommt es aus dem Halbdunkel. »Okay, hör mir mal zu, Felix Laubmeyer. Ein kleiner Tipp unter uns: Such dir neue Freunde. Deine jetzigen sind lächerliche Würstchen. Wenn sie dich hassen, weil du ihre Cam verbummelt hast, nimm es als Geschenk eines gnädigen Gottes.«

»Woher willst du wissen, wie meine Freunde sind?«

»Was denkst du? Ich hab die Videos auf der Kamera gesehen. Und außerdem hast du ganz offensichtlich Schiss vor ihnen. Findest du das normal?«

Gewagt, dass diese Frau von *normal* redet, denke ich, immerhin steigt sie regelmäßig in den Gammel-Keller eines Gruselhauses ein.

»Ich weiß nicht, was auf der Kamera ist«, erwidere ich, »aber das ist nur Gespinne von Chris und Luke. Sie haben einen Youtube-Channel, wo sie ihre Videos hochladen. Sie wollen halt witzig sein.«

»Findest du sie witzig?«

Ich zögere.

»Da hast du's«, sagt L. »Und jetzt fuck off.«

Sie quetscht sich hinter einer Anrichte hindurch, deren Fächer gefüllt sind mit Spinnenweben, und verlässt den schwachen Lichtkreis, in dem ich sie gerade so erkennen konnte.

Verzweifelt rufe ich: »Na gut, willst du die ganze Wahrheit hören? Das sind nicht meine Freunde. Ich habe überhaupt keine Freunde. Ich bin an diesem Abend mit ihnen losgezogen, weil ich manchmal so einsam werde, dass es wehtut. Ich dachte, es ist besser, mit ihnen zusammen zu sein als mit niemandem.«

Die Tür in meiner Hand wird schwer, während ich angespannt auf eine Antwort warte. Vielleicht ist es sinnlos, dieses Hin und Her, dieses Tauziehen. L scheint zu viel Spaß daran zu haben, möglichst unbequem zu sein. Sie wird mir nicht aus der Klemme helfen.

»Komm morgen wieder«, sagt sie.

»Was?«

»Ich muss nachdenken.«

»Was? Wann?«

Ich höre Schritte, doch niemand nähert sich. Irgendwann übernehmen die Geräusche des Gartens wieder. L ist ins nächste Geschoss hochgestiegen. Eine Weile stehe ich noch da, die Tür in der Hand,

Regen läuft unter den Kragen meiner Jacke und den Nacken herunter. Dann lasse ich los. Das Haus zittert, als die alte Metalltür ins Schloss fällt.

8

Wenn mein Wecker klingelt, bin ich meistens schon wach und erstelle gedanklich einen Plan von den Dingen, die es am jeweiligen Tag zu erledigen gibt. Heute jedoch ist es, als ob mich das Geräusch von den Toten wiederholt. Ich kämpfe gegen dicke Schichten bleierner Schwere an, um den Arm zu heben und nach dem Handy zu greifen.

Draußen ist es dunkel, Regen schlägt unverändert gegen das Fenster, aber in der angrenzenden Küche zischt bereits die Kaffeemaschine. Papas Schritte schwellen an und ab, während er in der Wohnung umherläuft. Emmas Stimme murmelt in der Ferne.

Ich will heute nicht in die Schule.

Es regnet und regnet und regnet, und darüber hinaus wartet Chris auf mich, der nichts davon weiß, dass seine Kamera geiselgehalten wird. Was soll ich ihm sagen? Wie soll das noch gut gehen? Ich habe echt keine Lust mehr auf ein Problem nach dem anderen. Und vor allem habe ich keine Lust auf L. Diese Frau ist so egoistisch. Wenn ich mich auch nur einmal verhalten würde wie sie, würde hier nichts mehr funktionieren: Papa könnte sich nicht mehr auf mich verlassen und Emma müsste sich mit ihren sechs Jahren selber die Wäsche waschen und Essen kochen.

Es klopft. »Felix? Kann ich kurz reinkommen?«

»Ja«, antworte ich und setze mich mühsam auf. »Was ist los?«

Papa öffnet die Tür. »Du hast doch die ersten zwei Stunden frei, oder?« Ich muss so kaputt aussehen, wie ich mich fühle, denn Papa unterbricht sich besorgt: »Ist alles in Ordnung?«

Er klingt wie ich. Wenn wir allein auf der Welt wären, würde unser ganzer Tag daraus bestehen, den anderen zu fragen, ob alles in Ordnung ist – bis halt einer zuerst umkippt.

»Ja«, erwidere ich. »Was ist los?«

»Emma hat Bauchschmerzen. Ich versuche, mir heute freizunehmen. Könntest du ein bisschen ein Auge auf sie haben, solange ich alles kläre?«

»Hatte sie nicht letzte Woche erst Bauchschmerzen?«

Papa nickt müde. Ich schüttle den Kopf. Mit Emma ist aber auch ständig etwas. Manchmal frage ich mich, ob sie wirklich krank ist oder ob sie sich das alles ausdenkt, um zu Hause bleiben und Animal Crossing zocken zu können.

»Meinst du, sie tut nur so, als ob sie Bauchschmerzen hat?«, frage ich.

Papa zuckt die Schultern. »Wer weiß. Du hattest auch deine Phasen, wo du nicht in die Schule wolltest.«

Ein schmerzhaftes Stechen zieht durch meinen Brustkorb.

Ich nicke.

Nachdem Mama gestorben ist, waren alle in meiner Klasse sehr nett zu mir, ich wurde sogar zu den Geburtstagspartys von Kindern eingeladen, mit denen ich bis dato kaum geredet hatte. Dann, nach einer Weile, die sich im Nachhinein wie ein Fiebertraum anfühlt, bildete sich eine neue Realität. Die kochende Lava, die unsere Welt umgerissen, verschluckt, deformiert hatte, kühlte ab und versteinerte. Ich wollte nicht mehr zurück in die Schule, wo das Leben aller anderen einfach so weiterging wie immer. Natürlich brauchte Papa keine zwei Tage, um meine ausgedachten Krankheiten zu durchschauen.

»Vielleicht will sie nicht, dass du zur Arbeit gehst«, antworte ich schließlich.

Papa sieht nachdenklich aus. »Vielleicht«, sagt er. »Ich rufe jedenfalls gleich bei ihrer Lehrerin an. Bis dahin –«

»Pass ich auf.«

»Danke, mein Großer.«

»Klar.«

Papa schließt die Tür und ich lasse mich mit einem Stöhnen zurück ins Bett fallen.

☾☾☾

Emma will kein Frühstück, deswegen mache ich ihr einen Tee. Während ich etwas Zucker unterrühre, wandern meine Gedanken zurück zu *Theodora* und L.

Dieses Mädchen nervt mich irgendwie. Sie tut so, als würde ich sie nicht in Ruhe lassen wollen, obwohl ich eigentlich nur zurückkriegen will, was *sie* geklaut hat. Diese ganze Sache könnte längst erledigt sein. Und es ist nicht verboten, in dieses Haus einzusteigen. (Okay, es *ist* verboten, aber auch für sie. Ich habe keinen Schlüssel bei L gesehen, sie ist genauso ein Eindringling wie wir alle.) Keine Ahnung. Sie frustriert mich. Wozu braucht sie Bedenkzeit? Was gibt es zu bedenken? Ob sie ausnahmsweise einmal nett sein soll? Ich verstehe einfach nicht, wie ein Mensch so drauf sein kann.

Ich stelle die heiße Teetasse an Emmas Bett, wo sie eingemummelt liegt, nur der Kopf guckt heraus – und ihre kleinen Hände, die eine Spielekonsole umklammert halten. Ein paar Minuten sitze ich an ihrer Seite, dann hat Papa alles geklärt und löst mich ab.

Unter dem Vorwand, früher loszugehen, um noch in der Bibliothek zu lernen, verlasse ich die Wohnung und ziehe eine Kapuze über den Kopf. Der Regen ist zu Niesel verschwommen und kälter geworden. Nicht mehr lange, bis Schnee daraus wird.

Lisa, Larissa, Leonie …

Ich kicke Steine die Straße runter und überlege.

Keiner dieser Namen scheint mir zu L zu passen, was natürlich Quatsch ist. Sie hat ihren Namen bekommen, bevor sie ihre Haare Türkis gefärbt und ihre Nase gepierct hat, bevor ihre Eltern wussten, was sie da heranzüchten. Wahrscheinlich trägt sie den bravsten, unpassendsten Namen überhaupt. Liselotte oder so.

An der großen Kreuzung rollt wie immer der Verkehr. Mein Bus, den ich nehme, wenn ich nicht Rad fahren kann, kommt gerade, als ich die Haltestelle passiere. Ein paar Leute aus meinem Jahrgang steigen ein. Ich ziehe den Jackenkragen höher, doch ihre Augen wandern trotzdem über mein Gesicht.

Schnell sage ich: »Hi.«

Die Gruppe starrt mich nur an. Bei genauerem Überlegen kenne ich kaum ihre Namen. Wir sind bloß in einem Jahrgang – ich interessiere sie sicher kein bisschen. Meine Güte. Ich tue so, als würde ich den Fahrplan studieren. Sobald die Gruppe eingestiegen ist und der Bus anfährt, lasse ich die Scharade fallen und biege in die angrenzenden Brombeerbüsche.

Mit jedem neuen Besuch fürchte ich die alte Villa weniger, fühle mich eher erleichtert, sie zu sehen. Ich weiß nicht, ob das etwas Gutes oder Schlechtes ist.

Lucia.

Ein bisschen kommt mir L wie eine Lucia vor.

Oder eine Lexi. Oder vielleicht beginnt ihr Name gar nicht mit einem L und sie ist einfach eine Bitch. Das ist, ehrlich gesagt, der passendste Name bis jetzt.

Ich klettere über den Zaun und durchquere den Garten, in der Annahme, im Gewächshaus darauf zu warten, dass L sich zeigt und mir mitteilt, wie sie sich nun bezüglich der Kamera entschieden hat. Halb rechne ich auch damit, sie überhaupt nicht zu sehen und meine zwei Freistunden rumzusitzen.

Zu meiner Überraschung jedoch erkenne ich schon von Weitem eine weiße Plastiktüte, die jemand an der Außenseite befestigt hat.

Ich stürze los.

Die Tüte ist vom Regen ganz rutschig, meine Finger gleiten ständig an dem Knoten ab, der sie zusammenhält, etwas Kleines, Schweres ist darin eingepackt. Es kann nur Christians GoPro sein. Ich reiße die Tüte auf und tatsächlich – da ist sie.

»Oh, Gott sei Dank«, seufze ich und drücke die Kamera an meine Brust wie einen verloren geglaubten Freund. »Oh mein Gott!«

Mit einem Mal bin ich fast ekstatisch. Ich habe die Kamera wieder. Ich kann meinen Fehler ausbügeln und alles gutmachen. Chris muss nicht mehr sauer auf mich sein. Was für ein Tag, was für ein fantastischer, fantastischer Tag!

Schnell verfasse ich eine kurze Antwort:

Liebe L,
danke, danke, danke! Ich weiß nicht, wie ich dich überzeugen konnte, aber ich bin sehr froh über deine Hilfe.
Liebe Grüße
Felix

Den Zettel klebe ich an die Innenseite des Gewächshauses und renne durch den Garten. Ich kann mein Glück nicht fassen. Vielleicht muss ich mich doch nicht mit dem Schicksal abfinden, keine Freunde zu haben. Vielleicht wird jetzt alles gut. Ich klettere über das Haupttor und nehme den nächsten Bus Richtung Schule.

9

»Hey, NPC.« Chris fängt mich am Freitagmorgen ab, bevor ich den Klassenraum für unsere erste Stunde betreten kann. »Was läuft eigentlich falsch mit dir?«

»Wie bitte?«, frage ich.

Heute regnet es das erste Mal seit Ewigkeiten nicht, Emma ist ohne Probleme zur Schule gegangen und ich bin eigentlich recht gut drauf. Immerhin habe ich Christian gestern seine Kamera wiederbringen können.

»Du weißt genau, wovon ich rede«, spuckt er.

»Äh … nein.«

»Soll ich dir auf die Sprünge helfen?« Chris holt sein Handy heraus und tippt energisch darauf herum. »Ach so und komm mir nicht mit dieser Ich-bin-so-unschuldig-Tour, ja? Wir wissen, dass du in diesem Haus rumschleichst.«

Ich kriege das Handy in die Hand gedrückt und ein Video startet. Es beginnt mit einem Kleiderrascheln und Wackeln, man kann lediglich unscharfe Formen erkennen, aber kurz darauf stabilisiert sich das Bild. Die verwaschenen Farben werden zu den Linien eines schlecht beleuchteten Dachzimmers. Im Hintergrund ist ein kleines, rundes Fenster. Auf dem Fußboden stehen Dutzende schwarze Kerzen. Um sie herum wurden ein Kreis gezogen und Symbole aufgemalt, mit Kreide oder etwas in der Art. In der Mitte des Zirkels liegt ein blutüberströmter Totenkopf.

Ich zucke zusammen. Mit klopfendem Herzen starre ich auf den weißen Schädel mit den tiefen Augenhöhlen. Er scheint unbarmherzig zurückzustarren, aber mehr passiert nicht. Das Video bricht kurz darauf ab.

»Danke, dass du mit diesem Scheiß meine Karte überspielt hast, Quentin Tarantino. Keine Ahnung, warum du auf die Idee kommst, dass mir so ’n bisschen Farbe Angst macht«, sagt Chris, nachdem er eine Weile beobachtet hat, wie ich regungslos dastehe. »Weil – das tut es nicht. Dein Geisteszustand, okay, das ist was anderes, aber dieses komische Ritual da? Nope. Wo hast du überhaupt einen Totenkopf her?«

»Ich war das nicht«, entgegne ich.

Christian prustet ungläubig und ich kann es ihm nicht einmal verdenken. Wie konnte ich so naiv sein? L hatte von Anfang an keine gute Meinung über meine sogenannten Freunde. Jetzt hat sie die Karte formatiert und mit diesem Video überspielt. Und ich hab ernsthaft geglaubt, sie würde mir helfen wollen.

»Bist du endlich eingeknickt und hast wen gekillt?«

»Ich war das nicht, okay?«

»Ah ja, wer dann? Ein Geist? Ein …« – Chris hebt die Hände und wackelt mit den Fingern – »… Dämon? Keiner glaubt an diesen Scheiß.«

Ich stütze die Stirn in meine Hand. »Ich … ich kenne ihren Namen nicht.«

Mit diesem Satz scheint Chris nicht gerechnet zu haben. Ich bin selbst davon überrascht. Aber ich habe plötzlich keine Lust mehr, loyal gegenüber einer Person zu sein, die in einer verfluchten Villa rumhängt und Totenköpfe mit Blut oder Farbe oder Wasweißich überkippt. Nicht nur hat sie mich voll ins offene Messer rennen lassen – sie hat das Messer überhaupt erst in die Hand genommen. Warum? Warum musste sie meine Chance auf eine Freundschaft mit Chris zerstören? Aus Spaß? Weil sie die Gelegenheit dazu hatte? Weil sie wusste, dass ich zu gutgläubig bin, um sie aufzuhalten?

»Ich kenne sie nur unter dem Anfangsbuchstaben ihres Namens«, füge ich hinzu, als Chris immer noch nichts sagt. »L.«

»Was redest du da?«

»Hör mir zu: In diesem Haus lebt jemand. Oder – ich weiß nicht, was dieses Mädchen dort genau macht, aber ich habe sie an Halloween gesehen. Sie hat deine Kamera gefunden.«

»Du bist so fake, ey.«

»Das ist die Wahrheit.«

»Ja klar, der Geist der alten Villa ist in dich gefahren und hat dir befohlen, billige Horrorfilme mit meiner GoPro zu drehen. Sonst noch was? Sorry, aber du bist einfach nur erbärmlich. Keiner hat Bock auf dich. Ernsthaft, jeder findet dich peinlich. Denkst du, Ben und Gigi *wollten* etwas mit dir unternehmen? Die waren auch nur auf dein Equipment aus.«

Chris lässt auf diese Ansage eine angriffslustige Stille folgen. Es ist, als wäre er niemals der lustige und etwas seltsame Typ gewesen, der in der siebten Klasse neben mir saß. Tausend Dinge schießen mir in den Kopf, die ich sagen will, aber am Ende sage ich nur: »Sorry.«

Chris lacht.

Ich drängle mich an ihm vorbei ins Klassenzimmer, mit gesenktem Kopf, um keinem in die Augen schauen zu müssen, doch das führt nur dazu, dass ich noch angestrengter Tränen wegblinzeln muss. Das war es also. L hat mein Leben endgültig ruiniert.

10

Traurigkeit entwickelt einen Sog – sie zerrt an allen Organen. Normalerweise zerrt sie mich an den Schreibtisch, zu meinen Zeichenstiften und Fossilien. Dieses Wochenende jedoch bleibe ich einfach im Bett liegen, vergraben hinter einem dicken Buch. Der Herbst ist die perfekte Zeit für Melancholie: Ich kann literweise Tee trinken, am Fenster sitzen und den Farbwechsel der Bäume beobachten, ohne dass ich mir seltsam dabei vorkommen muss.

Irgendwann, der Nachmittag ist mittlerweile schon vorangeschritten, klingelt das Telefon. Verwirrt lege ich mein Buch beiseite. Es ist unser Hausanschluss, weshalb ich erst Mühe habe, das Geräusch zuzuordnen. Kaum jemand nutzt noch diese Nummer, nicht einmal die Telefonverkäufer und Scammer.

»Papa?«, rufe ich. »Ist für dich!«

Mir fällt ein, dass er vor einiger Zeit in mein Zimmer kam und ankündigte, Emma zur Theaterprobe zu fahren.

Widerwillig klettere ich aus dem Bett und schlurfe in den Flur. »Hallo?«, melde ich mich. »Laubmeyer hier.«

Am anderen Ende der Leitung knistert es.

»Hallo?«

Ein Schlag ertönt, dann übernimmt ein leises, rhythmisches Rauschen. Ich werfe einen Blick auf das Telefon. Das Geräusch schwillt an und verebbt, doch die Minutenanzeige läuft.

»Hallo?«, frage ich erneut. »Ich kann Sie nicht hören. Sie haben irgendein Problem mit der Verbindung.«

Die Statik verschmilzt kurz zu einem Geräusch, aber es klingt nicht nach Worten. Eher wie ein helles Klimpern.

»Äh, ich notiere mir gerne Ihre Nummer«, starte ich einen letzten Versuch, schalte das Telefon auf Lautsprecher und lege es beiseite, »und rufe Sie gleich zurück.«

Während ich die Nummer auf einen Block schreibe, wird mir langsam unwohl. Das Rauschen klingt nicht nach einer Verbindungsstörung, es klingt nach einem Atmen. Als ob da jemand ist, der mir zuhört.

Ich halte inne und starre aufs Telefon.

Wie war die Geschichte noch gleich? *Theodora* ruft in der Nachbarschaft und bei der Polizei an, aber wenn man abnimmt, ist niemand dran?

»Bis dann«, sage ich und lege schnell auf.

Dann eile ich, mit dem Block in der Hand, zurück in mein Zimmer. Ein Telefonbuch aus Papier haben wir schon lange nicht mehr, also tippe ich die Nummer in meinen Laptop. Sie gehört zu einer Adresse mit derselben Postleitzahl wie unserer. Mein Magen sackt ein Stückchen tiefer. An diesem Punkt weiß ich, dass ich die Recherche genauso gut abbrechen kann, doch ich gebe den Straßennamen bei Google ein, nur um wirklich sicherzugehen.

Yep. Der Anruf kam aus der Villa *Theodora*.

Mit klopfendem Herzen drehe ich Kreise in meinem Zimmer. Das kann nur ein blöder Scherz sein – ein Scherz, den zum Beispiel jemand machen würde, der auch Plastiktotenköpfe mit Farbe übergießt. Ich blicke unschlüssig aus dem Fenster. Es regnet nicht, doch das Licht nimmt stetig ab. Wenn ich die Person stellen wollen *würde*, die mich da angerufen hat, müsste ich mich beeilen.

Mit einem Mal habe ich meine Jacke in der Hand und stürze aus der Tür. L verteidigt ihr Territorium, schon klar, aber ich habe keine Angst vor ihr. Innerhalb von fünfzehn Minuten erreiche ich das Gewirr aus Baustellen und Brombeeren. Dieser Geistergeschichtenquatsch nervt. L nervt. Und das werde ich ihr jetzt auch sagen.

Ich schleiche zur Rückseite des Grundstücks und kämpfe mich durch Dornengestrüpp. Am Zaun bleibe ich kurz stehen und mustere die moosdunkle Fassade. Alles sieht aus wie immer. Die Räume liegen lichtlos hinter langen weißen Gardinen. Ich klettere über den Zaun und bahne mir einen Weg durch den Garten. Der Regen mag aufgehört haben, aber die Nässe steckt im Boden. Jeder meiner Schritte sinkt tief durch welkes Laub.

Als ich beim Gewächshaus ankomme, an dem noch der Post-It hängt, mit dem ich meinen letzten Brief an L angeheftet hatte, suche ich nach meinem Handy und stelle die Taschenlampen-Funktion an. Dann halte ich das kleine Gerät in die Höhe wie ein Archäologe eine altmodische Laterne.

Ein menschenförmiger Schemen schält sich aus der Dunkelheit. Für einen Moment verstehe ich nicht, was ich sehe. Erst mit einiger Verzögerung fährt Schreck durch meine Gliedmaßen. Hinter einem der Fenster im Erdgeschoss ist eine Silhouette aufgetaucht. Mir wäre es gar nicht aufgefallen, wenn sich nicht der Vorhang bewegt hätte. Ich stolpere rückwärts, falle fast über die versiffte Vogeltränke, bis ich mich bremsen und halbwegs sammeln kann.

Ich leuchte zurück.

Natürlich ist der Schatten verschwunden. Natürlich. Was für ein toller Gruseleffekt. Wie in einem echten Horrorfilm. Diese Frau denkt aber auch an alles.

»Gott, ich hasse dich«, keuche ich. »Was ist dein Problem mit mir?«

»Keine Ahnung, wo ich anfangen soll«, antwortet eine Stimme.

L bricht hinter mir aus den Brombeerbüschen, sie trägt einen

Rucksack auf der Schulter und scheint denselben Schleichweg über die Rückseite des Grundstücks genommen zu haben, den auch ich benutzt habe.

»Wie zum –?« Ich schaue vom leeren Fenster zu ihr. »Wie hast du das gemacht?«

»Was gemacht?«

»Der Schatten – der Schatten im –, das warst du!«

»Was redest du?«

»Das weißt du doch! Hör auf, mich zu verarschen! Du hast – erst das Video mit dem Totenkopf und dem Blut – und dann der Anruf – und jetzt dieses – dieses Ding am Fenster!«

L grinst plötzlich. »Wie kam mein Clip bei deinem Kumpel an? Ich hatte ein bisschen Angst, dass du das Material vorher entdeckst und löschst, aber du bist wirklich ahnungsloser als ein junges Reh.«

»Ach, halt die Fresse, und erklär mir, wie du das gerade gemacht hast!«, blaffe ich.

L hebt beide Augenbrauen. Für einen Moment sieht sie überrascht aus über meinen Ausbruch. Ich bin es, ehrlich gesagt, auch. Schließlich findet sie zurück zu ihrem üblichen Gesichtsausdruck, einem kühlen, analysierenden Lächeln.

»Ich kann dir leider nicht verraten, wie ich an die Bestandteile meiner Rituale komme«, sagt sie. »Eine Hexe verrät nie ihre Geheimnisse. Wenn du allerdings schwarze Kerzen brauchst, die gibt es für eins fünfzig bei Nanu-Nana.«

Am liebsten würde ich die Augen verdrehen, aber ich kann nicht so ruhig bleiben wie L. »Ich meine nicht dein albernes Video, ich meine dieses Ding, das dort eben aus dem Fenster geguckt hat.«

L runzelt die Stirn. Sie öffnet den Mund und zögert – und das ist der Punkt, an dem mir klar wird, dass sie wirklich nicht weiß, wovon ich rede.

»OMG«, stöhne ich. »Irgendwer ist in diesem Haus.«

»Bullcrap. Ich bin bis jetzt immer allein gewesen. Außer natürlich, wenn du auftauchst und nervst.«

Erneut schaue ich zur Villa, die so dunkel und still daliegt, als hätte ich mir das alles gerade eingebildet. »Wie willst du dir da sicher sein?«, frage ich.

»Keine Ahnung, ich bin es halt.«

»Dann irrst du dich.«

Meine Beharrlichkeit scheint langsam zu L durchzudringen.

»Du hast jemanden im Fenster gesehen?«, hakt sie nach. »Gerade eben?«

»Ja-ha!« Ich versuche, leise zu reden, aber am liebsten würde ich brüllen. Was ist an dieser Information so schwer zu verstehen?

»Okay.« L greift nach ihrem Rucksack und holt eine große Taschenlampe heraus. »Dann geh ich jetzt nachgucken, wer das war.«

»Was?«

»Na, denkst du, ich lass mich vom nächsten dahergelaufenen Typen verscheuchen?«

»Bist du irre?«, flüstere ich, während L die Taschenlampe mit beiden Händen fasst und sie zur Übung durch die Luft sausen lässt, als wollte sie jemanden damit abwehren.

»Wahrscheinlich«, antwortet sie und lässt mich stehen.

Hilflos schaue ich zu, wie sie die Treppe ins Kellergeschoss nimmt, die Eingangstür öffnet und einen Stein davorschiebt. Dann verschwindet sie in der Dunkelheit.

Ich kann nicht glauben, was hier gerade passiert. Mein Körper möchte sich am liebsten in zwei Hälften zerteilen. Eine Hälfte drängt dazu, über den Zaun zu springen und abzuhauen. Die andere will L hinterher und aufpassen, dass ihr nichts zustößt.

»Fantastisch.« Ich beiße mir auf die Unterlippe und versuche, vernünftig meine Optionen abzuwägen, was nicht funktioniert. Mein Gehirn hat längst auf Ausnahmemodus geschaltet. »Das ist das Dümmste, was ich je gemacht habe«, murmle ich und sprinte L hinterher.

11

Vielleicht liegt es an der kleinen Plattenbauwohnung, die ich gewohnt bin, dass lange Flure mich irgendwie unruhig werden lassen. Ich mag Überschaubarkeit, Planbarkeit. Diese Villa ist ein Labyrinth. Hinter jeder Ecke taucht ein weiterer Raum auf, der in einen weiteren Raum führt.

L steht in der Diele und hält die Taschenlampe wie ein Schwert erhoben. Ich schließe die Kellertür hinter mir.

»Du musst mich nicht beschützen«, ist die einzige Reaktion, die ich bekomme, als ich neben sie trete.

»Keine Sorge, ich mache das auch für mich«, erwidere ich.

»Oh, wie süß, willst du es etwa nicht auf dein Gewissen laden, wenn mich ein Mörder kriegt?«

»So ungefähr.«

»Ich bin gerührt.«

L wirft mir einen Blick zu. Ihr Mundwinkel zuckt. Ich kriege das irreale Bedürfnis, ihr Grinsen zu erwidern, keine Ahnung, warum. Eigentlich ist mir überhaupt nicht nach Lachen zumute.

»Weißt du, wo das Telefon ist?«, frage ich.

»Nein. Wieso?«

»Nur so.«

L scheint meine Skepsis nicht zu bemerken. »Das Telefon ist jetzt wohl kaum wichtig, oder?«, entgegnet sie. »Machen wir uns lieber an die Arbeit. Wo hast du die Person gesehen?«

»In diesem Stockwerk.«

»Hm.«

Sie leuchtet in den Salon, an den ein Esszimmer mit umgestoßenen Stühlen anschließt. Dahinter gibt es eine kleine Bibliothek, alle Bücher stehen noch in den Regalen, Romane und Lexika und ledergebundene Sammelausgaben. Bei meinem ersten Besuch sind mir diese Details entgangen, wahrscheinlich, weil all der Sperrmüll mich abgelenkt hat.

»Ich weiß von zwei offenen Eingängen«, sagt L. »Einmal gibt es den Weg durch den Keller und dann ist da noch ein Fenster in der Küche.« Wir gehen zurück in die Diele und hinüber auf die andere Seite des Hauses. »Aber theoretisch könnte man auch irgendwas aufbrechen und dann geht es natürlich überall rein und raus.«

»Daran habe ich auch schon gedacht«, murmle ich und schaue über meine Schulter. »Leider.«

In der Küche steht eine erloschene Kerze auf dem Tisch, darum sind Tarotkarten und Kristalle geordnet.

»Das ist von mir«, sagt L.

Neben einem alten Gasherd ist ein Fenster, dessen Flügel träge auseinanderklaffen. Die Front des Gebäudes wird teilweise mit Buschwerk verdeckt, sodass man von hier aus nicht einmal die Straße sieht.

»Hast du auch diese Abdrücke hier hinterlassen?«, frage ich und deute unter das Fenster, wo sich schlammige Fußstapfen kreuzen.

»Ja. Wenn es zu dunkel ist, gehe ich vorne rum.«

»Du bist hier, *wenn es dunkel ist*?«

L scheint mein Schrecken ein bisschen stolz zu machen. Sie zuckt die Schultern. »Klar, warum nicht?«

»Wundern deine Eltern sich nicht, wo du bist?«

»Nö, die glauben, ich bin beim Training.«

Aha, denke ich, also trainiert sie tatsächlich irgendetwas. Das ist so ziemlich die erste gesicherte Information, die ich über sie habe: Freak, der Sport treibt.

»Was trainierst du denn?«, frage ich, während wir die Küche wieder verlassen.

»Fuck off, Junge. Sei nicht so neugierig. Wir haben jetzt andere Probleme.«

»Wir?«

»Ich«, korrigiert L sich. »Ich habe andere Probleme.«

»Ja, ich bin nur hier, damit niemand stirbt.«

»Exakt.«

Wir tauschen wieder einen Blick.

L leuchtet die Treppe hoch. Es ist still. Nur der Verkehr der nahen Kreuzung dringt gedämpft durch die Wände. Ich muss an die Schlafzimmer denken, an das zerstörte Badezimmer und die steile Leiter zum Dachboden. Und an den creepy Telefonanruf. Hier unten, mit zwei unversperrten Ausgängen im Rücken, fühle ich mich halbwegs okay. Dort oben jedoch wäre es viel leichter, umzingelt zu werden.

»Wir sollten abhauen«, sage ich. »Das ist es nicht wert. Wen auch immer ich da gesehen habe, derjenige könnte total gefährlich sein. Und wir sind nur zu zweit.«

»Ich mach jetzt keinen Rückzieher.«

»Na gut, aber hast du nicht irgendwelche Freunde, die du anrufen kannst, die dazukommen können?«

L antwortet nicht sofort. »Nein«, sagt sie schließlich.

»Oh.«

»Also – also das ist doch alles Bullshit. Sei nicht so ein Baby. Ich gehe jetzt hoch.«

In meiner Brust zwickt es. Ich beobachte L, wie sie tastend die Treppe hochsteigt, und spüre wieder die Traurigkeit, die mich heute ins Bett getrieben hat. Was, wenn L deshalb hier ist? Weil sie auch einsam ist? Ich dachte, ich verstehe sie nicht, aber vielleicht verstehe ich sie im Kern eigentlich ganz gut.

Die Treppe nimmt einen Knick und L verschwindet dahinter. Ich höre die Holzbretter im nächsten Stockwerk biegen und knacken, Putz rieselt dort in langen Linien von der Decke, wo sie die einzelnen Räume entlanggeht. Als L wieder direkt über mir zum Stehen kommt, erreicht meine Anspannung ihren Höhepunkt. Der einzige Raum, der jetzt noch übrig bleibt, ist das Dachzimmer.

»Warte!«, wispere ich, aber sie hört es natürlich nicht.

Die Leiter quietscht verräterisch. L scheint hochzuklettern. Kurz darauf schlägt die Dachluke auf den Boden und schickt ein Zittern durch die Grundfesten des Hauses. Dann folgt eine nicht weniger unangenehme Stille.

»L?«, frage ich, was natürlich bescheuert ist, weil sie gar nicht weiß, dass ich sie in meinem Kopf mit ihrer Initiale anspreche.

Plötzlich fängt L an zu schreien.

Ich stürze los. Drei Treppenstufen mit einem langen Schritt nehmend, falle ich fast ins Obergeschoss. Von L kann ich nur zwei kräftige Beine und ein paar lila Doc Martens erkennen. Die Taschenlampe erleuchtet das Dachgeschoss, doch von hier unten sieht man nicht mehr als den grellweißen Ausschnitt der Luke.

»Was ist los?«, rufe ich.

L dreht sich um und bückt sich zu mir herunter, einen Fuß auf der Leiter balancierend, den anderen ausgestreckt, sie erinnert mich plötzlich an eine Tänzerin.

»Gotcha«, sagt sie grinsend.

Erschrocken stehe ich am Anfang der Leiter, eine Hand zu ihr ausgestreckt.

»Was – was soll das?«

»Da oben ist niemand.«

»Ich hab fast einen Herzinfarkt bekommen! Warum schreist du dann so?«

»Wollte dich ärgern.«

Ich bin normalerweise kein Mensch für Beleidigungen und Flüche, aber gerade fällt mir eine ganze Menge ein. Fassungslos schüttle ich den Kopf. »Du bist so ein Biest«, murmle ich.

»Danke«, entgegnet L.

OMG, wie ich die Großspurigkeit hasse, mit der sie das sagt. Irritiert lasse ich den Arm sinken. Die Haare in meinem Nacken sind aufgestellt, mein Herz hämmert. Diese Frau ist wirklich ein Fluch.

L angelt mit dem Fuß nach einer Leitersprosse, verfehlt diese und rutscht ab. Ich packe sie reflexartig an der Hüfte, was mir nicht leichtfällt, sie ist viel muskulöser als ich, und wir fallen beide zu Boden.

»Sag mal, geht's noch? Gehört das auch zu deinem Stück?«, ächze ich und reibe meinen Nacken.

L sagt nichts.

»Hey.« Ich berühre ihre Schulter. »Alles okay?«

Sie setzt sich auf, legt eine Hand an ihren Rücken und nickt mit großen Augen.

»Du siehst nicht okay aus.«

»Alles gut. Hab mich nur erschreckt.« L kommt vorsichtig auf die Füße. Alle Farbe weicht dabei aus ihrem Gesicht. »Nicht deine Angelegenheit. Erklär mir lieber, was genau du vorhin gesehen hast, denn der Dachboden ist definitiv leer.«

Ich starre sie an. Ihre Entschlossenheit scheint keine Grenzen zu kennen, nicht einmal die ihres eigenen Körpers.

»Was ist los mit dir?«, frage ich. »Was machst du in diesem Haus?«

»Das interessiert dich jetzt am meisten?«

»Äh – ja!«

»Ey, du hast einen Geist gesehen. Wie wäre es, wenn wir damit anfangen?«

»Ich – was? Quatsch.«

»Hast du dieses Ding im Fenster gesehen oder nicht?«

Am liebsten würde ich behaupten, mir alles eingebildet zu haben, weil ich ihr Gerede von Geistern abgrundtief bescheuert finde, aber das wäre schlichtweg gelogen. »Das schon«, gebe ich zu und richte mich ebenfalls auf.

»Warum ist dann niemand hier?«

»Vielleicht ist derjenige schnell abgehauen.«

»Und warum sollte sich jemand ans Fenster stellen, dich blöd angucken und dann abhauen?«

»Keine Ahnung.«

»Wir müssen das untersuchen«, sagt L.

»Wir?«, hake ich nach.

L schließt für einen Moment die Augen. Sie scheint sichtlich genervt zu sein, sich erneut korrigieren zu müssen. »Ich«, brummt sie.

Wir stehen uns wortlos gegenüber, quer durch den staubigen Flur, in den langsam die Dämmerung sinkt. L hat ihren Pony aus der schwitzigen Stirn gewischt und stützt sich an der Leiter ab. Ihr Versprecher hängt zwischen uns. Müssen *wir* das untersuchen? Müssen *wir* herausfinden, was hier los ist? Mein erster Reflex ist zu helfen, ohne Fragen zu stellen, doch ich schätze L nicht wie eine Person ein, die einfach ihren Stolz überwindet und zugibt, Hilfe zu benötigen.

»Du solltest diesen Ort meiden«, sage ich schließlich. »Es ist nicht sicher.«

»Einen Scheiß werd ich.«

Ich seufze. Genau mit dieser Reaktion habe ich gerechnet, deshalb füge ich hinzu: »Weißt du, warum ich heute überhaupt hier war? Jemand hat mich hergelockt.«

»Was?«

»Kennst du diese Story, dass *Theodora* Leute in der Nachbarschaft anruft? Dieses Mal war ich dran. Beziehungsweise, ich glaube nicht, dass dieses Haus jemanden anruft. Aber wenn es nicht das Haus war, das mich angerufen hat, dann muss es ein Mensch gewesen sein, und das finde ich, ehrlich gesagt, viel besorgniserregender. Hier ist jemand eingestiegen und hat das Telefon benutzt. Das ist kein Ort, an dem du alleine sein solltest.«

»Du wurdest angerufen?«, entgegnet L. Sie sieht erschrocken aus. Vielleicht ist das aber auch wieder eine Rolle, die sie vor mir spielt. Vielleicht ist sie eine absolute Meister-Manipulatorin und das alles ihre große Show. Aber was, wenn nicht? Was, wenn hier irgendetwas Komisches vorgeht, von dem sie keine Ahnung hat?

»Okay.« Ich setze meinen Rucksack ab und krame nach einem Stift und meinem Zettelblock. »Das hier ist meine Handynummer«, sage ich, während ich schreibe, den Zettel abreiße und ihr hinhalte. »Ich wohne nicht weit weg. Wenn irgendetwas ist, ruf mich an.«

L greift überrumpelt nach dem Stück Papier und scheint eine Sekunde lang ganz zu vergessen, tough zu tun. »Warum machst du das?«, fragt sie.

»Ich will nicht, dass dir etwas passiert.«

»Aber was interessiert es dich, ob mir etwas passiert?«

Bevor ich antworten kann, flasht mein Gehirn mehrere Jahre zurück, in eine Zeit, an die ich mich nur bruchstückhaft erinnere. Emma ist gerade erst geboren und so klein und rosa wie ein Wurm. Die Flure im Krankenhaus sind lang, Papa und ich laufen und laufen. »Ich mag es halt nicht, wenn Dinge passieren und ich nichts tun kann«, murmle ich geistesabwesend zu L. Papa wird von einer Ärztin weggebeten. Ich sitze bei der Krankenschwester. Warte auf Mama. Mühsam ziehe ich meine Aufmerksamkeit zurück in die Gegenwart. »Ich weiß, wir kennen uns kaum, und du kannst mich nicht leiden, und ich kann dich nicht leiden, und das ist alles schön und gut, doch falls der Extremfall eintritt, will ich da sein.«

L ist merkwürdig still. Sie stiert mich nicht einmal herausfordernd an, wie sie es sonst gern tut, sondern schiebt meinen Zettel ohne Widerworte und Beleidigungen in ihre Jackentasche.

»Okay«, sagt sie.

»Ich meine es ernst.«

»Das merke ich.«

»Gut. Dann – dann geh ich jetzt, nehme ich an.«

L nickt. »Mach das.«

Zögernd greife ich meinen Rucksack.

Das Tauziehen zwischen uns, dieses verbissene Zerren und Zetern, ist urplötzlich zum Stillstand gekommen. Hat L das Tau zuerst losgelassen? Oder war ich es? Auf jeden Fall scheinen wir beide überrascht davon, keinen Widerstand mehr am anderen Ende zu spüren.

»Okay, also …« Ich kratze meinen Nacken. Fast will ich »Bis bald« hinzufügen, aber wenn alles gut geht, wird es kein »Bis bald« geben. »Bis bald« ist das Worst-Case-Szenario, das sich niemand wünscht. Also sage ich stattdessen: »Tschau.«

»Tschau, Felix.«

12

Jetzt, da der Regen aufgehört hat, kann ich endlich wieder Fahrrad fahren. Ich bringe Emma zur Schule und mache mich dann auf meinen eigenen Weg. Die Luft ist frisch und kalt, aber das stört mich nicht.

Tschau, Felix.

Ich spüre immer noch das Kribbeln, das mir den Rücken hinunterlief, als L zum Abschied meinen Namen sagte. (Okay, das klingt furchtbar. Und seltsam kitschig. So meine ich es gar nicht. Ich höre meinen eigenen Namen bloß nie, wenn ich nicht gerade zu Hause bin oder in der Schule.)

Allgemein weiß ich nicht, was ich aus dem Wochenende machen soll. Meine Überzeugung, dass es keine Geister oder paranormalen Phänomene gibt, ist weniger eine Überzeugung und mehr ein schlichter Fakt. Geister sind keine Glaubenssache. Ich kann auch ans dreiköpfige Einhorn glauben, das lässt es noch lange nicht real werden. Blöderweise erklärt das weder den Anruf noch den Umriss im Fenster. Welches rationale Argument kann Sinn aus diesem Ding machen? Hat L mich einfach besonders gut verarscht und ist doch dafür verantwortlich? Aber wie? Sie war zu der Zeit überhaupt nicht im Haus. Wenn es nicht L war, die dahintersteckt, dann vielleicht mein eigener Kopf? Das Gehirn hat die Angewohnheit, in leblosen Gegenständen menschliche Formen zu erkennen, man muss sich nur einen Kleiderständer mit Jacke und Hut vorstellen. Aber das wäre schon ein krasser Fall. Und Kleiderständer können niemanden anrufen. Also wenn L mich nicht angerufen, zur *Theodora* gelockt und dann darauf vertraut hat, dass meine Einbildungskraft mir den Rest gibt, dann …

Ach, ich weiß auch nicht.

Kurz vor unserem Schulgelände kommt eine Brücke, die ich langsam überfahre, weil sie komplett mit anderen Schülern voll ist; dann geht es die letzten hundert Meter leicht bergab. Ich löse meine Füße von den Pedalen und genieße das letzte Mal für die nächsten Stunden den Wind in den Haaren.

»Vorsicht!«

Erschrocken reiße ich den Lenker herum. Irgendwer vor mir hat gerade eine Vollbremsung hingelegt. Ich recke den Hals und erkenne Bens gestylten Haarschopf. Anscheinend kam der panische Aufschrei von ihm. Er schiebt sein Fahrrad aus dem Rückstau, den er verursacht hat, einer der Reifen schlingert gefährlich.

Langsam nehme ich die Hand von der Bremse.

Ben sieht aus, als ob er Hilfe brauchen könnte. Leider ist da immer noch diese merkwürdige Funkstille zwischen uns. Während ich an ihm vorbeirolle, hebt er den Kopf, und unsere Augen treffen sich.

»Alles okay?«, frage ich und halte an.

»Ja«, erwidert Ben, halb erleichtert, halb zerknirscht, »ich glaub, mein Schlauch ist gerade geplatzt.«

»Hast du Ersatz dabei?«

»Nee. Ich weiß gar nicht, wie das passieren konnte. Der war brandneu.«

»Vielleicht gab's beim Einbau einen Fehler.«

»Kann sein.«

»Willst du meinen Ersatzschlauch haben?«

»Du hast einen? Ja, auf jeden, das wär richtig nice.« Ben lächelt. »Boah, Leute, hier gibt's nichts zu sehen!«, ruft er den Schaulustigen zu. »Echt, verpisst euch.«

Ben stellt das Rad auf dem Rasen ab, und ich folge ihm umsichtig, als ginge es nicht um einen geplatzten Fahrradschlauch und vielmehr um eine Bombenentschärfung. Aber irgendwie ist es auch so, jedenfalls für mich, jedenfalls nach all dem, was passiert ist. Small Talk ist schlimm genug, Small Talk mit Ben, der mich total peinlich findet? Horror.

»Du bist echt vorbereitet«, sagt Ben mit einem Blick auf die kleine Werkzeugtasche, die ich von meinem Fahrrad löse.

»Ach was«, murmle ich und breite den Inhalt meiner Tasche auf dem Rasen aus: ein paar kaum benutzte Inbusschlüssel, einen Reifenheber und den Ersatzschlauch. »Achtundzwanzig Zoll?«

»Ja«, erwidert Ben.

Ich hocke mich vor den geplatzten Vorderreifen und beginne, die Bremse auszuhängen. Bens Hände zucken, er regt sich jedoch nicht. Für eine Weile schaut er stumm zu, während ich vor mich hin arbeite. Vielleicht denkt er über das letzte Mal nach, als wir uns gesehen haben. Ich zumindest tue es.

»Ein paar Leute erzählen, dass du immer noch in dieses Haus einsteigst«, sagt Ben schließlich und kniet sich neben mich. »Stimmt das?«

Ich zögere, löse den Reifen und drücke ihm diesen in die Hand, ohne dabei in sein Gesicht zu schauen. Unglaublich, dass überhaupt irgendwen interessiert, was ich mache.

»Ja«, antworte ich.

»Warum?«

Ich zucke die Schultern. »Nur so.«

»Du wirkst nicht wie der Typ, der zum Spaß an einem Spuk-Ort rumhängt.«

»Ich mag die Atmosphäre.«

Bens Augen brennen fast ein Loch in meine Schläfe. Er beobachtet mich so intensiv, dass ich Mühe habe, weiterhin unbeteiligt zu wirken. Am liebsten würde ich ihm von all dem Chaos der letzten Wochen erzählen: besonders von L, aber auch von Papa und seinen Überstunden und von Emma und dem ständigen Babysitten, doch wir sind keine Freunde. Ich rolle den Schlauch auseinander. »Kannst du …«, beginne ich, da unterbricht er mich plötzlich: »Es tut mir echt leid. Für alles.«

»Was?«

»Halloween.«

»Was – was meinst du?«

»Na, wir haben dich hängen lassen«, fügt Ben in einem irritierten Ton hinzu, als müsste mir das längst klar sein. »Die Polizei ist gekommen und wir haben dich in dem Haus zurückgelassen. Ich habe dich zurückgelassen. Du wolltest uns helfen und hast extra die Box mitgebracht, und kaum brauchst du Hilfe, rennen wir – renne *ich* davon.«

»Oh.« Ich hebe die Hände. »Oh. Nein. So war das ja gar nicht. Ihr wolltet nur nicht erwischt werden. Ich versteh das.«

»Und was ist mit dir?«

»Besser einer als alle, oder?«

»Nein.« Ben starrt mich erschrocken an. »Genau das Gegenteil. Besser alle zusammen als einer allein.«

Verwirrt ringe ich um eine Antwort. Was ist los? Wo kommen diese ganzen netten Worte her? Ich dachte, Ben, Gia und alle anderen würden mich peinlich finden.

»Ach«, bringe ich mühsam heraus. »Warum sollen wir alle Ärger kriegen? Außerdem, es ist ja nichts passiert, die Polizei ist ziemlich schnell wieder abgehauen. Ich bin ohne Probleme nach Hause gekommen.«

»Du bist nicht sauer auf mich?«

»Natürlich nicht.«

Ben dreht betreten den Reifen zwischen seinen Händen. Ich kann nicht glauben, worauf er hinauswill, warum er mich gemieden hat: *Er* hat sich geschämt. Er dachte, er hätte mich im Stich gelassen. Aber das ist doch Quatsch. Ben muss nicht den Helden für mich spielen – ich würde niemals von jemandem verlangen, so etwas zu tun.

»Sicher?«, hakt Ben nach.

Ich muss lachen. Ich könnte weinen. Ben denkt ernsthaft darüber nach, was ich von ihm halte? Die ganze Situation ist surreal.

»Sicher.«

Auf Bens Gesicht breitet sich Erleichterung aus. Er fängt an, den Reifen von der Felge abzuziehen. Gemeinsam bauen wir meinen Ersatz ein. Als wir den Reifen fertig aufgepumpt haben, sagt Ben: »Das kleine Mädchen an Halloween war deine Schwester, oder? Ey, ich schwöre, Geschwister sind der Teufel in Menschengestalt.«

»Sogar Gia?«, frage ich.

»Besonders Gia. Wie alt ist deine Schwester?«

»Emma ist sechs.«

»Süß. Da seid ihr ja einige Jahre auseinander. Kann ich mir gar nicht vorstellen, wie das ist. Gigi und ich machen alles zur selben Zeit durch. Das ist manchmal ganz nett, aber momentan nervt sie mich tierisch und mischt sich ständig in mein Liebesleben ein. Macht Emma das auch?«

»Gott, nein. Sie ist viel zu jung und interessiert sich auch nicht dafür. Selbst wenn, gäbe es nicht viel zu verschweigen.«

Ben müht sich mit dem Pumpen ab. »Also Gia ist der Meinung, dass ich einen Freund brauche. Eigentlich ist sie komplett besessen davon.«

»Oh«, antworte ich wie ein Trottel. »Ich wusste nicht, dass du …«

»Dass ich queer bin? Ja doch, das ist das einzig Interessante an mir, wie Gigi sagen würde.«

Ich weiß nicht, ob ich lachen darf, deswegen reagiere ich einfach gar nicht. Ich fühle mich immer mehr wie ein kompletter Trottel. Ben scheint es nicht aufzufallen, oder wenn, dann kommentiert er es zumindest nicht.

»Kümmerst du dich viel um deine Schwester?«, fragt er.

»Äh, ja. Mein Vater ist Pfleger und muss ziemlich lange arbeiten.«

»Und deine Mutter?«

»Die ist gestorben.«

Ben erstarrt. »Shit«, sagt er. »Tut mir leid.«

»Schon okay.« Ich kratze verlegen meine Schläfe. »Na ja, ich weiß, ich kümmere mich deswegen viel um Emma, und es ist irgendwie peinlich, aber manchmal bin auch ganz froh, weil – ich will nicht, dass ihr etwas fehlt.«

Ben ist immer noch seltsam starr. »Ich find das gar nicht peinlich«, antwortet er.

»Also ich find's peinlich, dass ich mich besser mit Ladybug und Cat Noir auskenne als mit – keine Ahnung, was ihr jungen Leute momentan so mögt.«

»*Wir* jungen Leute?«

»Siehst du, das war klar, dass ich das sage. Ich bin ein verlorener Fall. Wahrscheinlich würde ich bei einem Rentnertreff mehr Anschluss finden als an unserer Schule.«

»Du bist nicht – du bist einfach – sehr erwachsen«, stammelt Ben, ohne auf meinen Witz einzugehen.

Ich mag nicht, dass er so ernst geworden ist. Er schaut mich ganz komisch an, beinahe bewundernd. Dabei fühle ich mich kein bisschen erwachsen. Wenn überhaupt, dann ist Ben der Erwachsene von uns beiden. Er macht, was er will, er zieht sich an, wie er will, er hat Freunde, er weiß über sich Bescheid, er hat einen Plan von seinem Leben. Ich dagegen habe kein Selbstbewusstsein, keine Freunde, keinen Plan, und ich weiß nicht einmal, auf wen ich stehe, theoretisch gesprochen. Darüber habe ich bis jetzt nicht einmal *nachgedacht*. Wie unerwachsen ist das denn bitte?

»So, ich glaube, wir sind fertig«, sage ich und drücke Ben das Bike in die Hand. Hoffentlich lenkt ihn das davon ab, weiter irgendwelche Dinge über mich zu denken. »Probier mal.«

Ben greift schwerfällig danach. Er scheint den Themenwechsel nicht mittragen zu wollen, aber ich bleibe unbeirrt. »Hält der Schlauch?«, frage ich.

»Äh.« Ben verlagert sein Gewicht auf das Vorderrad. »Sieht so aus. Danke.«

»Kein Problem. Wir sollten auch langsam. Ich wette, es klingelt gleich …«

»Warte mal, Felix.« Ben lässt sein Fahrrad los, und es kippt zurück auf den Rasenstreifen, doch das scheint ihn nicht zu kümmern. »Ist wirklich alles okay?«

»Ja klar«, antworte ich überrascht. »Was soll nicht okay sein?«

»Keine Ahnung, es passt irgendwie nicht zu dir, in diesem alten Schuppen abzuhängen. Also klar, wir kennen uns nicht wirklich, aber ich check nicht, was du da noch machst. Und Chris erzählt mittlerweile komische Sachen – er erzählt immer irgendwas, ich weiß«, fügt Ben schnell hinzu, als er meinen Gesichtsausdruck sieht. »Ich will nur herausfinden, was los ist. Immerhin waren wir es, die dich in die Villa eingeladen haben.«

»Hä, was soll das denn heißen?«

Ben zuckt verlegen die Schultern. »Ich will dich nicht auf die schiefe Bahn bringen.«

Trotz des besorgten Tonfalls, mit dem Ben das sagt, muss ich lachen. »Diese Villa kann niemanden kriminell machen«, erwidere ich. »Es ist ein blödes altes Haus. Ich glaube nicht mal die Geschichten darüber. Ich bin nur so oft dort, weil … also da ist dieses Mädchen.«

Bens Augenbrauen, die er bis eben noch skeptisch zusammengezogen hatte, heben sich. »Ein Mädchen?«, wiederholt er.

»Wir kennen uns nicht lange«, füge ich schnell hinzu.

»Ah verstehe.«

»Tust du? Also ich nicht, ich meine, ich weiß gar nicht, wie ich es erklären soll. Das Ganze ist eine total hanebüchene Geschichte. Jedenfalls habe ich sie ein paarmal dort getroffen.«

»Du triffst dich in diesem verfluchten Bunker mit einem Mädchen?«

»Nicht freiwillig.«

»Nicht freiwillig?!«

»Also doch, schon freiwillig, aber sie ist wirklich die größte Zicke, die du dir vorstellen kannst. Und wir haben sowieso beschlossen, wieder getrennte Wege zu gehen. Sie glaubt an Magie und Geister, damit kann ich nicht umgehen.«

Ben folgt meiner Erzählung mit sichtlicher Verwirrung. Als ich nichts mehr sage, weil es mich überfordert, die Beziehung zwischen L und mir in Worte zu fassen, nickt Ben trotzdem.

»Verstehe«, sagt er. »Klar. Geister sind natürlich ein, äh, Dealbreaker, nehme ich an. Also dann gehst du nicht mehr in dieses Haus?«

»Nein.«

»Okay. Gut.« Ben nickt wieder zögernd. »Jedenfalls bin ich froh, dass zwischen uns alles geklärt ist – und danke für deine Hilfe mit dem Schlauch.«

»Kein Problem.«

»Sollen wir dann langsam weitergehen? Du willst sicher nicht zu spät kommen.«

»Oh. Ja. Stimmt.«

Ben hebt sein Fahrrad aus dem platt gedrückten Gras und wirft mir ein flüchtiges Lächeln zu. Schweigend laufen wir Richtung Schulgelände. Plötzlich bekomme ich das Bedürfnis, noch etwas zu tun, irgendetwas, bevor wir uns wieder verabschieden. Keine Ahnung, warum, aber die Aussicht, jetzt ohne ein weiteres Wort zu verschwinden, macht mich nervös.

»Meinst du … «, beginne ich zögernd.

»Meine ich was?«

»Nicht – nicht so wichtig.«

»Okay.«

Wir laufen weiter.

»Sag mal, Felix, wollen wir Nummern tauschen?«

Ich bleibe stehen. Bens Vorschlag trifft mich total unvorbereitet und ich sage für einen Moment gar nichts. Gleichzeitig wird mir klar, dass ich genau dasselbe fragen wollte.

»Es wäre praktisch, oder?«, fügt Ben hinzu. »Nur für den Fall, dass wir noch einmal etwas zusammen machen und ich dich vor der Polizei warnen muss.«

»Meinst du, das wird passieren?«, frage ich, während mein Herz einen Takt schneller schlägt.

»Was? Dass ich dich vor der Polizei warnen muss?«

Eigentlich meinte ich den anderen Fall, nämlich, dass wir uns noch einmal treffen, weil ich das unwahrscheinlicher finde als jede Polizeikontrolle. Doch vielleicht sollte ich das nicht sagen.

»Äh, ja«, lüge ich und lache. »Genau.«

»Oh, ach so.« Ben lacht auch. »Nein. Ich hab nicht ständig was Illegales vor, you know. Aber – man weiß ja nie.«

»Stimmt.« Mit klammen Fingern hole ich mein Handy aus der Tasche. Ich bin so glücklich. Jahrelang habe ich keine neue Nummer mehr in mein Handy eingetragen und jetzt kriege ich plötzlich Bens? »Man weiß wirklich nie.«

13

Ein paar Tage lang strahlen die gelben Blätter auf den Gehwegen noch im Sonnenschein, dann graut der Herbst nach. Die dunkle Jahreszeit übernimmt und peitscht wochenlang Schneeregen durch die Straßen. Nachts gefrieren mittlerweile regelmäßig die Pfützen.

Ich sitze an meinem Schreibtisch, das Fenster angelehnt, kalte Luft strömt herein, und ich zeichne. Vor mir liegt ein Fossilien-Atlas. Ich habe mir eine urtümliche Libellenart als Vorlage ausgesucht, *Petalia longiolata*. Besonders faszinierend finde ich, wie ihre langen, zarten Flügel über so viele Jahrtausende erhalten geblieben sind, wenn auch nur als Abdruck im Stein. Der Körper des kleinen Tierchens ist zerfallen, aber seine Spur bleibt. Deswegen verwende ich auch die meiste Zeit darauf, die einzelnen Adern nachzubilden.

Als meine Augen müde werden, lege ich den Stift für eine Weile beiseite und nehme mein Handy zur Hand, um durch die letzten Textnachrichten von Ben zu scrollen. Seit unserer Reparatur-Session schreiben wir manchmal miteinander, nichts Besonderes natürlich. Trotzdem erwische ich mich öfter dabei, wie ich unseren Chat anschaue. Im Jahrgang geht mittlerweile das Gerücht herum, dass Ben auf jemanden steht. Ich würde ihn gerne fragen, wer der Glückliche wohl ist, aber ich traue mich nicht.

Unsere letzte Unterhaltung ist schon ein bisschen her, weshalb ich leider nichts Neues zum Nachlesen habe und bis zum Anfang zurückgehen muss.

Unbekannte Nummer:
hi felix. Ich bins

Felix: **Ich kriege so viele Nachrichten, erinnerst du mich noch einmal daran, wer genau ›ich‹ ist? 😁**

ha ha

ich bin der bestaussehendste typ unserer schule

Oh, das grenzt es ein.

echt??

Saša?

nein

Elliot?

nein

Der aus der Zwölften, der immer zu Jugend trainiert für Olympia fährt?

for fucks sake ...

War nur ein Witz. Hi, Ben.

Ben: **da will man einmal ein kompliment hören. EINMAL**

Schmunzelnd lege ich mein Handy beiseite und mache mich wieder an meine Zeichnung. Um zehn packe ich dann meine Stifte ein. Emma ist seit einer Stunde im Bett. Papa sitzt im Wohnzimmer und schaut fern. Als ich in den Flur trete, vorsichtig, um Emma nicht zu wecken, kann ich durch die Milchglastür das Abendprogramm flimmern sehen.

Im Waschbecken unseres kleinen Badezimmers schwimmt ein großer Fladen Zahnpasta. Seufzend öffne ich den Abfluss und spüle Emmas Sauerei weg. Dann nehme ich die Brille ab, fahre mir durch die Haare und schaue in den Spiegel. Ich betaste mit den Händen mein Kinn. Aus irgendeinem Grund muss ich dabei schon wieder an Ben denken. Vielleicht weil mein Kinn so schmal und spitz ist und seines so kantig. Oder weil er sich rasieren muss und ich nicht.

Kopfschüttelnd greife ich nach meiner Zahnbürste. Ich hocke mich auf den Wannenrand und schrubbe grübelnd vor mich hin, als sich die Tür öffnet.

»Felix?«

Emmas Haarschopf taucht im Türschlitz auf, sie blinzelt verschlafen in das gelbe Licht des dreiteiligen Spiegels und hält mein Handy in der Hand.

»Zu laut«, brummt sie.

Das Handy klingelt schrill zwischen ihren Fingern. Es zeigt eine lange Ziffernreihe, die ich nicht kenne. »Tut mir leid, Em«, sage ich und nehme es rasch an mich. »Geh wieder schlafen.«

»Wer ist das?«

»Wahrscheinlich jemand aus der Schule.«

»Aber was will der denn noch?«

Ich stopfe mein Telefon in einen Handtuchstapel, wo es nur noch gedämpft plärrt, und schiebe Emma zurück durch den Flur, stumm betend, dass Papa uns über den Fernseher nicht hört.

»Es ist viel zu spät für Anrufe«, erinnert Emma mich.

»Das stimmt«, flüstere ich geistesabwesend. »Böses Handy. Weiß nicht, was sich gehört.«

»Jetzt verarsch mich nicht.«

»Em.« Ich lege meine Hände auf ihre Schultern. »Geh wieder schlafen, okay? Und sag Papa nicht, dass jemand angerufen hat.«

»Wieso nicht?«

»Weil – Geheimagentenehrenwort, ja? Das muss topsecret bleiben, bis unsere Mission abgeschlossen ist.«

Em balanciert auf ihrer Türschwelle und scheint nicht besonders überzeugt von meinem plumpen Versuch, sie auf meine Seite zu ziehen. Doch anscheinend ist sie zu müde für Diskussionen. »Du bist lahm«, brummt sie und schließt ihre Tür.

Panisch flitze ich zurück ins Bad, wühle durch den Handtuchstapel und nehme ab, bevor das Klingeln verstummen kann. »Hallo?«

Am anderen Ende der Leitung herrscht Stille. Für einen lächerlichen Moment lang bin ich mir sicher, dass es wieder die Villa ist, die mich anruft, die mich verfolgt, dann höre ich L zischen: »Schläfst du etwa schon?«

Sie versucht, gleichgültig zu klingen, aber ihre Stimme ist irgendwie anders als sonst.

»Nein«, erwidere ich und drehe den Schlüssel in der Badezimmertür. »Was ist los?«

»Hier ist etwas.«

»Wo ist was? Wo bist du?«

»Na, wo wohl? Im Haus.«

»Um diese Uhrzeit? Fragen sich deine Eltern denn nicht, was du machst?«

»*Hier ist etwas, Felix.*«

Die Ruhe des Abends verpufft endgültig, als L meinen Namen mit solcher Dringlichkeit ins Handy spuckt. Ich lasse mich mit hämmerndem Herzen zurück auf den Badewannenrand sinken.

»Was meinst du damit?«, hake ich nach. »Etwas ist im Haus? Ein Tier? Ein Mensch?«

»Keine Ahnung – *etwas*. Ich – ich weiß nicht, wie ich es beschreiben soll. Etwas ist hier. Ich höre es.«

»Was hörst du?«

»Ich … ich weiß nicht genau.«

»Wo bist du?«

»Im Haus, du Lauch!«

»Selber Lauch«, fluche ich. »Ich meine, wo im Haus?«

»Auf dem Dachboden.«

»Hast du die Leiter eingezogen?«

»Nein.«

»Zieh die Leiter ein!«

»Ich … ich …«, stammelt L. Fast klingt sie, als wolle sie sagen: *Ich traue mich nicht.* Aber das ist unmöglich. Es ist L. Sie traut sich alles. »Ich brauch deine Hilfe, okay?«

»Okay.« Ich stehe von der Badewanne auf und schaue mich im kleinen Raum um, als gäbe es dort etwas, das ich zur Verteidigung mitnehmen könnte. »Ich bin auf dem Weg. Und ich rufe die Polizei.«

»Nicht die Polizei!«

»Wieso nicht?«

»Meine Fresse, hier ist kein Mensch, checkst du das nicht? Das ist das Haus. Es *lebt*.«

Einige Sekunden lang stehe ich da, eingefroren, mein Handy immer noch so hart an den Kopf gedrückt, dass mir langsam das Ohr wehtut. Im Spiegel kann ich mein eigenes ungläubiges Gesicht sehen. Zwar hatte ich selbst erst solche wirren Gedanken – dass das Haus mich verfolgt – doch das ist Unsinn. L kann das nicht ernst meinen, oder? Oder?

»Komm bitte einfach«, fleht sie, dann bricht das Gespräch ab.

14

Ich musste noch nie meinen Rucksack für eine Geistervertreibung packen. Wäre die Situation eine andere, wäre es nicht spät am Abend, L nicht so aufgelöst und ich nicht so durcheinander, dann würde ich meine »Grundlagen der Physik« mitbringen, nur um diesem Etwas vorzulesen, dass es nach den Gesetzen des Universums nicht existieren kann. In diesem Fall jedoch lasse ich das Buch in meinem Regal und packe stattdessen alles ein, was mir sonst in die Finger kommt und auch nur ansatzweise nützlich erscheint.

L meldet sich nicht mehr, bis ich vor dem Haus stehe.

Ich habe auf dem Weg mehrmals mein Handy überprüft, doch weder einen verpassten Anruf noch eine eingegangene Nachricht gesehen. Das macht mich schon ein bisschen unruhig – und skeptisch. Was, wenn dieser Hilferuf ein neuer Versuch von L ist, mich reinzulegen? Wenn das alles Teil eines riesengroßen Plans ist, um meine Psyche zu zerrütten? Ich wäre nicht komplett überrascht, immerhin dreht L auch Videos von blutüberströmten Totenköpfen.

Dennoch … sie klang so fremd. Ganz anders, als ich sie kennengelernt habe. Und sie hat um Hilfe gebeten. Das ist nicht normal, diese Frau würde sich eher ein Bein amputieren. Nein, irgendetwas ist da los.

Ich stelle mich in den Schatten eines Brombeerbuschs und hole mein Handy aus der Tasche, um L zurückzurufen. Dieses Mal habe ich nicht den Weg über die Rückseite genommen, sondern bin auf der Straße geblieben.

Die Front der Villa ist orange vom Laternenlicht und gesprenkelt mit Schatten, der Mond steht hoch über allem und strahlt grell und rund, die Luft ist kalt. Mein Atem bildet Wolken, als ich die Nummer zurückrufe.

»Ich bin's«, flüstere ich, sobald das Klingelzeichen verstummt. Ich schaue über meine Schulter. Die Straße ist leer. »Ich bin da.«

Am anderen Ende der Leitung seufzt L. »Gut.«

»Ist in der Zwischenzeit etwas passiert?«

»Nein, also – ich höre jedenfalls nichts mehr.«

»Okay. Ich steige durch die Küche ein. Welches Fenster ist das noch mal?«

»Das zweite von links, hinter dem Busch.«

Meine Augen gleiten über die Fensterreihe im Erdgeschoss. »Okay.« Ich klemme das Handy zwischen Ohr und Schulter, setze meinen Rucksack ab und suche nach der Taschenlampe. »Ich hab Salbeitee eingepackt.«

»Warum?«, fragt L.

»Benutzt man Salbei nicht gegen böse Geister?«

»Seit wann glaubst du an Geister?«

»Tu ich nicht.« Ich schultere meinen Rucksack und nehme das Handy wieder in die eine Hand. Mit der anderen leuchte ich die Fenster ab. »Aber … ich wollte mich halt vorbereiten.«

»Heilige Hekate, steh mir bei! Lass mich raten, du bist der Typ Mensch, der die Wohnung nicht verlassen kann, bevor er seine Unterhosen aufgereiht und gezählt hat …«

»Äh, du?«

»Was?«

»Bist du gerade im Obergeschoss?«

»Was? Nein. Ich bin unterm Dach. Wieso?«

Ich antworte nicht sofort.

Die Bewegung am Rande meines Blickfelds war wahrscheinlich ein neuer Fall von verrücktspielender Fantasie.

»Ich dachte, ich … egal.«

»Hast du etwas gesehen?«, hakt L nach.

»Ja, aber das war nur ein Schatten oder so.« Noch einmal schwenke ich die Taschenlampe. »Ja, da ist niemand. Okay, ich komme jetzt rein.«

»Sei vorsichtig.«

Sie legt auf und ich betrachte verwundert mein Telefon. Meine Finger zittern leicht. Eine Warnung von L? Das Haus muss sie wirklich erschreckt haben. Ich klemme die Taschenlampe zwischen meine Lippen und klettere über den Zaun.

Der Weg durch die Küche ist um einiges leichter zu bewältigen. Hinter dem Busch unter dem Fenster steht eine Bank, die als Trittstein benutzt werden kann, die Fensterflügel lassen sich leise aufdrücken, und das Laternenlicht von der Straße schwappt großzügig in den Raum.

Ich hebe die Taschenlampe und wage mich weiter vor.

Halb rechne ich damit, im Salon eine Person zu finden, aber es ist leer. Die angrenzenden Räume auch. Das entspannt mich etwas. Ich nehme die Treppe, doch von irgendwo ertönt ein Poltern.

»L?«, zische ich.

Niemand antwortet.

Im oberen Stockwerk lasse ich die Taschenlampe rasch durch die einzelnen Zimmer gleiten. Außer den Betten und einem wuchtigen Schrank ist alles leer. Ich bin froh, mich nicht lange damit aufhalten zu müssen, und trete zur Dachbodenleiter.

»Ich bin da!«, rufe ich und recke den Hals.

Über mir hängt das schwarze Quadrat des Einstiegs.

»L?«, füge ich hinzu.

Als sich wieder nichts regt, kommt meine alte Skepsis zurück. Was, wenn das ein Scherz ist? Was, wenn sie sich gar nicht im Haus befindet? Was, wenn sie doch für alles verantwortlich ist –

Eine Stimme ertönt: »Wer ist El?« Dann, eine Bewegung. »Ugh, strahl mir nicht direkt ins Gesicht!«

Erleichtert senke ich die Taschenlampe. Sie ist hier.

»Du bist L«, sage ich. »Ähm, L – also deine Initiale ist L. Und da ich deinen vollen Namen nicht weiß, nenne ich dich halt so.«

»Ah ja.«

»Geht es dir gut?«

L holt Luft. Sie wirkt erschöpft. »Na ja, so halbwegs. Hast du etwas gesehen?«

»Gar nichts.«

Sie runzelt die Stirn, öffnet den Mund, dann schüttelt sie den Kopf. »Moment, ich komm runter.«

Mit tastenden Schritten steigt sie die Leiter herab. L erreicht den Boden und dreht sich zu mir um. Für einen Moment schauen wir uns an. Das Türkis in ihren Haaren bleicht langsam zu einem hellgrünen Dunkelblond aus, wie ein Bündel Algen hängt ein langer Zopf über ihrer Schulter. Um den Hals trägt sie einen Stein, einen Labradorit, wenn ich mich nicht irre. Dann, ohne Vorwarnung, tritt sie vor und umarmt mich. »Danke, dass du da bist, Felix.«

»Oh. Äh. Klar.«

Mit allem hätte ich gerechnet, mit L, die sich als Axtmörder verkleidet, mit einem waschechten Geist, mit Aliens, meinetwegen auch mit dem Demogorgon aus *Stranger Things*, aber nicht mit einer Umarmung.

Unbeholfen tätschle ich ihren Rücken.

»Was machst du da?«, fragt L.

»Ich hab ehrlich keine Ahnung.«

Wir lassen uns los. Beschämt verschränke ich die Arme. Die Chancen stehen gut, dass das meine erste Umarmung seit Jahren war, jedenfalls, wenn man meine Familie abzieht. Ich fühle mich komisch. L kichert.

»Was?«, erwidere ich defensiv.

»Hä?«, sagt sie.

»Warum kicherst du?«

»Ich hab nichts gemacht.«

»Doch, du kicherst hier rum.«

L runzelt die Stirn. »Das war ich nicht.«

Wir werden beide schlagartig still und lauschen. Irgendwie glaube ich, eine Stimme zu hören. Aber sie ist fern. Oder ist sie nah und nur sehr leise? Ich drehe mich langsam im Kreis, wie ein Spürhund, der den Anfang einer Fährte sucht.

»Es fängt wieder an«, flüstert L.

»Was ist das?«

»Keine Ahnung, irgendjemand redet.«

»Aber das Haus ist leer.«

»Ich weiß.«

Mir wird übel, obwohl ich damit hätte rechnen müssen. Jemand wie L holt mich nicht wegen gar nichts. Nur was zum Teufel sollen wir – soll ich – jetzt tun? Wenn wir wirklich allein sind, wovon ich noch nicht restlos überzeugt bin, immerhin gibt es hier tausend dunkle Ecken, in denen man sich verstecken könnte, was dann? Hab ich überhaupt den Keller kontrolliert? Mist, ich war nicht mal im Keller. Dort unten könnte eine Séance mit zwanzig Leuten stattfinden und wir wüssten es nicht.

»Wo kommt das her?«, frage ich.

L schüttelt ratlos den Kopf.

Ich gehe ein paar tastende Schritte und lausche. Die Stimme wird schwächer. Ich wechsle die Richtung. Die Stimme schwillt an und wird wieder schwächer. Es ist, als würde sie nicht aus der Ferne kommen, sondern ganz aus der Nähe. Verwirrt schaue ich an die Decke. Sicher gibt es eine Erklärung dafür. Vielleicht ist das ganze Gebäude falsch gebaut und der Schall nimmt komische Wege. Vielleicht macht der Lampenschirm über uns Geräusche, die unsere überreizten Gemüter als ferne Stimmen deuten? Dennoch bleibt der Fakt, dass die Welt gerade nicht so funktioniert, wie ich es gewohnt bin, und das gefällt mir gar nicht.

»Ich habe einen Vorschlag«, sage ich. L schweigt und kaut auf der Innenseite ihrer Lippe herum. »Wir sollten gehen und wiederkommen, wenn wir besser vorbereitet sind.«

»Ja, aber – warte, du willst wiederkommen?«

»Überrascht niemanden mehr als mich.«

Irgendwo tief in den Eingeweiden des Hauses poltert es plötzlich.

»Okay, Deal«, stimmt L zu. »Lass uns von hier verschwinden.«

»Deal.« Ich öffne meinen Rucksack und gebe ihr meine Packung Tee. »Zur Verteidigung.«

»Was zum …? Du bist echt der merkwürdigste Typ überhaupt.«

»Merkwürdige Typen überleben.«

»Ist das so?«

Ich hebe beide Schultern.

Fast sieht es so aus, als wolle L lachen. Dann scheint ihr bewusst zu werden, dass wir immer noch in diesem Spukhaus feststecken.

»Komm«, sagt sie.

Ich nicke entschlossen, doch meine Beine werden weich. Jetzt, da ich *Theodora* den Rücken zudrehen soll, will mein Körper fast streiken. Die Muskeln in meinem Nacken kribbeln, als hätte ich mich in einen Ameisenhaufen gelegt. Ich bemühe mich, dicht an Ls Seite zu bleiben, die, so schnell sie kann, die Treppe nimmt und durch die Diele eilt. Sie durchquert die Küche und schwingt ein Bein über den Fenstersims. Ich drehe mich um. Alles ist dunkel und ruhig. Ich zwänge mich hinter L aus dem Fenster, stolpere fast über die Bank darunter, L reicht mir eine Hand und mit ihrer Hilfe lasse ich mich in den Garten fallen.

»Fuck this«, flüstert sie und schaut die Fassade des Hauses hinauf. »Fuck this very much.«

15

L hat ihr Tempo deutlich verringert, seitdem wir die unscheinbare Anliegerstraße hinter uns gelassen haben, und doch scheint sie nicht stehen bleiben zu wollen.

»Ich hatte recht«, murmelt sie. »Dieses Haus ist nicht normal.«

»Vielleicht«, gebe ich zu.

»Vielleicht? Wie deutlich muss es für dich noch werden? Soll dir ein Geist ans Bein pinkeln?«

»Ich meine ja nur«, sage ich, aber eigentlich weiß ich nicht, was ich damit ausdrücken will.

Wir gelangen an die große Kreuzung mit dem Schwimmbad. Alles ist geschlossen, niemand ist zu sehen, nicht einmal ein Auto. L setzt sich in ein kleines Haltestellenhäuschen, dessen Anzeige dreiunddreißig Minuten bis zum nächsten Nachtbus verkündet. Ich könnte theoretisch auch nach Hause laufen, aber möchte L nicht allein lassen. Sie wirkt ernsthaft erschüttert.

»Alles okay?«, frage ich.

»Nein. Bei dir?«

Ich hebe die Schultern. »Halbwegs.«

L schnaubt. Sie wirft mir den Salbeitee entgegen. »Du bist wahnsinnig.«

Ich setze mich neben sie und öffne meinen Rucksack. Wenn wir es wirklich durchziehen wollen, das Geheimnis der *Theodora* zu lüften, dann muss ich mir wohl oder übel ein richtiges Geister-Kit zusammenstellen. Weder habe ich mich mit meiner Taschenlampen-Tee-Kombination besonders sicher gefühlt, noch hat es irgendeinen analytischen Mehrwert gehabt.

L starrt auf die doppelspurige Straße.

Auf der gegenüberliegenden Seite harren blattlose Platanen mit ihren fleckigen Stämmen. Sie tragen noch Früchte, stachlige kleine Kugeln, die im Luftzug schwanken. Wie soll das alles Sinn ergeben? Diese Bäume da, die kann ich untersuchen, erklären. Es gibt Platanenpflanzen schon seit dem Eozän. Geister jedoch – was soll ich damit anfangen? Die einzigen Geister, die ich verstehe, sind die der Urzeit.

Stille baut sich auf. Eine ganze Weile brechen wir sie nicht. Schließlich, als sich mein Herzschlag beruhigt hat und die Anzeige auf zwanzig Minuten gesprungen ist, frage ich L: »Wie heißt du eigentlich?«

Auf ihrem Gesicht erscheint ein dünnes Lächeln. »Soll ich dir das wirklich verraten? Mir gefällt mein Spitzname irgendwie.«

»Also ich finde, es ist an der Zeit. Falls dich heute ein Dämon geschnappt hätte, wüsste ich nicht mal, auf welchen Namen ich den Exorzisten bestellen soll.«

»Haha, sehr witzig.« L streckt umsichtig ihre Beine aus. »Na gut. Wahrscheinlich schulde ich dir das. Aber damit sind wir quitt, okay? Mein voller Name ist Selina. Oder einfach Lina.«

»Oh.«

»Was *oh*?«

»Das passt zu dir.«

»Was soll das denn heißen?«

»Weiß nicht, es ist der richtige Name für eine Hexe.«

»Du hältst mich für eine Hexe?«

»Ist es nicht das, was du gesagt hast? *Eine Hexe verrät nie ihre Geheimnisse?* Außerdem weißt du, wie man diese magischen Kreise zieht, das hab ich in dem Video gesehen. Und du trägst Kristalle.«

Lina scheint zu gefallen, dass ich mich an ihre Worte erinnert habe. Sie arrangiert sich so auf dem durchhängenden Sitz der Bushaltestelle, dass sie mich voll anschauen kann.

»Obwohl …«, ergänze ich, trotz der Kälte unter ihrem direkten Blick ein bisschen schwitzend, »mit Mineralien und Steinen kenne ich mich auch aus. Also ich sammle Fossilien. Da lernt man automatisch seine … seine Steine kennen. Oh Gott, auf einer Skala von eins bis zehn, wie langweilig klinge ich gerade?«

Lina prustet. »Zehn von zehn. Was sammelst du für Fossilien?«

»Ach, na ja, was man hier so kriegen kann. Also nichts besonders Seltenes. Kieselschwämme und Muscheln. Oder Donnerkeile. Auf Rügen habe ich einen großen Bernstein mit Einschluss gefunden, der ist das Highlight meiner Sammlung.«

»Und warum sammelst du die Dinger?«

Warum? Darüber denke ich oft genug nach, doch es ist komisch, meine Beweggründe plötzlich laut aussprechen zu sollen. »Ich mag einfach … ich glaube, es ist das Gefühl, etwas mit Vergangenheit in der Hand zu halten. Wenn ich so einen Ammoniten betrachte, dann denke ich an die vielen Millionen Jahre, die auf unserer Erde schon verflossen sind und die vielen Millionen, die noch kommen werden. Dann fühle ich mich ganz klein, aber auf eine gute Art und Weise, weißt du? Ehrfürchtig irgendwie. Meine Rolle in diesem Universum ist nicht größer als die dieses Tierchens, das einmal über den Meeresboden gekrochen ist, und ja, das ist beängstigend, aber es ist auch schön. Es fühlt sich nach Freiheit an. Im großen Lauf der Zeit sind wir alle nur Kohlenstoffverbindungen, die für einen ganz, ganz kurzen Moment dabei sein dürfen, bevor wir wieder zerfallen. Irgendwann ist ein neues Zeitalter da, mit neuen Augen, und wir werden dann die neuen Fossilien.« Ich hole Luft, von meinem Vortrag etwas eingeschüchtert, und lache. »Jedenfalls denke ich mir das, wenn ich mich mal wieder über eine Note ärgere. So nach dem Motto: *In drei Millionen Jahren ist das auch egal.* Keine Ahnung. Macht kaum Sinn, oder?«

Lina stimmt nicht in mein forciertes Lachen ein und greift mit einer Hand nach dem Labradorit, den sie um den Hals trägt. Ihre Fingerspitzen streifen nachdenklich über die Oberfläche, unter der tiefes Licht schimmert wie in einem Ozean. Mit einem Mal beschämen mich meine Worte.

»Du hast bei unserem ersten Treffen gesagt, dass du keine Freunde hast.« Lina lässt ihre Hand sinken. »Wieso?«

»Äh. Weiß nicht. Musst du die Leute in meiner Klasse fragen. Bin auch nicht so super mit anderen Menschen. Fühl mich immer wie so ein Fisch außerhalb des Wassers. Wie ein Blobfisch.«

»Ein Blobfisch? Was ist das denn?«

»Kennst du die nicht? Die sind echt witzig – oder, na ja, eigentlich ist der Grund für ihren Namen nicht so lustig, jedenfalls –, warte.« Ich hole mein Handy hervor und google den Blobfisch. Dann zeige ich ihr die Bilder.

»Ohhh.« Lina nimmt mein Handy. »Der ist ja süß!«

»Du findest den *süß*?«

»Guck mal seine große Nase an! Ha! I love it. Das ist dein Lieblingstier, ja? Mann, meines ist ein Nacktmull. Die beiden könnten Freunde sein.«

Lina gibt mir mein Handy wieder, und unsere Finger überkreuzen sich, und ich hasse es nicht, was mich sehr irritiert. Normalerweise bin ich nicht so der Typ für Berührungen. Vielleicht hat sie recht und ein Blobfisch und ein Nacktmull könnten Freunde sein. Wäre das nicht der absolute Wahnsinn?

»Was ist mit dir?«, frage ich. »Du bist wahrscheinlich megabeliebt.«

Lina gibt ein abschätziges Geräusch von sich. »Denkst du?«

»Also du hast auf jeden Fall die richtige Attitüde dafür.«

»Hast du gerade *Attitüde* gesagt? Wer redet denn so?«

»Siehst du, genau das meine ich.«

Lina blinzelt, dann lacht sie. »Okay, du denkst, ich gebe genug Kontra, um mich durchzusetzen.«

»So ungefähr.«

»Tja.« Lina hebt das Kinn und ihr Blick driftet in die Ferne. »Du irrst dich. Ich hab absolut keinen Bock mehr auf irgendwen. Und niemand hat mehr Bock auf mich.«

»Wirklich? Warum?«

»Dinge sind passiert.«

»Das ist sehr vage.«

Lina rutscht angespannt auf ihrem Sitz herum. Ich betrachte ihr Profil, die kräftige Nase, den schmalen Kiefer, das krautige Haar.

»Die Details sind egal«, antwortet sie. »Das Endergebnis zählt. Und soweit ich das sehe, habe ich die letzten Jahre verschwendet. Diese Leute haben mir zu viel bedeutet, tanzen hat mir zu viel bedeutet und jetzt –«

»Du *bist* Tänzerin!«, unterbreche ich sie unabsichtlich, so aufgeregt bin ich darüber, dass meine Eingebung richtig war. »Ich wusste es.«

»Ja, ich gehe auf eine Sportschule. Eiskunstlauf. Woher wusstest du das?«

»Du bewegst dich wie eine Tänzerin.«

Lina hebt beide Augenbrauen. »Hast du mich etwa beobachtet, du Creep?«

»Nein, natürlich nicht. Nicht absichtlich.«

»Du hast mir *nicht absichtlich* auf den Arsch gestarrt?«

»Was? Ich – ich hab nie etwas von – von einem Arsch gesagt«, stottere ich und laufe rot an.

Lina lässt ihren empörten Gesichtsausdruck fallen, ein Grinsen taucht darunter auf. »Du bist viel zu schnell durcheinanderzubringen, Felix.«

Ich stoße einen tiefen Seufzer aus, zum Teil aus Frust, zum Teil aus Belustigung. Mit diesem Mädchen zu reden, ist eine schnelle Sache, ein Tennisspiel, ein Schlagabtausch, ein Tauziehen – und immer wieder erwischt sie mich.

»Na ja, freut mich, dass ich zumindest wie eine Sportlerin laufe. Lange kann das nicht mehr halten, ich tanze meine Choreos mittlerweile nur noch im Kopf.«

»Warum? Hast du dich verletzt?«

Lina zögert. Über ihr Gesicht zieht eine unangenehme Härte, doch das scheint nur ein Schatten dessen zu sein, was in ihr vorgeht. Statt einer Antwort erwidert sie brüsk: »Mein Bus kommt.«

»Oh.«

Die Anzeige ist auf zwei Minuten gesprungen, von einem Bus ist noch nichts zu sehen. Ich stehe trotzdem mit ihr zusammen auf. Sie will offensichtlich nicht über das Tanzen reden oder ihre Freunde oder was passiert ist, das ist in Ordnung. Sie will keine Freunde mehr haben, auch das ist in Ordnung, nehme ich an. Gut möglich, dass ich eh kein guter Freund wäre. Aber in einem bin ich gut, und das haben wir vielleicht gemeinsam: Ich bin hartnäckig. Wir haben das mit dem Haus angefangen, und ich will verdammt sein, wenn ich dieses Rätsel nicht auch gelöst kriege.

»Bleibt es dabei? Dass wir jetzt eine Investigation starten?«, frage ich.

Lina, die stur einen fernen Punkt auf der leeren Straße fixiert hat, wendet den Kopf. Die Härte in ihren Augen weicht. »Ja. Auf jeden. Lass das machen.«

Mein Vorschlag kommt besser an, als ich erwartet hätte. Als ihr

Bus wirklich um die Ecke biegt, hat Lina schon fast wieder ein Lächeln auf den Lippen. Die Türen öffnen sich, sie steigt bei der Fahrertür ein und dreht sich noch einmal um. »Kommst du?«, fragt sie.

»Ich? Äh, nein. Das ist gar nicht mein Bus, ich hab nur mit dir gewartet, damit du nicht allein bist.«

Lina runzelt die Stirn, ihr scheint es für ein paar Sekunden die Sprache verschlagen zu haben, es erinnert mich an den Tag, als ich ihr meine Nummer gegeben habe. Sie fängt sich jedoch schnell. »Okay«, sagt sie. »Dann bis bald. Ich schreib dir wegen unserem Plan.«

Während der Bus losfährt und ich mich auf meinen eigenen Heimweg mache, denke ich über Lina – Selina – nach und warum sie jedes Mal so überrascht ist, wenn ich sie nicht bei der ersten Gelegenheit sitzen lasse. Irgendwie kommt mir die Vermutung, dass sie bis jetzt nicht viele Menschen hatte, die sich ehrlich um sie sorgen.

16

Papa hat gestern Abend noch die Kiste mit der Weihnachtsdeko aus der Abstellkammer geholt, damit Emma und ich die Wohnung schmücken können, bevor am Wochenende der erste Advent gefeiert wird. Ich habe, ehrlich gesagt, keine Lust. Kunstschnee an die Fenster sprühen? Plastikgirlanden um die Stuhllehnen wickeln? Engelfigürchen auf der Kommode im Flur aufstellen? Manchmal frage ich mich, ob Papa klar ist, dass ich sechzehn bin und lieber mit meinen (nicht existenten) Freunden unterwegs wäre, aber er scheint gar nicht auf die Idee zu kommen.

»Felix!«, quengelt Emma.

»Gleich«, brumme ich.

»Das hast du vor fünf Minuten schon gesagt!«

»Kannst du nicht ohne mich schmücken?«

Emma, die in meiner Zimmertür steht, zieht eine Schnute.

»Fang wenigstens schon an«, füge ich hinzu.

»Ich kann nicht allein, ich hab Bauchschmerzen.«

»Schon wieder? Sicher, dass du dir das nicht einbildest?«

Emmas Augen werden klein. »Komm jetzt.«

»Gleich«, wiederhole ich.

Emma gibt ein frustriertes Zischen von sich. »Du bist so scheiße! Nie willst du was mit mir machen!«

»Hey!«, rufe ich ihr hinterher, aber sie ist schon verschwunden, kurz darauf geht der Fernseher im Wohnzimmer an.

Kopfschüttelnd bleibe ich auf dem Bett liegen und klicke weiter durch Youtube. Der Content an Ghosthunting-Videos ist beinahe unendlich. Die meisten sind extrem reißerisch, ich kann sie einfach nicht ernst nehmen, dabei sind die gefilmten Phänomene nicht mal halb so unheimlich wie das, was wir mit dem Haus erlebt haben.

Es ist neunzehn Uhr, als Papa endlich die Wohnungstür aufschließt und zwei Papptüten auf den Küchentisch stellt. Emma beschwert sich bei ihm, dass ich ihr nicht geholfen habe. Papa hält mir einen Vortrag, was mich heute ausnahmsweise wenig interessiert. Ich habe *auch* ein Leben, meine Fresse, wie schwer ist das zu verstehen?

Bis spät in die Nacht lese ich in Foren die übernatürlichen Erlebnisse fremder Menschen nach und versinke immer mehr in meiner Recherche. Nicht einmal Ben, der mir um halb zwölf einen Clip von einem rülpsenden Typen schickt, kann mich ablenken. Faszinierend, wie sehr einen ein Thema packen kann, das komplett unbewiesen ist. Ein Was-wäre-wenn folgt auf das nächste.

Um zwei Uhr reibe ich mir die Augen und schließe meinen Laptop.

Ich schreibe Selina eine kurze Nachricht, sicher, dass sie längst schläft und erst in einigen Stunden antworten wird. Zu meiner Verblüffung reagiert sie jedoch, noch bevor ich mein Handy beiseitelegen kann:

was guckst du so einen scheiß? Ghosthunter sind spinner. Witches sind der real deal

Ich bin mir nicht sicher, was du damit meinst.

ganz einfach. Ghosthunter wollen nur fame. Hexen wollen antworten.

Okay … und wie kriegen Hexen ihre Antworten?

mit magie

Oh, ich bitte dich

hey du kannst ja gerne das ganze haus verwanzen und mit messgeräten überwachen aber darauf springen geister halt nicht an

Dann schlag du etwas vor

eine seance

ich hab ein ouija board

und kann sachen zum schutz besorgen (was ordentliches, keine teebeutelscheiße)

Meine Finger schweben über dem Display. Selina bleibt online und scheint auf eine Antwort zu warten, aber ich weiß gar nicht, was ich darauf sagen soll. Eine Séance. Das klingt … absurd? Wie Zeitverschwendung?

ich weiß nicht

was hast du dir denn vorgestellt?

keine Ahnung, ich dachte, wir legen uns auf die Lauer. Wie Vogelbeobachter.

Bis jetzt wurden wir immer überrumpelt, deswegen sollten wir den Spieß umdrehen ... und das geht nur mit Geduld und einer guten Tarnung

du bist so lame

Wissenschaft muss lame sein

Selina schickt einen Smiley mit verdrehten Augen.
Dann schreibt sie:

okay wir probieren dein vogeldings. Aber wenn das nichts bringt nehmen wir mein brett

Deal

nice

Ich betrachte noch eine Weile unseren Chat, doch Lina schreibt nichts weiter.

Trotzdem breitet sich Freude in meinem Brustkorb aus, als hätte ich endlich einen großen Schluck warmen Tee genommen, nachdem ich ewig draußen in der Kälte stehen musste. So bescheuert das klingt, ich kann nicht glauben, dass ich mit Ben *und* Selina schreibe. Auf einmal! Mit Emojis! Oh Mann, das macht mich unnormal glücklich.

Schnell schalte ich mein Handy aus und lege es umgedreht auf den Nachttisch, als ob Gefühle so was wie Strahlung wären und ich sie damit abbrechen könnte.

17

Ich bin aufgeregt.

Es ist Samstagnachmittag, Emma ist bei einer Freundin, und Papa trifft sich den Tag über mit ein paar Kollegen zum Teambuilding, sie schauen sich langweilige PowerPoints an und gehen dann zu einem Kochkurs. Ich wandere durch unsere stille Wohnung, doch statt wie sonst die Ruhe zu genießen, kann ich nur an den heutigen Abend denken. Es ist Samstag und ich habe etwas vor. Ich wurde nicht nachträglich eingeladen, nein, ich habe mich mit jemandem verabredet, der mich erwartet. Hätte ich je gedacht, dass dieser jemand die mysteriöse L sein wird? Absolut nicht. Aber vielleicht ist das etwas Gutes. Wir schreiben schon den ganzen Tag, wer was mitbringen soll, und ich bin so verdammt zappelig. Als ich wieder in meinem Zimmer ankomme, drehe ich meine Dezember-Playlist auf und beginne zu packen.

Die Dämmerung kommt früh heute, was mir ganz gut passt, immerhin muss ich ungesehen in die Villa gelangen. Das Wetter hängt zwischen Spätherbst und Adventszeit fest, ein graues Wolkenknäuel spuckt Schneeregen aus und wirbelt Laub und Müll über die Gehwege. In den Wohnblöcken auf meinem Weg leuchtet warmes Licht. Eine Weile lenke ich mich damit ab, indem ich in die Fenster spähe und mir vorstelle, wie gemütlich es drinnen sein muss, schließlich jedoch erreiche ich die Brombeerbüsche und bin mit der fantastischen und wahnsinnigen Realität konfrontiert: Ich habe ein Date. (Also kein Date-Date. Mehr ein professionelles Treffen unter Forscherinnen und Forschern. Ein Investigations-Date quasi.)

Ich klettere über den Zaun. Die Rückseite des Hauses erhebt sich vor mir wie das breite Heck eines Geisterschiffes.

Obwohl ich lieber in der Küche eingestiegen wäre, nehme ich den Weg durch den Keller, denn ich will sichergehen, dass wir wirklich allein sind. Der Keller ist leer. Als ich die Tür in die Diele öffne, rufe ich: »Nicht erschrecken, ich bin's!«

Sanftes Licht fällt aus der Küche. Da das Fenster hinter Blattwerk verborgen ist, hat Selina sich anscheinend getraut, ein paar Kerzen anzuzünden. Ich schaue kurz hinein und finde sie nicht, dann höre ich die Treppe knarren.

»Na?«, fragt Lina vom obersten Absatz. »Wo kommst du denn her? Warst du im Keller?«

»Ja. Ich wollte sichergehen, dass wir allein sind.«

»Das hätte ich dir auch so sagen können.«

Ich ignoriere ihren Seitenhieb. »Vielleicht sollten wir die Kellertür verbarrikadieren, dann wissen wir, dass dort auch später niemand reinkommt.«

Selina sieht aus, als müsse sie sich einen spöttischen Kommentar verkneifen. Nach einer kurzen Pause antwortet sie: »Meinetwegen. Los, komm.«

Es dauert eine Weile, im Keller ein geeignetes Möbelstück zu finden, das wir vor die Tür schieben können. Selbst mit Taschenlampe ist der Raum unübersichtlich. Letztendlich entscheiden wir uns für eine altmodische Kommode aus echtem Holz, deren Füße ein furchtbares Quietschen von sich geben, während sie über den Boden schleifen.

»Falls die jemand bewegt, hören wir das auf jeden Fall«, keuche ich, nachdem die Kommode endlich an ihrem Platz steht.

»Und was tust du, wenn die Kommode sich nicht bewegt und der Spuk trotzdem losgeht? Gibst du dann zu, dass Geister existieren?«

Dieses Mal muss ich schnauben. »Die Betonung liegt auf *wenn*.«

»Gott, ihr Streberkinder seid so anstrengend.«

»Muss der Angeber-Sportler gerade sagen!«

»*Die* Angeber-Sportler*in* bitte!«

Unter Geplänkel kehren wir zurück ins Erdgeschoss.

»Wir brauchen einen geeigneten Standort zur Beobachtung«, sage ich, als wir wieder in der Küche stehen. »Und wir müssen die Kerzen löschen.«

»Wieso?« Selina setzt sich an den Tisch, wo sie bereits einen Teil ihres Proviants ausgepackt hat: eine wilde Mischung aus Gummibärchentüten, funkelnden Kristallen und Kräuterbündeln. »Ist doch netter mit ein bisschen Licht.«

»Ja, aber das Licht könnte uns verraten.«

»An wen? Geister interessieren sich nicht für ein paar Kerzen.«

»Menschen schon. Und Waschbären. Glaube ich zumindest.«

Selina seufzt. »Ich hoffe, wir können deinen Ansatz bald abhaken.« Dann beugt sie sich über den Tisch und pustet die Kerzen aus. »Der ist nämlich Bullshit.«

»Jaja«, erwidere ich.

Mit erhobener Taschenlampe gehe ich das Erdgeschoss ab und bleibe schließlich vor einer kleinen Speisekammer stehen. Sie schließt an die Diele an, wo sich passenderweise die Wege von Küche, Keller und Salon kreuzen.

»Was hältst du hiervon?«

Selina hat ihre Snacks dabei, als sie um die Ecke kommt. »Du willst dich da reinquetschen?«

»Ich glaube, mit ein bisschen Arbeit wird es ganz nett.«

»Und dann was? Warten wir?«

»Ja.«

»Oh Mann.« Selina wirft ihre Snacks in den schmalen Raum und stapft dann die Treppe hoch. »Wie lange willst du dich dadrin verkriechen? Wir sitzen hier noch bis morgen.«

Während ich die kleine Kammer notdürftig entstaube und etwaige Spinnen herausscheuche, kommt Selina von oben zurück, die Arme vollgeladen mit Bettzeug.

»Wo hast du das her?«, frage ich.

»Dachboden.«

»Meinst du, die sind sauber?« Ich falte eine der Decken auseinander. Sie riecht weniger schrecklich, als ich befürchtet habe, mehr nach Mottenkugeln.

»Kein Plan.«

»Was, wenn da jemand drin gestorben ist?«

»Und danach alles fein säuberlich auf dem Dachboden verstaut hat? Ich hab die Betten nicht angerührt, keine Sorge.«

»Na gut …«

Wir legen den Boden der Kammer mit Decken und Kissen aus, ordnen Selinas Snacks in die Regale und kriechen dann hinterher. Probehalber ziehe ich die Tür ein Stück zu, damit uns niemand sofort sehen kann. Durch den Spalt ist nur noch die große Flügeltür des Salons zu erkennen. Der Raum dahinter ist kaum mehr als ein grauer Fleck.

»Los geht's«, flüstere ich.

Wir schweigen und regen uns nicht. Vor dem Haus fährt ein Auto vorbei. Holz knackt irgendwo. Dann kehrt wieder Stille ein, jedenfalls so viel Stille, wie es in der Großstadt geben kann. Selinas Atem neben mir ist ruhig. Meiner nicht. Sie bietet mir ein paar Gummibärchen an und ich lehne ab. Wir warten… und es passiert absolut gar nichts.

Je mehr Zeit vergeht, desto mehr lässt meine Anspannung nach, mein Blick klebt wie automatisch an dem schmalen Türspalt und meine Gedanken beginnen zu wandern.

Es ist seltsam gemütlich hier drinnen, in diesem behüteten Versteck, das nach altem Gips und Lack und ein bisschen nach Tee riecht. Die Ersatzdecken aus dem Dachboden sind kuschlig genug, dass wir hier eine ganze Weile aushalten können. Selina hat ein Kissen zwischen ihren Rücken und die leeren Regalbretter geschoben und kaut mit geschlossenen Augen ihre Gummibärchen. Ihre Beine sind ausgestreckt, so gut es geht. Trotz der Kälte trägt sie Strumpfhosen, durch die ihre Knie und Schienbeine leuchten.

»Was ist da passiert?«, murmle ich.

»Hm?«

»An deinem linken Bein ist so eine große Narbe.«

Lina zuckt die Schultern. »Hingefallen, wahrscheinlich beim Training.«

»Passiert das oft beim Eiskunstlaufen?«

»Ständig.«

»Oh.«

»Was *oh*?«

»Nichts, ich … es sieht immer so mühelos aus, wenn ich Eiskunstlauf bei Olympia schaue. Ich hab nie darüber nachgedacht, wie oft die Sportlerinnen wohl hinter den Kulissen fallen. Ich meine, klar, hin und wieder fällt auch mal jemand vor den Kulissen, aber … ich hab nie darüber nachgedacht, dass das ja wirklich wehtut. Es ist alles so eine gut konstruierte Illusion, weißt du?«

Lina schnaubt. »Fallen tut scheiße weh.«

»Wie machst du danach weiter? Hast du keine Angst?«

Sie antwortet nicht.

»Sorry«, schiebe ich hinterher. »Wollte dir nicht zu nahe treten.«

»Wenn du richtig hart stürzt«, sagt Lina unvermittelt, »also so hart, dass du dich verletzt, dann ist das erst mal ein Schock. Weißt du, dass es theoretisch passieren kann? Klar. Hast du Horrorstorys von deinen

Freunden darüber gehört? Ja. Bist du dir wirklich bewusst, dass es auch dich treffen kann?« Sie pausiert und schüttelt den Kopf. »Du denkst nur: *Das ist jetzt nicht wirklich passiert. Das ist nicht wahr.* Aber es ändert nichts mehr. Es ist zu spät.«

Selina schluckt hart und ich löse meinen Blick vom Türspalt. Ihre Erzählung klingt nicht nach dem anonymen Bericht einer dritten Person.

»Wann war das?«, frage ich.

»Vor ein paar Monaten«, sagt sie.

»Hast du dich schlimm verletzt?«

»Doppelter Wirbelbruch.«

Ich verziehe das Gesicht. Allein der Begriff schmerzt. »Verdammt.«

»Jup.«

»Und ist wieder alles verheilt? Also bist du – gesund?«

»Theoretisch ja.«

»Und praktisch?«

Lina presst beide Lippen aufeinander. »Weiß nicht.«

»Das tut mir leid«, sage ich.

Mein Großer-Bruder-Reflex springt ganz automatisch an und ich hebe eine Hand. Selina mustert erst meine Finger, dann mich. Ich zucke beschämt zurück, doch sie scheint bereits bemerkt zu haben, dass ich vorhatte, einen Arm um ihre Schulter zu legen.

»Ich muss dir nicht leidtun«, erwidert sie. »Ich bin das Risiko freiwillig eingegangen.«

»Ja okay, aber das heißt doch nicht, dass du dein Unglück verdient hast.«

Selina blinzelt. Sie scheint mein Gesicht nach etwas abzusuchen. Keine Ahnung, was es ist und ob sie es findet.

»Danke«, sagt sie plötzlich.

»Ist doch selbstverständlich«, murmle ich.

»Nee, ist es nicht.«

Eine Weile sitzen wir stumm da. Ich spüre Linas Wärme und meinen Herzschlag und lausche den dumpfen Bewegungen, die das alte Skelett des Hauses von sich gibt.

»Ziemlich ruhig heute«, sagt Lina irgendwann.

»Vielleicht schlafen die Geister.«

»Dann wird es wohl Zeit, sie zu wecken, oder?« Selina grinst mir zu, macht jedoch keine Anstalten, aufzustehen. Sie greift nach der Tüte Gummibärchen und schüttet mir ein paar in den Schoß.

»Hey!«, zische ich.

»Iss was.«

»Wieso?«

»Es wird eine lange Nacht.«

Ich seufze und puhle die Gummibärchen aus den Falten meiner Jeans. »Was machst du eigentlich, wenn du hier alleine bist?«

»Ach, dies und das. Manchmal sitz ich einfach gerne in der Küche und lege Tarotkarten. Oder ich lade meine Kristalle auf und halte ein kleines Ritual ab.«

»Wo du Totenköpfe mit Blut übergießt«, ergänze ich.

»Bist du etwa immer noch sauer, dass ich diesen Typen verarscht hab?«

»Im Gegensatz zu dir hätte ich gerne Freunde.«

»Glaub mir, Freunde werden überbewertet. Was hast du übers Eiskunstlaufen gesagt? Dass es eine gut gemachte Illusion ist? So ist Freundschaft doch auch. Wir werden mit irgendwelchen Leuten in eine Klasse gesteckt, die wir für die nächsten Jahre mögen *müssen*, weil wir sonst alleine sind. Ist total egal, ob wir uns wirklich mögen, wir können es uns nicht aussuchen, also tun wir so, als ob. Bis dann einer keinen Bock mehr hat.«

»Also ich will hoffen, dass Freundschaft ein bisschen mehr ist als das …«

»Ist es nicht«, erwidert Selina. »Und ich für meinen Teil habe keine Lust mehr, die zu sein, die übrig bleibt, wenn alle anderen gegangen sind. Nächstes Mal geh ich zuerst.«

Ich drehe wortlos die Gummibärchen zwischen meinen Fingern. Obwohl ich wünschte, dass es nicht so wärc, habe ich schon Ähnliches gedacht. Es ist ein schreckliches Gefühl, übrig zu bleiben, selbst wenn es nur darum geht, wer mit wem die Bio-Gruppenarbeit erledigt. Niemand will ein nachträglicher Gedanke sein. Niemand will sich fühlen, als wäre er oder sie nicht wichtig genug. Wie oft habe ich mich schon gefragt: Bin ich schuld? Müsste ich etwas anders machen? Sollte ich jemand anderes sein? Jetzt kommt ein neuer, hoffnungsvollerer Gedanke: Vielleicht muss ich mich gar nicht ständig verbiegen.

»Sorry, dass deine Freunde Arschlöcher waren«, sage ich.

»Sorry, dass deine Arschlöcher sind«, entgegnet Selina.

Wir schauen uns beide an und brechen dann in Lachen aus. Zuerst versuche ich, es zurückzuhalten, damit wir unser Versteck nicht verraten, doch es klappt keine Sekunde. Ich weiß nicht, wann ich das letzte Mal so gelacht habe. Der Inhalt unserer Worte ist nicht einmal besonders lustig, und trotzdem brauchen wir eine ganze Weile, um uns wieder zu beruhigen.

»Lass mal aus diesem Loch hier raus«, schlägt Lina vor. »Mir schlafen die Beine ein.«

Ich nicke. Jetzt ist es eh egal. Unser Lachen hat wahrscheinlich die halbe Nachbarschaft aufgeweckt. Lina stößt die Tür auf, wir kraxeln beide in den Flur und kommen auf die Füße. Das Haus bleibt unverändert still, nur ein paar Holzdielen knarren. Der Abend verläuft merkwürdig ereignislos. Ich frage mich, ob wir uns doch alles zusammengesponnen haben. Dann fällt mir der Telefonanruf ein, der vor einigen Wochen bei mir einging.

»Weißt du, wo das Telefon ist?«, frage ich.

18

»Also ich wühl mich nicht durch den ganzen Schrott«, sagt Selina.

Wir stehen beide im Salon, wo Möbel dicht an dicht gestapelt wurden und kaum genug Platz lassen, um den Raum zu durchqueren.

»Ich versteh einfach nicht, wie hier noch irgendetwas funktionieren kann, besonders das Telefon«, antworte ich störrisch, auch wenn mir klar wird, dass ich genauso wenig Lust habe, den vergammelten Privatbesitz einer anderen Person zu durchsuchen.

»Bist du dir sicher, dass der Anruf aus der Villa kam?«

»Es war die richtige Nummer.«

»Hm.« Selina schnalzt mit der Zunge. »Was guckst du mich so an?«

»Ich weiß nicht … du bist immer in diesem Haus.«

»Ich hab dich nicht angerufen! Was weiß ich, was deine Festnetznummer ist!«

»Kann ich dir das wirklich glauben?«, frage ich spielerisch und mit nur einem Hauch Ernst dahinter.

Selina verdreht die Augen. »Keine Ahnung, vielleicht nicht! Vielleicht warte ich nur, bis du dich mit Gummitieren vollgefressen hast, damit ich dich dem Teufel opfern kann! Was – nebenbei gesagt – ewig dauert. Boah.« Selina dreht sich auf dem Absatz um und stapft in die Küche. »Jetzt hab ich Hunger.«

Die Kerzen brennen wieder, als ich mich schließlich mit einem letzten zweifelnden Blick abwende und zu Selina stoße. Auf dem

Küchentisch steht mittlerweile das Ouija-Brett. Ich setze mich ihr gegenüber.

»Darf ich dich etwas fragen?«

Lina verteilt ihre Kristalle und rollt die Augen. »Du fragst mich schon die ganze Zeit irgendwas.«

»Sorry.«

»Na los, frag schon.«

»Bist du eine Hexe geworden, weil du dich einsam fühlst?«

Auf Linas Stirn erscheinen ein paar Falten. Statt einer Antwort fummelt sie ein Stück Kreide aus ihrer Jackentasche und zeichnet damit einen großen Kreis auf die Tischplatte.

»Also ich zum Beispiel hab meine Fossilien, die mir Gesellschaft leisten«, erkläre ich. »Und ich dachte, vielleicht ist es bei dir ähnlich.«

»Einsamkeit juckt mich nicht«, schnappt sie.

»Okay. Gut. Mir fällt es nur irgendwie schwer nachzuvollziehen, wie man auf – auf Hexerei kommt. Also was bringt dir das, in diesem Haus zu sein und mit Karten zu spielen? Oder ist das ein Mädchending? Meine Schwester steht gerade auch voll auf magische Tiere und so.«

Selina lacht trocken. Sie erhebt sich und holt einen alten Porzellanteller aus dem Küchenschrank. »Mädchending«, wiederholt sie, dann befördert sie ein Feuerzeug aus ihren scheinbar endlos großen Jackentaschen, greift ein Kräuterbündel und verkokelt es, bis ein feiner Rauch aufsteigt. Sie setzt sich wieder und blickt mich herausfordernd an. »Das ist wirklich eine unglaublich komplizierte Frage, die du da stellst. Ich glaube, darauf habe ich keine Antwort. Aber vielleicht bin ich einfach zu dumm, so als *Mädchen.*«

»Sorry – ich wollte dich nicht beleidigen.«

»Hexerei ist Selbstliebe, okay? Ich brauche etwas für mich, an einem Ort, wo ich tun kann, was ich möchte. Wo mir keiner etwas vorschreibt oder von mir erwartet – oder wissen will, wann ich wieder aufs Eis steige. Ist mir egal, ob du das bescheuert findest. Oder ob dir dein kleines Wissenschaftlerherz in die Hose rutscht, sobald du ein Deck Tarotkarten in der Hand hältst. Ich mach das, weil es mir guttut, weil ich mich damit nicht so *scheiße* ausgeliefert fühle. Wenn das für dich ein Grund ist, herablassend zu sein, bitte schön.«

Mit dieser Reaktion habe ich nicht gerechnet. Selina sieht ehrlich wütend aus.

»Ich hab bloß gefragt«, murmle ich.

»Tja, und ich hab bloß geantwortet.«

Mit einem Mal hat das Tauziehen zwischen uns wieder an Kraft zugenommen. Selina sitzt auf der einen Seite des Tisches, ich auf der anderen, wir taxieren uns ausdruckslos und niemand will nachgeben.

»Wozu ist der Kreis da?«, frage ich schließlich.

»Zum Schutz.« Linas Gesicht bleibt steinern. »Wenn man Kontakt zu Geistern und anderen Entitäten sucht, muss man sich schützen. Der Kreidekreis hält das Böse von uns fern, genauso wie die hier.« Sie hebt drei durchsichtige Bergkristalle. »Und das.« Sie deutet auf den Teller mit dem dampfenden Lavendel.

Ich senke den Blick, damit man mir die Skepsis nicht von den Augen ablesen kann. »Okay. Dann … dann lass uns beginnen, oder?«

Selina greift schweigend in ihren Nacken, löst die Kette mit dem Labradorit, den sie immer um den Hals trägt, und drapiert ihn vor dem Ouija-Board. Dann streckt sie einen Arm über den Tisch und reicht mir ihre Hand. Zögernd lege ich meine Finger in ihre.

»Wir wollen begrüßen, wer auch immer heute bei uns ist. Ich bin Selina. Das ist Felix. Wenn du gute Absichten hast, laden wir dich ein, über dieses Hilfsmittel Kontakt zu uns aufzunehmen. Wir sind nicht hier, um dir zu schaden. Wir suchen lediglich Antworten auf unsere Fragen.«

Das Kerzenlicht schwankt leicht.

Ich kriege das komische Gefühl, mich umzudrehen und nachzuschauen, ob sich etwas in meinem Rücken bewegt, aber ich unterdrücke es. Selina hat die Augen geschlossen und zwei Finger auf die Planchette in der Mitte des Brettes gelegt, also tue ich es ihr gleich, positioniere ebenfalls Zeige- und Mittelfinger und drücke die Lider aufeinander.

»Ist jemand hier, der mit uns sprechen möchte?«

Meine Hand in Selinas zuckt. Ich höre ihren Atem tief und regelmäßig gehen. Sonst passiert nichts. Es läuft genau wie vorhin. Das Haus scheint alles von der Lebendigkeit, die es so berühmt gemacht hat, verloren zu haben.

Auf einmal spüre ich Druck unter meinen Fingerspitzen. Die Planchette bewegt sich. Ich öffne die Augen.

»Du schummelst!«, rufe ich.

»Ich wärme nur das Brett auf«, erwidert Selina, die die Planchette in bedächtigen Kreisen über die verschiedenen Buchstaben und Zeichen gleiten lässt. »Das macht man so.«

Ich verbeiße mir einen Kommentar. Klar macht man das so. Weil sie ja nicht einfach alles behaupten kann, was sie will.

Selina lenkt die Planchette zurück in die Mitte. Dieses Mal verzichte ich darauf, meine Augen wieder zu schließen. Frust schnürt mir die Kehle zu, verstärkt noch von dem Unwohlsein, unerlaubterweise in einem verfallenden Gebäude zu sitzen. Was weiß ich eigentlich über das Mädchen mit den grünen Algenhaaren? Nichts. Schön, sie ist Eistänzerin und geht auf eine Sportschule, falls das stimmt. Sie hat geschworen, mich nicht angerufen und hergelockt zu haben, falls das stimmt. Sie will mit mir gemeinsam das Rätsel der Villa lösen, *falls das stimmt*.

Die Planchette rutscht ein Stückchen über das Brett. Ich kann nicht sagen, ob Selina geschoben hat oder ich. Auch die Richtung ist unklar. Soweit ich das sehe, landen wir nicht einmal direkt auf einem Buchstaben.

»Das ist doch Blödsinn«, sage ich und ziehe meine Hände weg.

»Hey!« Selina öffnet die Augen. »Du hast den Kreis gebrochen!«

»Na und?«

»Du kannst nicht einfach den Kreis brechen! Wir müssen uns erst verabschieden!«

»Einen Scheiß muss ich!«

»Was ist los mit dir?«

»Ich – ich«, stammle ich, weil ich das zugegebenermaßen selber nicht genau weiß. »Weil es keine Geister gibt! Und es Zeitverschwendung ist, hier rumzusitzen und ein Stück Holz zu streicheln!«

»Als ob du wissen könntest, ob es Geister gibt. Du bist echt so was von besserwisserisch –«

»Natürlich weiß ich, dass es keine Geister gibt! Ansonsten hätte mir meine Mum nämlich schon längst geholfen!«

Mein Satz verhallt in dem halbdunklen Raum ohne eine Antwort. Selina starrt mich an, ausdruckslos, eine Hand noch immer auf der Planchette, die andere offen auf dem Tisch.

Mein Hals macht komplett dicht, Tränen stürzen mir in die Augen, und alles, was ich noch rausbekomme, bevor ich mich umdrehe und losrenne, ist ein »Egal! Ich hau jetzt ab!«.

19

Wenn ich weinend ins Bett gehe, ist der Morgen danach immer irgendwie komisch. Ich wälze mich zwischen Schlaf und Wachsein hin und her, und tiefe Schwermut steckt wie eine Bleikugel unter meinen Rippen, aber ich bin zu müde, um zu verstehen, wo sie herkommt. Wenn ich dann langsam wach werde, holt mich der vergangene Tag ein, und ich weiß plötzlich alles. Und will mich einfach umdrehen, wieder einschlafen und vor der Realität verstecken.

Emma und Papa sind schon munter, ich höre sie in der Küche miteinander quatschen und Kakao in ihre Milch rühren. Der Geruch von warmen Brötchen zieht unter meiner Zimmertür durch.

Ich starre an die Decke.

Meine Erinnerungen an Mama sind nicht verschwunden, wovor ich am Anfang sehr viel Angst hatte. Sie sind nur ein bisschen verschwommener, als würde man in einem Traum in einen verwunschenen See blicken. Der Sonntag war unser Tag. Nach einem langen Frühstück sind wir spazieren gegangen und haben Blätter oder Nüsse oder so was gesammelt und sie zum Basteln benutzt. Ich glaube nicht, dass ich je meine Liebe fürs Zeichnen entwickelt hätte, wenn es unsere Basteltage nicht gegeben hätte. Normalerweise schaue ich auf diese Zeit mit Dankbarkeit zurück. Heute allerdings tut alles einfach nur weh. Die bleierne Schwere unter meinem Brustbein fühlt sich unerträglich an, als könnte sie sich jederzeit ins Unendliche ausdehnen, meine Rippen sprengen und mich verschlucken.

Ich ziehe die Decke über den Kopf.

Manchmal kommt dieser richtig schreckliche Gedanke, er ist so schrecklich, dass ich ihn nie laut aussprechen würde. Eigentlich kann ich nicht einmal zu Ende denken. Aber er spürt, wenn ich die Kontrolle verliere, und dann kommt er und erinnert mich: *Weißt du, wenn es Emma nicht geben würde, dann wäre Mama …*

Ich presse beide Hände auf die Ohren.

Das Weinen fängt wieder an. Verdammt.

Nach einer Weile, die ich nicht beziffern kann, es könnten fünf Minuten oder fünfzig gewesen sein, klopft Papa gegen meine Tür und ruft: »Felix? Hast du keinen Hunger? Frühstück steht auf dem Tisch.«

»Ich schlafe«, murmle ich und wälze mich auf die Seite, die Decke fest um mich gewickelt. Falls Papa noch etwas sagt, höre ich es nicht. Schneeregen zieht auf und schlägt einen melancholischen Rhythmus gegen mein Fenster.

Kurz darauf klopft Papa wieder.

»Ich sag doch, ich schlafe!«

»Da ist jemand an der Tür für dich.«

»Was?«

Erschrocken schieße ich in die Höhe und reibe mit dem Handgelenk über meine Wangen. Wer soll das bitte sein? Ich kriege nie Besuch. Vor allem nicht an einem Sonntagvormittag, wo die Chance minimal ist, dass es sich um einen Mitschüler handelt, der Hilfe bei den Hausaufgaben braucht.

Papa öffnet meine Tür.

»Sie meinte, sie ist eine Bekannte von dir.«

Eine Bekannte von mir.

Also das ist definitiv unmöglich.

»O-okay, ich komme gleich.«

Papa scheint die ganze Sache deutlich weniger ungewöhnlich zu finden als ich. Er grinst bloß und lehnt die Tür an. Umständlich stolpere ich aus meinem Deckenknäuel, hinüber zum Schreibtischstuhl, über dem Hose und Pullover hängen. Während ich in den Flur trete, streiche ich durch meine Haare, damit sie nicht in alle Richtungen abstehen.

Vor meiner Wohnungstür steht Selina.

Als sie mich sieht, lächelt sie vorsichtig. Sie hat dieselben Klamotten an wie gestern und dunkle Ringe unter den Augen.

»Hey«, sage ich.

»Hey. Können wir reden?«

»Äh …« Überfordert gehe ich aus dem Weg. »Okay.«

Selina betritt die Wohnung, ohne sich die Schuhe auszuziehen. »Guten Morgen!«, ruft sie Emma und Papa zu, die beide in der Küche stehen und sie fasziniert beobachten.

»Morgen«, quiekt Emma.

»Wo ist dein Zimmer?«, fragt Selina. Ich hebe den Finger und deute darauf. »Ah perfekt. Lassen Sie sich nicht von mir stören, Herr Laubmeyer! Und auch du nicht, kleine Maus, ja?«

Selina marschiert vorneweg.

Ich folge ihr, schließe die Tür hinter uns und stehe dann regungslos da, wie ein Zombie oder ein Roboter auf Stand-by, während sie sich auf mein zerwühltes Bett setzt und die Hände verschränkt.

»Hey«, sagt sie wieder, dieses Mal nicht ganz so forsch, eher fragend.

Langsam lasse ich mich auf meinen Schreibtischstuhl sinken.

»Woher kennst du meine Adresse?«

»Telefonbuch. Ich dachte, wenn das Haus euch wirklich angerufen hat, dann steht ihr vielleicht noch irgendwo drin.«

Ich nicke, unsicher, ob ich Papa dafür verfluchen oder mich freuen soll, dass er so furchtbar altmodisch ist. Eigentlich wäre ich lieber nicht in der Schusslinie einer verrückt gewordenen Villa, andererseits ist Selina jetzt hier.

»Ich wusste nicht, dass deine … dass deine Mum gestorben ist«, sagt Lina. »Hätte ich das gewusst, dann hätte ich niemals eine Séance vorgeschlagen. Es tut mir wirklich leid. Ich wollte dich nicht triggern.«

»Ich bin nicht getriggert.«

»Okay. War trotzdem nicht sehr sensibel von mir.«

»Du wusstest es ja nicht.«

»Hm, schon, aber …« Selina seufzt. »Bis dahin fand ich den Abend eigentlich ganz schön.«

Meine Hand zuckt. Ich will aufstehen und mich neben sie setzen, aber ich bleibe, wo ich bin. Selina knetet ihre Finger und betrachtet den aufgeplatzten Nagellack. So habe ich sie noch nie erlebt. Reumütig. Ich dachte gar nicht, dass eine Naturgewalt wie sie überhaupt ein schlechtes Gewissen bekommen kann.

»Ich auch«, sage ich.

Selina lächelt ein bisschen. Dann löst sie den Blick aus ihrem Schoß und greift nach dem Rucksack, den sie ständig dabeihat. »Ich hab dir etwas mitgebracht.«

»Mir?«, erwidere ich verblüfft.

»Hab die restliche Nacht daran gearbeitet.«

Selina zieht eine kleine Phiole aus ihrer Tasche. Sie ist mit einem Korken und pinkem Siegelwachs verschlossen. Darin klimpert, zwischen Rosenquarz, Brombeerblättern und Lavendelstielen, ein blauer Stein.

»Ist das ein Lapislazuli?«, frage ich, als sie die Phiole auf meinen Schreibtisch legt.

»Ja.«

»Wow, äh, danke.«

»Ich weiß, du glaubst nicht an Hexerei und so, aber das ist ein Spell Jar. Ich hab ihn mithilfe von Zaubersprüchen zusammengestellt. Er soll dich an die positiven Dinge in deinem Leben erinnern, wenn du mal in einer Krise steckst. Und, na ja, auch an uns.«

Ihr letzter Satz kommt deutlich leiser heraus als alles andere, sodass ich mich ernsthaft frage, ob ich ihn mir eingebildet habe. Verlegen nehme ich das versiegelte Glas und drehe es. Der rosafarbene Quarz fängt das fahle Morgenlicht, doch noch schöner ist das kräftige Blau des Lapislazuli.

»Wusstest du«, murmle ich, »dass man aus diesem Stein ein Pigment zum Malen herstellt? Also nicht mehr jetzt, aber früher. Es war so teuer, dass es kaum benutzt werden konnte. Das Gemälde ›Mädchen mit dem Perlenohrgehänge‹ enthält Lapislazulifarbe …«

»Nee, wusste ich nicht.«

Wir schauen uns an.

»Danke«, sage ich nachdrücklich. »Für das hier. Und für deine Entschuldigung.«

»Ich kann doch nicht zulassen, dass unsere Investigation gefährdet wird.«

Ich pruste. »Richtig.«

»Also dann …«

»Willst du etwas essen? Nimm's mir nicht übel, aber du siehst furchtbar aus.«

Dieses Mal wirkt Selina überrascht. »Okay. Gern.«

»Ich hol uns was.«

Emma und Papa sind immer noch in der Küche. Papa hat längst aufgegessen und nippt nur noch an seinem Kakao, aber Emma stochert mit unbekümmerter Geduld in ihren Cornflakes herum.

»Soso«, sagt Papa, während ich den Kühlschrank öffne. »Ein Mädchen.«

»Oh Gott, Papa, mach das jetzt bitte nicht awkward. Sag mal, hatten wir nicht irgendwo diese Schokocroissants zum Aufbacken?«

»Zweites Fach von oben. Woher kennt ihr euch?«

»Schule«, brumme ich, greife die Rolle mit dem Blätterteig und schlage sie an der Ecke des Küchentresens auf, bevor ich ein Blech damit fertig mache und in den Ofen schiebe.

»Komisch, ich kann mich nicht erinnern, diese junge Frau dort gesehen zu haben.«

»Du gehst ja auch nicht in meine Klasse, oder?«

»Kein Grund, patzig zu werden. Wie heißt sie denn?«

»Selina.«

»Selina! Was für ein schöner Name.«

Ich verdrehe die Augen. Emma sieht es und kichert. Papa jedoch bleibt unbeirrt. Ich kann ihm vom Gesicht ablesen, dass er mit dem Thema Ein-Mädchen-im-Zimmer-meines-Sohnes noch lange nicht fertig ist, und verlasse fluchtartig die Küche.

»Essen ist gleich fertig«, sage ich und schlage meine Zimmertür zu. »Was machst du da?«

Selina hat sich über mein Fensterbrett gebeugt und betrachtet die Fossilien, die dort aufgereiht liegen.

»Schnüffeln«, erwidert sie grinsend.

»Was Interessantes gefunden?«

»Nein, du bist so langweilig wie deine Steine.«

»Das hör ich öfter.«

»Boah, es macht echt keinen Spaß, dich zu beleidigen. Du machst viel zu gerne mit.«

»Taktik«, antworte ich.

Selina lacht. »Wie bist du darauf gekommen, Fossilien zu sammeln? Ist ein ungewöhnliches Hobby.«

Sie plumpst zurück auf mein Bett, ohne sich daran zu stören, dass es komplett zerwühlt ist und ich offensichtlich gerade erst darin geschlafen habe. *Mich* stört es nicht, was fast noch bemerkenswerter ist. Ich hasse es eigentlich, wenn jemand meiner Comfort-Zone zu nahekommt.

»Keine Ahnung.« Vorsichtig setze ich mich neben sie. »Ich hab immer schon gerne Sachen gesammelt. Früher, mit meiner Mutter, waren es Kastanien oder Eicheln oder bunte Blätter. Aber das mach ich nicht mehr, die schrumpeln so schnell. Fossilien halten länger. Das gefällt mir irgendwie.«

»Du magst keine Veränderung, was?«

Kurz überlege ich. »Hab keine guten Erfahrungen damit gemacht«, gebe ich zu. »Es ist einfach schöner, wenn etwas bleibt, weißt du?«

»Ja …« Selina kaut auf ihrer Unterlippe herum und greift dann den Labradorit um ihren Hals. »Macht Sinn, dass du so denkst.«

»Was meinst du?«

»Ich dachte nur – also ich dachte, dass du Fossilien magst, weil sie zeigen, dass jemand nie ganz verschwinden kann. Alles hinterlässt Spuren. Wegen – weißt schon –, wegen deiner Mum.«

»Das ist … sehr poetisch.«

»Sorry, will nicht Psychiater spielen.«

»Ach was.«

Für einen Moment sitzen wir nebeneinander und schweigen. Dann versteckt Selina nur schlecht als recht ein Gähnen.

»Sehr müde?«, frage ich.

»Fix und fertig«, brummt Lina. »Und es hat nicht einmal was gebracht.«

»Das Haus ist ruhig geblieben?«

»Die ganze Nacht nicht ein Mucks. Ich dreh durch. Wie kann das sein? Ich weiß, was ich gehört habe. Und du hast diesen Anruf bekommen. Wie geht das bitte?«

Selina wirkt so ehrlich frustriert, dass ich mich plötzlich dafür schäme, sie gestern verdächtigt zu haben. Und davongelaufen zu sein.

»Keine Ahnung.« Ich zucke die Schultern. Es klopft an der Tür. »Ja?«

Papa steckt seinen Kopf durch den sich öffnenden Spalt. »Deine Croissants sind fast fertig, Felix.« Hinter seinen Beinen versteckt sich Emma und linst in mein Zimmer. Sie hat ganz große Augen, als würde sie eine faszinierende Wundershow erwarten.

»Äh, danke.«

»Du, Fee?«, fragt Emma. »Küsst ihr euch jetzt?«

»Oh mein Gott.« Ich stehe abrupt auf. »Niemand küsst hier irgendwen! Raus mit euch beiden! Raus, raus!«

Papa grinst entschuldigend, schnappt sich Emma und verschwindet – und ich schwöre, ihm tut das alles kein bisschen leid, im Gegenteil, er hat die Zeit seines Lebens.

»Sorry«, murmle ich und stütze meinen Kopf in eine Hand, unschlüssig, ob ich Selina ansehen kann, ohne rot zu werden.

»Ach was«, winkt sie ab. »Deine Schwester ist zu niedlich! Ich wünschte, ich hätte auch eine kleine Schwester.«

»Pff, *niedlich*. Niedlich wie die Larvenform eines Monsters vielleicht.«

»Warum ist sie eigentlich so süß und du so ein Spießer?«

»Ungleichmäßige Verteilung der Gene«, erwidere ich nüchtern. Selina prustet. Der Geruch heißen Blätterteigs steigt in meine Nase, und ich gehe zur Tür, um unser Frühstück zu holen.

»Felix?«

»Ja?« Ich drehe mich um.

»Danke.«

»Wofür?«

»Dass du mich reingelassen hast.«

20

Der Regen wird zu Schnee. Matschige Flocken schlagen gegen mein Fenster, nur die Schreibtischlampe wirft Licht in das graupelige Halbdunkel. Es ist Sonntag, aber kein normaler Sonntag. Selinas Schuhe liegen auf dem Fußboden. Wir haben es uns im Bett gemütlich gemacht, eine Decke über den Beinen, den Teller warmer Croissants auf dem Schoß und Ghost-Hunting-Videos auf dem Laptop. Lina kennt die meisten schon und lässt abschätzige Kommentare los.

»Das ist so klar fake, ey.«

»Oder?«, erwidere ich. »Offensichtlich hat da jemand einen dünnen Faden an den Rollstuhl gebunden und im richtigen Moment gezogen, damit es so aussieht, als ob er sich bewegt.«

»Lame. Wir könnten das besser. Wollen wir eine Ghost-Hunting-Show machen?«

»Ich dachte, Ghost-Hunter sind scheiße?«

»Na ja, schon …« Selina beißt in ihr Croissant. »Ey, die Dinger schmecken mega.«

Ich sage nichts, doch ich lächle. Ein verwirrender Mix aus Gefühlen dreht sich in meinem Magen. (Wahrscheinlich tun die drei fettigen Schoko-Croissants ihr Übriges.) Normalerweise teile ich meine Gemütlichkeit nicht. Die kalte Zeit ist schon seit Jahren nur für mich. Klar, jetzt, da Weihnachten naht, backe ich mit Emma Plätzchen oder gehe mit ihr Schlitten fahren, aber das ist nicht dasselbe, wie mit Selina zusammen zu sein. Ich muss auf Emma aufpassen, muss überlegen, ob sie zu viel Teig genascht oder zu lange im Schnee gespielt hat. Bei Selina muss ich gar nichts.

Ich werfe ihr einen Seitenblick zu. Mittlerweile ist es Mittag, sie war die ganze Nacht weg und scheint trotzdem keinerlei Eile zu haben, nach Hause zu gehen.

»Falls deine Eltern dich irgendwann erwarten«, beginne ich vorsichtig, »sag einfach Bescheid.«

Lina schüttelt den Kopf, als würde diese Anmerkung ihr lästig sein. »Hast du das gesehen?« Sie pausiert das Video. »Da, in der Ecke! Siehst du den Schatten? Ich glaube, das ist wirklich mal echt.«

»Lina …«

»Was?«

»Deine Eltern?«

»Denen hab ich gesagt, dass ich dieses Wochenende im Trainingslager bin, alles okay.«

»Also denken sie, du trainierst wieder?«

»Boah, ich hör deinen vorwurfsvollen Tonfall bis hier.«

»Das ist nicht schwer«, gebe ich zu bedenken, »wir sitzen ja auch direkt nebeneinander.«

Selina grinst und schüttelt den Kopf. »Weißt du, du fragst mich ganz schön aus.«

»Sorry.«

»Seit wir uns kennen, machst du das! So interessant bin ich nicht. Ab jetzt antworte ich nur noch, wenn ich dafür im Gegenzug auch eine Frage beantwortet kriege.«

»Na gut …«

»Meine Eltern denken, dass ich wieder ins Training eingestiegen bin, und meine Schule denkt, dass der Arzt mir noch nicht das Okay gegeben hat. Meine Freunde, beziehungsweise meine Ex-Freunde, reden sowieso nicht mit mir. Wahrscheinlich haben sie Angst, dass ich sie mit einem Fluch belege, wenn sie mir zu nahekommen. So. Ich bin dran: Wer ist Felix Laubmeyer?«

»Was?«

»Wer ist Felix Laubmeyer?«, wiederholt Selina geduldig.

»Äh, ich? Ich bin Felix Laubmeyer.«

»Und wer bist du?«

»Was ist das für eine Frage?«

»Eine wichtige!« Selina setzt sich auf und schlägt den Laptop zu. »Alles, was ich an dir sehe, ist, was du für andere tust. Du kümmerst dich um deine Schwester, du hilfst deinem Papa, du machst Kram für die Schule, du passt auf, dass kein Dämon von mir Besitz ergreift ... aber was machst du nur für dich?«

»Ich, äh«, stammle ich, unwillig, meine inneren Konflikte einfach so auszubreiten. »Na ja, ich – ich zeichne.«

Selina nickt. »Und?«

»Wie – und?«

»Ist das alles?«

»Der Tag hat nur vierundzwanzig Stunden! Was soll ich denn sonst noch machen?«

»Ich mein ja nur! Irgendwie hab ich den Eindruck, dass du zwölf dieser vierundzwanzig Stunden für andere verbrätst! Obwohl, ich wette, du träumst sogar von deinem Terminkalender. Also eigentlich zweiundzwanzig von vierundzwanzig Stunden – wie lange zeichnest du am Tag?«

Es gibt viele Tage, an denen ich gar nicht zeichne, und auch das mit den Terminkalender-Träumen ist tatsächlich schon passiert. Beides hilft nicht, mich für Selinas Argumentation zu erwärmen. Ich fixiere die Bettdecke und streiche sie mehrmals glatt, als wäre das jetzt wichtig.

»Fee.« Linas Stimme klingt nachdrücklich.

»Woher kennst du meinen Spitznamen?«, murmle ich.

»Deine Schwester hat dich so genannt. Ich fand's süß. Außerdem – lenk jetzt nicht ab. Deine Frage für meine Frage.«

»Aber ich hab deine Frage beantwortet!«

Selina schüttelt den Kopf. Wir knien auf meiner Matratze, einander beobachtend wie zwei Katzen, die sich um den besten Platz an der Heizung streiten. Dann hebt sie einen Arm, und einen irrealen Moment denke ich, sie würde mich tatsächlich anspringen. Stattdessen greift sie nach meinem Handgelenk.

»Ich glaube, du hast nicht wirklich darüber nachgedacht«, sagt sie.

Mein Hals zieht sich zusammen. Ich schlucke. Warum bedrängt sie mich? Warum lassen ihre Worte mich panisch werden? Ist das nicht das Einfachste der Welt? Zu wissen, wer ich bin?

»Ein Fisch«, sage ich.

Selina lacht nicht. »Wie meinst du das?«

Ich suche vergeblich nach den richtigen Worten, bis mit einem Mal alles aus mir herausplatzt: »Manchmal fühle ich mich wie der erste Fisch, der je das Wasser verlassen hat. Die Welt um mich herum ist fremd und groß, und niemand ist da, der mir sagen kann, was ich jetzt tun soll. Papa muss immer arbeiten und Emma ist viel zu jung und ich … ich bin einfach … allein. Ich bin allein mit allem.«

Selina zögert. In ihrem Rücken, vor dem Fenster, wirbelt mittlerweile dichter Schnee. Die Stimmung in meinem Zimmer hat sich verändert: Statt grauer Wolken spiegelt sich jetzt sanftes, mattes Weiß an den Wänden. Selinas bunte Haare sehen in diesem Licht weniger nach Algen aus und mehr nach den Schattierungen eines Eisbergs. Das erinnert mich an den Moment, als ich sie das erste Mal traf, ausgeleuchtet von Christians Kamera.

»Ehrlich gesagt, hab ich mir schon so was gedacht«, sagt sie. »Also, als du angefangen hast, zum Haus zu kommen. Du warst immer so scheißnett und hilfsbereit. Als ob du es gewohnt bist, Feuerwehrmann zu spielen und von einem Katastrophenherd zum nächsten zu rennen. Wundert mich nicht, dass du überfordert damit bist.«

»Ich würde jetzt nicht sagen, dass ich überfordert bin. Es ist nur manchmal etwas einsam, wenn man sich immer kümmern muss.«

»Musst du nicht.«

»Wie bitte?«

Selina beugt sich nach vorne, ihre Hand drückt auf meine. »Du musst dich nicht um deine Schwester kümmern.«

»Klar muss ich das.«

»Das ist nicht deine Aufgabe.«

»Äh, doch?«

»Nein.«

Selinas Widerrede irritiert mich. Eigentlich macht sie mich sogar wütend. »Hey!«, raunze ich. »Nur weil du herzlos bist und dich einen Dreck um deine Mitmenschen scherst, heißt das nicht, dass alle so sind!«

Lina hebt beide Augenbrauen. »Wow. Danke für den Schlag unter die Gürtellinie, Fee. Aber schön, dass du wenigstens mir gegenüber wütend werden kannst. Ich fühle mich beinahe geehrt.«

»Entschuldige. Ich wollte dich nicht herzlos nennen, du bist überhaupt nicht –«

»Junge, hör auf, dich zu entschuldigen! Ich hab kein Problem damit, wie ich rüberkomme. Solltest du vielleicht auch mal probieren.«

Ich weiche ihrem fordernden Blick aus. »Das – das kann ich nicht. Und ich kann auch nicht plötzlich entscheiden, dass mich nichts mehr irgendetwas angeht. Emma braucht mich. Weil ohne Mama – Emma ist etwas Schreckliches passiert und –, sosehr ich Papa liebe und so dankbar ich bin – er schafft es nicht allein. Er versucht's, aber er kann Mama nicht ersetzen. Ich sag nicht, dass ich es kann, ich will nur nicht – ich will einfach nicht, dass Emma sie zu sehr vermissen muss.«

»Felix, dir ist auch etwas Schreckliches passiert.«

Selinas Satz fällt wie ein schwerer Stein auf meinen Brustkorb, er hinterlässt ein dröhnendes Echo, als wäre mein Körper ein großer Hohlraum.

»Ich kann damit umgehen«, murmle ich. Lina holt Luft. Bevor sie etwas sagen kann, schiebe ich schnell hinterher: »Ich wünsche mir einfach einen Freund. Jemanden, der da ist. Ich wünschte, ich hätte einen Freund.« Mein Blick gleitet über ihr Gesicht. »Oder eine Freundin.« Mit roten Wangen fokussiere ich wieder die Bettdecke über meinen Knien.

Selina schweigt. Ich spüre ihre Zurückhaltung und ärgere mich über meine eigenen Worte. Sie klingen verzweifelt. Ich will nicht, dass Selina merkt, wie verzweifelt ich bin.

»Du weißt, was ich von Freundschaft halte«, erwidert sie schließlich. Ich schaue hoch. »Du kannst dich auf niemanden verlassen. Vor allem nicht, wenn es ernst wird. Deinen Ballast trägst du allein. Durch die Hölle gehst du allein.«

»Das *kann* nicht stimmen«, murmle ich. »Wir müssen uns helfen. Dazu sind andere Menschen da.«

»Hat dir schon mal jemand geholfen?«

Dieses Mal schweige ich, Tränen kribbeln plötzlich in meinen Augenwinkeln. *Hat dir schon mal jemand geholfen?* Ja, will ich sagen, ständig. Doch ich bekomme nichts heraus. Papa geht für uns arbeiten. Papa beschäftigt Emma am Wochenende. Papa hilft mit unseren Hausaufgaben. Aber Papa und Mama wollten Kinder. Ich hatte keine Wahl. Ich war einfach da. Niemand hat mir je dabei geholfen, etwas zu sein, das ich mir nicht aussuchen konnte. Der große Bruder. Die letzte Rettung.

»Das meine ich.« Selina löst ihre Hand von meiner Haut. »Genau das meine ich.«

»Nicht«, flüstere ich.

»Was?«

»Nicht loslassen.«

»Hey, keine Panik, ich bin hier. Ich bleibe hier. Wir haben einen Pakt geschlossen, und ich nehme das sehr ernst, okay? Wir sind etwas Besseres als Freunde. Wir sind Hexen.«

Ich muss lachen und wische mir gleichzeitig über die Augen. Was für eine verrückte Idee. Hexen. Ich wollte nie irgendetwas sein. Ich dachte, ich bin, was mir passiert. Emmas Geburt ließ mich zum großen Bruder werden und Mamas Tod zu dem Jungen, der einen Elternteil verloren hat und keinen Anschluss mehr fand. Jedes Ereignis wurde zu einer riesigen Welle, die mich umherwarf, bis ich an einem unbekannten Strand landete. Und das war ich dann: gestrandet. Jetzt frage ich mich: Kann ich vielleicht doch mehr sein?

»Ich glaube übrigens nicht, dass der Schatten einen richtigen Geist gezeigt hat«, murmle ich verschnupft, sobald ich meine Stimme wiedergefunden habe. Selina sieht verwirrt aus, deshalb ergänze ich: »In dem Video von eben.«

»Oh«, antwortet sie lächelnd und greift nach meinem Laptop. »Also das bleibt zu debattieren.«

21

Der Schnee taut, sobald die neue Woche beginnt, doch schon am Dienstag, als alles noch nass und matschig ist, redet der Wetterbericht von der nächsten Kältefront. Emma – untröstlich, dass das Winterwunder so schnell vorbeiging – hat mir das Versprechen abgerungen, beim Fall der ersten frischen Flocke sofort alles stehen und liegen zu lassen und mit ihr auf den Weihnachtsmarkt zu gehen.

Mein Pflichtbewusstsein hat mich auch sonst wieder voll im Griff, was mir ohne das Gespräch mit Selina kaum aufgefallen wäre: Ich erledige meine Hausaufgaben, ich passe in der Schule auf, ich erkläre einer Mitschülerin die Polymerisation, ich erkläre jemand anderem den Zellzyklus, ich koche, ich putze, ich falle abends ins Bett und träume von *Theodora*. (In meinen Träumen liegt auch Schnee, und das Haus funkelt weiß, wie aus einem Märchen, mit Puderzucker auf den Dachschrägen und Eiszapfen an den Regenrinnen. Im Salon brennt ein gemütliches, warmes Feuer. Selina und Ben sind da. Wir sitzen auf Couchkissen und essen Gummibärchen. Geister gibt es keine – oder, wenn doch, dann sind sie einverstanden mit unserer Anwesenheit und stören uns nicht. Manchmal träume ich sogar, dass Selina mich umarmt. Oder, was fast noch seltsamer ist, dass Ben meine Hand hält.) Dann startet der nächste Tag, und ich habe so viele Dinge zu tun, dass ich meine Träume vergesse, bis die nächste Nacht sie auffrischt.

»Ich bin rechtzeitig wieder da«, sage ich am Ende der Woche, als der angekündigte Schneesturm Berlin fast erreicht hat. »Sei nicht so ungeduldig.«

Emma hält Papas Handy mit dem Wetterbericht wie eine kleine Waffe und erwidert: »Aber der Schnee kommt gleich!«

»Das dauert noch Stunden.«

»Aber wir dürfen das nicht verpassen!«

»Machen wir nicht. Ich treffe mich nur kurz mit Selina. Du kannst ja schon den Schlitten putzen.«

Dieser Vorschlag erntet wenig Begeisterung, aber zumindest bringt er Emma davon ab, mich weiter zu belagern. Aus Angst, ich würde mir mehr Dinge ausdenken, die sie erledigen könnte, verzieht sie sich wieder zu Papa ins Wohnzimmer.

»Also bis später dann!«, rufe ich und verlasse die Wohnung.

Der Himmel sieht tatsächlich nach Schnee aus: Die Wolken sind zu einem randlosen, allumfassenden Eisgrau verschmolzen. Erwartung liegt in der Luft, doch die alte Villa nimmt das Wetter gelassen und steht wie immer regungslos im gefrorenen Garten. Mittlerweile ist ein Großteil des schützenden Blattwerks von den Bäumen gefallen, also nehme ich den Weg über die Rückseite, auch wenn das heißt, dass ich durch den Keller muss, der mit der Kommode versperrt ist. Mühsam drücke ich die Tür einen Spaltbreit auf. Selina ist ebenfalls umgezogen, von der Küche in unsere Speisekammer. Dort ist alles mit Kissen und Decken ausgelegt, elektrische Kerzen stehen in den Regalen, es gibt Snacks und eine Thermoskanne, von der ich sehr hoffe, dass sie bis zum Rand mit heißem Tee gefüllt ist.

Selina sitzt im Schneidersitz auf einem Deckenberg. Kaum habe ich mich durch die schmale Tür gequetscht, zischt sie: »Mach bloß zu! Dieses Haus ist so löchrig, hier pfeift überall der Wind durch. Hast du alles dabei?«

Ich drehe meinen Rucksack um, aus dem etliche Taschenwärmer purzeln. Selina greift sich einen, aktiviert ihn und klemmt ihn zwischen ihre Handflächen. »Was ich nicht alles für meine Magie tue …«, seufzt sie. Ihre Lippen sind ein bisschen blau, und ich frage mich, wie lange sie schon hier sitzt. In ihrem Schoß liegt eine Tarotkarte.

»Was ist das?«, frage ich und lasse mich nieder.

»Die Hohepriesterin.«

»Ist das eine gute Karte?«

»Ihr Baby-Hexen immer mit euren guten und schlechten Karten. So funktionicrt das nicht. Ich weiß nur, was die Karten mir auf meine Fragen antworten. Und hin und wieder nicht mal das. Heute zum Beispiel hab ich keinen Plan.«

»Was hast du denn gefragt?«

Selina zögert, schließlich entgegnet sie: »Was ich mit meinem Schmerz machen soll. Also wortwörtlich. Mein Rücken tut weh.«

»Wirklich? Ich dachte, deine Verletzung ist verheilt?«

»Tja, ist schon lustig, wie oft verheilte Wunden wehtun.«

Selina nimmt die Hohepriesterin, schiebt sie zurück in ihr Deck und streckt sich umständlich, ohne noch etwas hinzuzufügen. Ich nehme das als Zeichen, dass sie nicht weiter über ihren Rücken reden möchte, und suche mir ebenfalls einen bequemen Platz. Sobald wir beide aufgehört haben, uns zu bewegen, lausche ich. Lina hat recht. Obwohl draußen kein starker Wind weht, zieht ein angestrengtes Jaulen durch das Haus. Vielleicht ist es mit der Kälte doch nicht so einverstanden, wie ich gedacht hatte.

»Ob das heute unsere letzte Geisterjagd vor Weihnachten ist?«, murmle ich, mit einem Ohr immer noch auf die Bewegungen der Villa achtend.

»Kommt drauf an, was wir für Ergebnisse kriegen, oder?«, entgegnet Selina ebenso leise.

Ich nicke. Seit sie mich wegen der Stimmen angerufen hat, ist einiges an Zeit vergangen. Haben wir damals vielleicht auch bloß den

Wind gehört? So ein großes Gebäude ist definitiv in der Lage, die seltsamsten Geräusche zu produzieren.

»Ich habe letztens einen Post bei Reddit gelesen«, flüstere ich, »und da hat jemand über die verschiedenen Geräuschquellen geschrieben, die es in alten Häusern gibt. Falls wir wieder etwas Komisches hören, sollten wir versuchen, die Ursache zu finden. Ich wette, wir haben es hier mit einem kaputten Heizsystem zu tun.«

»Reddit?«, brummt Selina. »Echt jetzt? Wann gibst du endlich Ruhe mit deinen Bob-der-Baumeister-Theorien?«

Am Anfang unserer Bekanntschaft wäre ich noch beleidigt gewesen, dass sie meine vernünftigen Argumente mit einem Witz abtut, jetzt grinse ich nur. Ehrlich gesagt, mag ich unser Geplänkel. Es macht Spaß.

»Sobald wir die Heizung ausgeschlossen haben, trete ich deinem Geister-Club bei.«

»Ist das ein Versprechen?«

Ich lehne meinen Kopf vorsichtig an das Regalbrett hinter mir. »Mal sehen.«

Wir warten und mit jeder vergehenden Sekunde umschließt uns die Kälte mehr. Selinas elektrische Kerzen geben zumindest den Anschein von Wärme, doch das Holz unter unseren Füßen ächzt mühsam. Ich atme tief ein und schließe die Augen. So ein Dezembernachmittag hat etwas eigentümlich Friedvolles. Die Dämmerung kommt früh, die Welt steht fast still.

»Heilige Hekate«, flucht Selina, als ein Klingeln uns aus unserer meditativen Ruhe reißt. »Ist das dein Handy?«

Ich krame in meiner Jackentasche, obwohl mein Klingelton sich anders anhört. »Nope«, sage ich mit einem Blick auf den dunklen Bildschirm. »Deins?«

Selina schüttelt den Kopf. Sie kommt auf die Knie und öffnet die Tür einen Spaltbreit. Das Klingeln schrillt nur umso lauter. Wir schauen uns an.

»Ist das *das* Telefon?«, frage ich.

Selina antwortet nicht, was ich erwartet habe. Wir wissen beide, dass es das berüchtigte Telefon sein *muss*. Wortlos klettern wir aus unserem Versteck. Das Geräusch führt uns in den Salon, wo wir anfangen, uns durch Kisten und Müll zu wühlen und Abdeckungen von den Möbeln zu reißen, bis Selina »Hier drüben!« ruft. Auf einem Tischchen neben der Couch steht ein altes Wählscheibentelefon. Für einen Moment verharren wir regungslos davor, dann greift Selina nach dem Hörer.

»Hallo?«, meldet sie sich.

»Hallo«, erwidert jemand am anderen Ende der Leitung, es scheint von weit weg zu kommen und ist gleichzeitig laut genug, dass auch ich es höre. Ich halte den Atem an.

»Was – äh –, was wollen Sie?«, fragt Selina.

»Ich rufe zurück.«

»Hä?«

»Sie haben bei mir angerufen«, erklärt die Stimme. »Ich rufe zurück.«

»Ich hab nicht angerufen.«

»Doch. Gestern. Ich war nicht zu Hause, aber diese Nummer ist auf meinem Anrufbeantworter. Mit einer Nachricht.«

Selina starrt mich an, ohne das Ohr vom Hörer zu nehmen.

»Was – was hat die Nachricht gesagt?«, fragt sie.

»Na, jetzt kommen Sie aber mal, Sie haben doch bei mir angerufen!«

»Ich – ich bin die Tochter. Sorry. Können Sie mir sagen, was die Nachricht war?«

»Nichts. Rauschen. Ist das hier ein blöder Scherz?«

»Nein, nein, sorry. Das war sicher nur ein Versehen. Wissen Sie, wann genau –«

Die andere Person legt auf. Selina lässt den Hörer fallen, als hätte er ihr einen Schlag gegeben. Im Haus ist es plötzlich totenstill, bis auf das monotone Tuten in der leeren Leitung. Ich nehme den Hörer und hänge ihn ein.

»Zumindest wissen wir jetzt, wo das Telefon ist«, sage ich, ein bisschen überfordert.

»Ja danke, Sherlock«, erwidert Selina mit leerem Blick auf den Couchtisch, dann schüttelt sie den Kopf und nimmt sich zusammen. »Meintest du nicht eben noch, dass die Heizung schuld an allem ist? Sag mir bitte, wie deine Heizung hierzu passt.«

»Na ja, also … keine Ahnung. Dann steigt hier eben doch jemand ein –«

»Wir steigen hier ein, Felix, sonst niemand!«

»Das weißt du nicht mit Sicherheit!«

»Hast du jemals irgendwen anderes gesehen?«

Ich versuche, ruhig zu bleiben, doch es ist schwer, während Selina immer drängender wird. Mit einem Blick vergewissere ich mich, dass wir allein im Salon sind. (Was für eine irrationale Geste, natürlich sind wir allein.)

»Ich hab gesehen, wie sich ein Vorhang bewegt hat«, fällt mir ein. »Und einmal dachte ich, dass im Obergeschoss ein Umriss steht. Und die Stimmen. Die haben wir beide gehört.«

»Ja, aber das war alles kein Mensch! Du hast nie einen Menschen gesehen!«

»Ich – es war dunkel! Es *könnte* ein Mensch gewesen sein! Und Geister können auch keine Telefonhörer abheben!«

Selina schnaubt. Mal wieder befindet sich unsere Diskussion in einer Sackgasse. Am liebsten würde ich losstapfen, die Tür zu einem geheimen Raum aufreißen und etwas hervorzaubern, das für alles Merkwürdige, das wir in diesem hier erlebt haben, verantwortlich ist. Aber leider habe ich keine Ahnung, was für ein Ding das sein sollte. Ein pfeifender Heizkörper, der durch den Garten läuft? Ein Stromkabel, das telefonieren kann? Ein Radio, das in der Wand lebt?

»Du hast Sherlock Holmes erwähnt«, sage ich, »und dessen berühmtester Spruch ist: *Wenn man das Unmögliche ausgeschlossen hat, muss das, was übrig bleibt, die Wahrheit sein, so unwahrscheinlich sie auch klingen mag.* Deshalb denke ich, dass hier –«

»– ein Geist sein Unwesen treibt«, unterbricht mich Selina. »Genau.«

»Nein! Deshalb muss hier noch ein anderer Mensch sein, der das Telefon benutzt. Es ist schlichtweg unmöglich, dass ein Geist daran rumspielt, weil *Geister nicht existieren.*«

»Arthur Conan Doyle hat an Geister geglaubt, weißt du. Solltest du auch mal probieren.«

»Oder du probierst endlich mal meinen Standpunkt.«

»Tu ich doch ständig. Wir hocken den halben Tag rum und warten, weil du dem Ouija-Brett nicht traust.«

»Okay, stopp!«, entgegne ich. Selina zuckt zusammen. Ich war wohl etwas lauter, als ich wollte. »Sorry. Aber wir drehen uns im Kreis. Ich hab eine Idee. Gut möglich, dass sie nicht klappt, aber …«

»Ich höre«, sagt Selina.

»Recherche. Wir brauchen jeden Zeitungsartikel und jeden Blog-Post, den wir finden können, vor allem brauchen wir Infos zu den Telefonanrufen. Wann sie eingegangen sind. Bei wem. Vielleicht gibt es ein Muster. Vielleicht haben wir Glück und jemand erwähnt ein Datum oder eine Uhrzeit. Dann erstellen wir eine Chronologie des Spuks. Und dann vergleichen wir die mit unserem Tagesablauf. Wir sind oft hier. Möglicherweise haben das Telefon und wir uns irgendwann überschnitten.«

»Du meinst, wir waren im Haus, während ein Anruf rausging?«

»Ja. Exakt. Wenn das der Fall ist, dann müssen wir dein Ouija-Brett auspacken, denn dann haben wir alles ausgeschlossen, bis auf einen Geist jedenfalls.«

Selina durchdenkt meinen Vorschlag kurz, schließlich nickt sie zufrieden. »Das klingt gut. Ich bin dabei. Komm.«

Wir gehen zurück in die Speisekammer, wo Selina sich in den Deckenhaufen kuschelt und einen Ringblock samt Kugelschreiber aus ihrem Rucksack kramt. »Also«, sagt sie und schlägt eine leere Seite auf. »Eine Chronologie des Spuks, ja?« Sie schreibt diese vier Worte oben auf das Papier und unterstreicht sie mehrmals. »Arbeiten wir am besten rückwärts. Der letzte Anruf kam gestern. Warst du gestern im Haus?«

»Nein. Du?«

»Nein.«

»Schade.«

»Ist egal. Ich mache fast immer Fotos, wenn ich hier bin, also krieg ich schnell raus, welche Zeiträume ich abgedeckt habe. Du allerdings bist seltener da.«

»Ja. Ich fürchte, ich hab mir meine Besuche nie notiert. Aber ich kann währenddessen Zeitungsartikel googeln.«

»Mach das.«

Wir stürzen uns auf unsere Handys. Selina wischt hektisch auf ihrem herum und notiert Daten und Uhrzeiten und ich durchforste das Online-Archiv unseres Lokalblatts. Lange ist nichts weiter zu hören als das fieberhafte Kritzeln von Selinas Kuli.

»Fertig!«, ruft Selina nach einer Viertelstunde und hält mir eine Liste entgegen. »Das sind meine Zeiten der letzten Wochen. Und deine, soweit ich mich an sie erinnere. Hast du schon etwas gefunden?«

Ich wiege den Kopf. »Über das Haus gibt es einiges, aber ich müsste mich erst einlesen, was dauern wird. Andererseits liebe ich Recherche. Ich wette, wenn ich bohre, finde ich etwas.«

Selina grinst.

»Was?«, frage ich.

»Du musst nicht extra erwähnen, dass du Recherche liebst, Sherlock 2.0. So begeistert hab ich dich noch nie gesehen.«

»Ach, lass mich«, erwidere ich. Bevor ich meine Verlegenheit jedoch abschütteln oder darüber nachdenken kann, was nun unser nächster Schritt sein soll, klingelt es wieder. Dieses Mal ist es definitiv mein Handy.

»Sekunde«, sage ich und nehme ab. »Ja?«

»Es schneit!«, brüllt Emma. »Wo bist du?«

»Ich – bei Selina. Hab ich doch gesagt.«

»Du musst jetzt sofort nach Hause kommen und mit mir auf den Weihnachtsmarkt gehen! Es schneit, Fee, juhu!«

Emmas Enthusiasmus ist zu herzerwärmend, als dass ich überhaupt daran denken könnte, sie auch nur eine Minute länger als nötig warten zu lassen. »Ja«, erwidere ich, »alles klar. Ich bin gleich da.«

»Nein, jetzt!«

»Ich bin so gut wie jetzt da, okay? Gib mir fünfzehn Minuten.«

Ich lege auf und Selina schaut mich fragend an. »Meine kleine Schwester«, erkläre ich mit einem Lächeln. »Anscheinend hat es gerade angefangen zu schneien. Sie will unbedingt auf den Weihnachtsmarkt. Tut mir leid, ich hab's versprochen. Wir müssen leider ein anderes Mal weitermachen.«

»Kann ich mit euch kommen?«

»Wie bitte?«

Für eine Sekunde bin ich mir sicher, dass Linas Frage eine Illusion gewesen sein muss. Sie scheint nicht der Typ für einen spießigen Weihnachtsmarktausflug, vor allem nicht, wenn wir auch noch Emma im Schlepptau haben.

»Ich will euch begleiten«, sagt sie jedoch unmissverständlich. »Meinst du, für deine Schwester ist das okay?«

»Machst du Witze? Seit du das eine Mal bei mir warst, vergöttert sie dich! Sie fragt ständig nach dir!«

»Echt? Oh, wie goldig!«

Selina schaltet die elektrischen Kerzen aus und wir räumen unseren Kram zusammen, anschließend verlassen wir die stickige Speisekammer. Vor den Fenstern ist das Licht plötzlich ganz anders, irgendwie gleißend, als stünden Dutzende Scheinwerfer um das Haus. Wir bahnen uns einen Weg durch den Keller, dann treten wir in den Garten. Riesige Flocken taumeln wild durcheinander. Ich hebe eine Hand.

»Es schneit wirklich«, bemerke ich.

»Was du nicht sagst, Captain Obvious«, murmelt Selina, doch aus ihrer Stimme klingt dieselbe Freude wie aus meiner.

22

Weihnachtsmärkte sind ein Angriff auf alle Sinne: Aus der einen Ecke plärrt die Ansage vom Riesenrad, aus der anderen zieht Bratwurstdampf herüber und von überallher tönt das Brummen der Menschenmenge, gemischt mit kitschigen Weihnachtsliedern und blinkenden Lichtern. Immer neuer Schnee fällt auf die zertretenen Gehwege. Emma läuft mit großen Augen vorneweg, was mir eigentlich nicht passt, aber sie ließ sich partout nicht davon überzeugen, meine Hand zu nehmen. (Ich vermute, dass das an Selina liegt. Wahrscheinlich will sie ihr beweisen, wie erwachsen sie schon ist. Ständig zeigt sie auf Kinder, die maximal ein Jahr jünger sind als sie, und nennt sie *Babys* –, und wir müssen uns so zusammenreißen, nicht zu lachen.)

»Selina?«, ruft Emma zum ungefähr hundertsten Mal.

»Was denn, Mäuschen?«, antwortet Lina, die neben mir herläuft, ihre Kapuze über die bunten Haare gezogen.

»Magst du Zuckerwatte?«

»Klar mag ich Zuckerwatte.«

»Felix mag keine Zuckerwatte!«

Selina wirft mir einen übertrieben schockierten Blick zu. »Wirklich? Dein Bruder ist ein Monster.«

»Ja, ich weiß!«

»Haha«, brumme ich.

Wir drehen eine Runde um all die Attraktionen, die Emma gerne fahren würde, blöderweise ist sie für die meisten zu klein. Schließlich bleiben wir vor einer Schlittschuhbahn stehen. Emma hängt sich ans Geländer und schaut den Leuten auf dem Eis zu, doch als ich ihr folge, merke ich, dass Lina zögernd zurückbleibt.

»Alles okay?«, frage ich, eine Hand nach Emmas Jackenkragen ausgestreckt, damit sie mir nicht entwischt.

Selina schweigt und starrt aufs Eis. Erst dann wird mir klar, was los ist. Ich versuche, Emma davon zu überzeugen weiterzugehen, sie hört mir aber kaum zu.

»Selina, können wir Schlittschuh fahren?«, ruft sie.

»Emmi, lass sie mal, sie mag nicht«, murmle ich. »Komm, wir suchen etwas anderes, was du machen kannst.«

»Wieso nicht?«

»Es mag halt nicht jeder Schlittschuh fahren. Ich mag es auch nicht. Sei ein bisschen leiser, okay?«

»Aber wieso?«, ruft Emma wieder.

»Emmi –«

»Was hältst du davon?«, sagt Selina plötzlich und taucht neben uns auf. »Du gehst Schlittschuh laufen und wir warten hier auf dich und feuern dich an. Ich kann dein Coach sein, wenn du willst.«

»Mein Coach?«

»Ja, ich bilde dich zur besten Eisprinzessin auf der ganzen Welt aus.«

Dieser Vorschlag gefällt Emma. Sie zieht mich zu einer Skihütte, wo man Schlittschuhe und Knieschützer ausleihen kann. Während ich mit ihr anstehe, beobachte ich Selina, die wieder aufs Eis schaut, doch ihr Blick ist glasig und ohne Fokus, als wäre sie gar nicht richtig da. Einmal greift sie nach ihrem Nacken. Ihre Züge verhärten sich dabei zu einer unangenehm glatten Ernsthaftigkeit.

»Du musst das nicht machen«, sage ich, nachdem ich Emma auf die Bahn geholfen habe und zurück zu Selina gehe. »Ich sehe, dass es schwer für dich ist.«

»Alles okay«, erwidert sie, dann hebt sie ihre Stimme. »Komm mal her, Mäuschen! Willst du deine erste Aufgabe hören?« Meine Schwester stakst zu uns herüber. »Also pass auf …«

Selina erklärt, wie Emma besser auf ihren Kufen gleiten kann, und ich trete unruhig von einem Fuß auf den anderen. Ein Sturz, ein Unfall, eine Verletzung, eine Krankheit, ein Verlust, ein riesiger plötzlicher Schreck – das sind alles Ereignisse, die bleiben. Sie kommen so oft ohne Vorwarnung und sie drehen die Welt auf den Kopf und sie bleiben.

Selina sagt, es geht ihr gut, und ich weiß genau, wie sie sich fühlt, wenn sie das sagt. Wer weiß, ob es ihr wirklich gut geht, sie hat sich jedenfalls dazu entschlossen.

»Tut dein Rücken noch weh?«, frage ich.

»Ja«, erwidert Selina.

Mehr kommt nicht von ihrer Seite, sie verfolgt Emmas Bewegungen, gibt hin und wieder beeindruckte Ausrufe von sich und ignoriert mich.

»Merkt man dir gar nicht an«, fahre ich fort.

»Hab gelernt, es zu verstecken.«

»Das war sicher schwer.«

»Fuck off, Freud«, seufzt sie.

Ihre Stimme ist ganz neutral dabei. Typisch Selina halt: fuck off hier, fuck off da. Anscheinend können wir über meine Probleme reden, aber nicht über ihre. Was ich irgendwie schade finde. Ich meine, okay, mag ich die Art und Weise, wie sie mich dazu bringt, über mich nachzudenken? Nicht immer. Selinas Ansatz zur Problemlösung ist vergleichbar mit einer Axt und einem Eismeer. Trotzdem denke ich mittlerweile nach, über mich, über mein Leben – und es tut gut. Ich will nur dasselbe für sie.

»Selinaaa, guck mal, ich kann eine Drehung!«

Emma platzt in unser angespanntes Gespräch, um ein paar sehr wacklige Schlenker vorzuführen.

»Ganz toll, Süße«, sagt Selina.

»Bringst du mir jetzt einen Sprung bei?«, fragt Emma.

»Nein, das ist noch zu gefährlich für dich.«

»Kannst du springen?«

»Ich konnte es mal.«

»Zeigst du's mir? Oder machst du so einen Drehkreisel?«

»Das nennt man eine Pirouette.«

»Machst du das? Bitte?«

Selina meidet meinen Blick. »Nur wenn dein Bruder mitkommt.«

»Feeelix, könnt ihr euch beide Schuhe holen und könnt ihr mir dann eine Pirette zeigen?«

»Pirouette«, korrigiere ich sie automatisch. »Und, nein, Emmi, ich kann nicht Schlittschuh fahren und Lina will nur höflich sein. Dreh lieber noch ein paar Runden, dann gehen wir weiter.«

»Was? Jetzt schon?«

»Ich meine das ernst«, murmelt Selina, halb überdeckt von Emmas Protestrufen. »Wenn du mitkommst, gehe ich aufs Eis.«

»Wirklich?«

Es ist schwer, eine wichtige Unterhaltung zu führen, während meine kleine Schwester danebensteht und sich halb die Seele aus dem Leib brüllt, um uns davon zu überzeugen, mit ihr Schlittschuh zu fahren. Noch schwerer ist es zu verstehen, was gerade in Selinas Kopf vorgeht.

»Na gut«, antworte ich. »Wir holen uns Schuhe.«

Der ganze darauffolgende Prozess, vom Bezahlen zum Binden der steifen Schnürsenkel, verläuft wortlos. Selina ist schnell fertig, steht auf und bleibt vor dem Einstieg zur Bahn stehen. Ich überlege, was ich sagen könnte, aber mir fällt nichts ein. Jetzt, da es dunkel wird, glüht das Eis richtig, mehr noch als im Tageslicht. Schnee legt sich kontinuierlich darauf wie ein weiches Fell.

Wir hätten Selina nicht mitnehmen sollen, denke ich. Eine Schlittschuhbahn muss für sie sein wie ein Krankenhaus für mich: ein ausgebrannter Fleck auf der persönlichen Landkarte, ein Ort maximaler Verzweiflung.

Ich komme langsam auf die Füße. Zum Glück ist der Boden mit Gummimatten ausgelegt. Mühsam stapfe ich zu ihr.

»Wollen wir eine Wette abschließen«, beginne ich, »wie lange es dauert, bis ich mich voll auf die Nase lege?«

»Deine Schwester hat Potenzial, vielleicht hast du es ja auch«, sagt Selina nur.

»Findest du?«

»Wie ein flitzendes kleines Frettchen.«

»Das klingt nach Emma.«

Selina holt tief Luft, dann streckt sie eine Hand aus. »Es tut mir leid. Wegen eben. Hier, ohne mich fällst du.«

Wir treten gemeinsam aufs Eis. Lina hat ganz richtig geahnt, dass ich ohne sie sofort ausgerutscht wäre, doch mit ihrer Hilfe kann ich mich stabilisieren.

»Wer hat sich das eigentlich ausgedacht?«, keuche ich. »Also das Schlittschuhlaufen. Wer dachte sich: *Hey, wisst ihr, was dieses spiegelglatte Eis bessermachen würde? Schuhe, auf denen man nicht stehen kann.*«

Selina lacht. Gefühlt das erste Mal seit Stunden. Wir nehmen Emma in die Mitte und drehen einige unsichere Runden, bis mein erster Schreck verflogen ist. Danach wird es besser. Eigentlich macht es richtig Spaß. Die kalte Luft zieht an uns vorbei, der Himmel ist grau und endlos, der Boden scheint nicht zu existieren, plötzlich gefällt mir sogar die Musik im Hintergrund. Auch Emmas Technik verbessert sich stetig, sodass sie kaum noch Probleme mit dem Gleichgewicht hat und immer mehr kleine Tricks ausprobiert.

»Guck mal, Selina, guck mal!«, ruft sie und macht einen Hüpfer. »Ich bin gesprungen!«

Selina, die ich nie so geduldig eingeschätzt hätte, vor allem nicht mit Kindern, lobt Emma. Ihre Wangen glühen rot, der Fahrtwind hat die Kapuze von ihrem Kopf gefegt und das grünblonde Haar freigelegt.

»Na gut, meine kleine Pirette«, sagt sie. »Pass mal auf.«

Lina gleitet in die Mitte der Eisfläche, wo kaum Kufenspuren sind, weil niemand sich lange ins Spotlight traut. Dann nimmt sie Schwung. Auf einem Fuß balancierend, wird sie schneller und schneller. Ihr Körper fällt ganz leicht in eine hypnotisierende Drehung. Ich schaue ihr zu und plötzlich spüre ich eine tiefe Betroffenheit. Wie wenn man ein Kunstwerk anschaut. Vielleicht glaube ich nicht an Magie, aber das hier, das ist magisch. Ich halte den Atem an. Als Selina die Arme wieder ausstreckt und langsamer wird, wie diese Ballerinas in den Musikschatullen, sobald das Lied zu Ende ist, könnte ich fast heulen.

Emma klatscht begeistert.

»Na?« Eissplitter verspritzend, hält Selina vor uns. »Zufrieden?«

»Jaaa!«, ruft Emma. »Ich will das auch lernen!«

»Oh, Mäuschen, ich bin mir sicher, dass du gut werden könntest, aber Eiskunstlauf ist brutal. Du weißt gar nicht, wie viel du üben müsstest. Und hinfallen. Hinfallen tut weh. Such dir lieber etwas, das weniger wehtut.«

Emma ist mit diesem Ratschlag nicht einverstanden. Sie schlittert in die Mitte und probiert, Selina nachzuahmen, was unmittelbar zu ihrem ersten Sturz führt. Ich will gehen und ihr helfen, aber sie kommt selbst wieder auf die Beine, mit entschlossenem Gesichtsausdruck.

»Ich glaube, du hast gerade ein Monster erschaffen«, sage ich und wende mich zu Selina um, die beide Hände an ihren Rücken gepresst hat. »Alles okay?«

»Geht schon.«

»Das sah wunderschön aus. Ich bin ganz fasziniert. Ich – ich weiß gar nicht, wie du das –, ernsthaft, du *musst* wieder ins Eislaufen einsteigen.«

Selinas Augenbrauen senken sich. Für einen Moment fürchte ich, das Falsche gesagt zu haben, dann murmelt sie: »Manchmal will ich das auch.«

»Warum probierst du es nicht? Du machst Reha und alles, oder? Vielleicht kannst du weitermachen. Ganz langsam. Du weißt bestimmt noch richtig viel.«

»Das … das ist nicht das Problem.«

»Aber –«

»Bei Hekate, lass es sein, Fee. Ich hab genug Leute, die mir deswegen im Nacken sitzen, und keiner hat eine Ahnung, wie es ist. Stürz du mal, wie ich gestürzt bin. Hab du mal deine Freunde am Krankenbett stehen, und schau zu, wie einer nach dem anderen langsam verschwindet, weil sie die Geduld mit dir verlieren, *weil es dir immer noch nicht besser geht*. Du hast es selbst gerade gesagt: Wunderschön. Niemand will eine Tänzerin sehen, die nicht wunderschön ist. Ich bin schon lange nicht mehr schön, Felix, ich bin ein beschissener Unfall.«

»Das stimmt nicht«, erwidere ich, meine Stimme so schwach wie ihre aufgebracht ist. »Du bist kein Unfall, du *hattest* einen Unfall. Und du bist schön. Sehr schön sogar.«

»Ich will aber nicht wieder schön sein *müssen*!«, blafft Selina. »Du klingst genauso wie Dan! Der hat es auch nicht ertragen, was dieser ganze Scheiß mit mir gemacht hat!«

Wir starren uns an, unser Atem als weiße Wolke zwischen uns.

»Wer ist Dan?«, frage ich.

23

Ich muss noch eine ganze Weile auf Selinas Antwort warten. Vor Emma möchte sie nichts erklären und diese will partout nicht mit Schlittschuhfahren aufhören. Als ich meine Schwester endlich davon überzeugen kann, zu Hause anzurufen, damit sie abgeholt wird, ist eine ganze Stunde vergangen. Schließlich hat sich alles geregelt: Papas Auto wartet vor dem Weihnachtsmarkt, Emma steigt ein, und Selina und ich winken beide, ganz so, als wäre alles in Ordnung. Wir sind überraschend gut darin, wie ein zerstrittenes Ehepaar, das vor seinen Kindern die Fassade wahren will. Emma winkt unwissend zurück. Sobald sie und Papa verschwunden sind, hört Lina auf zu lächeln.

»Du willst es nicht wirklich wissen«, sagt sie.

»Doch.«

»Nee.«

Ich seufze. Eigentlich dachte ich, wir hätten das Tauziehen hinter uns gelassen, das ewige Hin und Her von Zuneigung zu Abstoßung. Aber je näher wir uns kommen, desto stärker fangen wir wieder an zu schwanken.

Selina verschränkt die Arme und starrt auf die Menschenmassen, die an uns vorbei zum Weihnachtsmarkt strömen. Der Schnee fällt ununterbrochen, es riecht nach Zucker und Vorfreude, nur wir beide drücken uns am Rand herum und schweigen abwartend.

Lina ist eine harte Nuss zu knacken. Beziehungsweise in ihrem Fall funktioniert das Sprichwort eh nicht – eigentlich ist sie eine

Nuss, die den Nussknacker verprügelt. Was mich nervt, doch gleichzeitig bewundere ich es. Wo ich mir weich und nachgiebig vorkomme, ist sie steinhart, unbequem, anstrengend. Manchmal wäre ich das auch gerne.

»Na schön«, murmelt Selina schließlich, als hätte sie die ganze Zeit mit mir weiterdiskutiert. »Daniel König.«

»Hm?«

»Googel Daniel König Eistanzen.«

Mit gerunzelter Stirn ziehe ich mein Handy aus der Tasche und gebe den Namen ein. Sofort kriege ich eine Reihe Fotos und Videos vorgeschlagen, auf denen ein hochgewachsener, schmaler Junge mit braunen Haaren und blauem Trikot posiert. Er wirkt stolz und erhaben, genau wie das blonde Mädchen an seiner Hand.

»Moment mal«, sage ich. »Bist das du in den Bildern?«

»Wahrscheinlich schon. Er war mein Partner.«

Ich tippe auf eines der Fotos, um es zu vergrößern. Selina sieht jünger aus, aber vielleicht liegt das daran, dass sie ihre Haare so streng zurückgebunden hat. Sie trägt einen Glitzerbody mit Tüllrock und lächelt ein strahlendes Lächeln.

»Du wirkst richtig happy.«

»War ich auch.« Sie nimmt mir das Handy aus der Hand. »Ah ja, das Foto stammt aus der vorletzten Saison, die ich mitgemacht habe. Zweiter Platz in der Jugendmeisterschaft. Wir haben zu Ed Sheeran geskatet. Oh Mann. Ich kann das Lied bis heute nicht mehr hören. Dan hat sich immer darüber lustig gemacht, wie ich wegrenne, sobald unser Lied kam. Also wenn wir mit den anderen feiern waren.« Selina stoppt abrupt, dann schnaubt sie. »Was für eine Zeitverschwendung.«

»Hattest du viele Freunde?«

»Ja.«

»Das muss schön gewesen sein. Ich – ich weiß gar nicht, wie das ist.«

»Enttäuschend.«

»Wohl kaum von Anfang an …«

Selinas Blick sticht gnadenlos in meinen. Es gefällt ihr nie, wenn ich etwas Nettes über das verbotene Thema mit F sage. »Nein«, erwidert sie. »Das nicht. Es hat lange gut funktioniert. Aber das ist das Ding, oder? Wenn alles gut ist, ist es nicht schwer, ein verlässlicher Freund zu sein oder wenigstens so zu tun. Dan war ein toller Partner, ein super Kumpel, wir hatten Chemie auf dem Eis, es war lustig. Anstrengend, aber lustig. Wir haben gemeinsam rumgesponnen: Welche Wettbewerbe wir gewinnen werden und welche Länder wir besuchen und ob wir irgendwann unseren eigenen Fanclub bekommen. Ich hab ihm wirklich vertraut. Bis er mich fallen lassen hat.«

»Das tut mir leid.« Ich hebe eine Hand, um sie auf Selinas Arm zu legen, werde jedoch unsicher, ob das die richtige Reaktion ist. »Was hat er getan?«

»Er hat mich fallen lassen.«

»Ja, aber wie?«

Selina antwortet nicht sofort und dann dämmert es mir. Sie meint diesen Satz gar nicht metaphorisch. Sie meint ihn wortwörtlich.

»Dein Sturz«, platze ich heraus. »Das war, weil – er dich fallen lassen hat?«

Lina nickt. »Beim Training. Ich bin sehr blöd aufgekommen. Wenn dir die Formulierung nicht passt, denn Dan hat sie nicht gepasst, kann man es auch so sagen: Er hat die Balance verloren und ich auch. Und das hat in dem Moment leider gereicht.« Ich bin sprachlos. Keine Ahnung, ob Selina das überhaupt merkt, denn sie fährt fort: »Das ist die eine Sache gewesen, weißt du. Absurderweise nicht die schlimmste. Unfälle passieren leider. Ist nicht so, dass er mich mit Absicht aufs

Eis geschleudert hat. Schlimmer war, was danach kam. Ich – es ist komisch, plötzlich nicht mehr zu können, was eigentlich selbstverständlich ist. Sport war selbstverständlich für mich. Den Tag ohne Schmerzen zu verbringen, war selbstverständlich. Ich meine, ich bin sechzehn, meine Fresse! Nicht achtzig. Aber mein Körper hat so einen Schock bekommen, ich hab mich gefühlt, als ob ich plötzlich Jahrzehnte gealtert wäre. Wegen einer einzigen blöden Unvorsichtigkeit. Es war nicht fair. Ich war so wütend. *So wütend!* Dan hat es nicht verstanden. Jedenfalls nicht lange. Er konnte mich vielleicht zwei Wochen in diesem Zustand ertragen, und dann – als ich aus dem Krankenhaus raus war, hat er mich noch einmal zu Hause besucht und dann – dann nie wieder.«

»Er hat einfach den Kontakt abgebrochen?«

»So gut das geht. Wir sind ja auf einer Schule, also hat er mich so semi-geghosted und getan, als wären wir beide das Opfer, weil er jetzt keine Partnerin mehr hat mitten in der Saison.«

»Wie bitte? Deine übrigen Freunde müssen das doch schrecklich gefunden haben!«

»Nee, nicht wirklich. Sicher fanden sie meinen Unfall schrecklich, ich hatte anfangs auch tausend Besuche. Aber mit der Zeit hat sich das verlaufen. Dan ist zurück in den Alltag gekehrt und … ich nicht. Ich bin einfach auf der Strecke geblieben. Und da reicht auch kein mitleidiges Hallo auf dem Schulflur, um das wiedergutzumachen.« Selina schüttelt den Kopf. »Wenn du krank bist, weiß niemand, wie er mit dir umgehen soll. Und wenn du lange krank bist, dann wird Mitgefühl irgendwann zu Ungeduld.«

Dieses Mal überlege ich nicht und lege eine Hand auf Selinas Arm. Ihr Blick wandert zu der Stelle, wo wir uns berühren. Sie greift abrupt zu, ihre kalten Finger umklammern meine.

»Also«, sagt sie. »Da hast du es. Die ganze beschissene Scheiße ausgebreitet.«

»Es tut mir leid.«

»Bei Hekate, verschon mich«, brummt Selina, hält meine Hand jedoch weiterhin fest in ihrer. »Zumindest hatten meine verzweifelten Spaziergänge etwas Gutes: Ich hab *Theodora* gefunden. Und damit die Hexerei. Kennst du die Story von den zwei Schwestern, die dort gewohnt haben sollen? Dass sie Hexen waren? Keine Ahnung, ob da irgendetwas dran ist, aber ich hab den Gedanken irgendwie toll gefunden. Hexe sein. Anders sein. Und in dem Haus … konnte ich zumindest ein bisschen Kontrolle über mich und meinen Körper wiederbekommen. Weil – der war nie meiner. Alles war für jemand anderen da.«

Selina holt tief Luft. Dann zuckt sie die Schultern, als könnte sie ihre Worte damit nachträglich abschwächen. Passt schon, Vergangenheit. Fuck off. Aber sie überzeugt mich damit nicht mehr.

»Brauchst du eine Umarmung?«, frage ich.

»Ja«, sagt sie.

24

Große Flocken sammeln sich so schnell auf unseren Schultern, dass ich fürchte, bald in einer Schneewehe verschwunden zu sein. Selina umklammert meinen Brustkorb, ich umklammere Selina. Fast hat das Ganze etwas Verzweifeltes, als müssten wir uns beide festhalten, um nicht hinzufallen.

Unsicher drücke ich meine Wange in ihr Haar. Darf ich das hier überhaupt genießen? Ich meine, würde man mich als touch-starved bezeichnen, wäre das die größte Untertreibung auf diesem Planeten. Aber darf ich das wirklich: nicht nur gebraucht werden, sondern auch brauchen? Irgendwie fühlt es sich so falsch an … und trotzdem will ich auf keinen Fall loslassen.

»Mann, ist das peinlich«, schnieft Lina.

»Total«, erwidere ich.

»Du nervst mich tierisch.«

»Dito.«

Wir halten uns weiter fest.

»Sag mal, kennst du die?«, fragt Selina.

»Wen?«

»Die da drüben. Die uns so komisch angucken.«

Ich drehe mich um und folge ihrem Blick. Am Eingang zum Weihnachtsmarkt stehen Ben und Gia. Mit ihren schwarzen Klamotten und gefärbten Haaren wären sie selbst im dichtesten Schneesturm aufgefallen.

»Ich glaube schon«, sage ich.

Ben hebt eine Hand.

»Was wollen die von dir?«

»Keine Ahnung.«

»Gehst du rüber oder nicht?«

»Äh …«

Bevor ich mich entschieden habe, was ich überhaupt von der Situation halten soll, ist Ben schon auf dem Weg zu uns. Erst jetzt fällt mir auf, dass Chris und Luke auch dabei sind. Oh, verdammt. Je näher sie kommen, desto offensichtlicher wird ihre Neugierde. Selina zieht abrupt ihre Hände zurück, und ich realisiere, dass wir uns immer noch umarmen. Schuldbewusst treten wir ein paar Schritte auseinander, als wären wir gerade beim Knutschen erwischt worden.

»Hey, Felix! Schön, dich hier zu sehen! Wollt ihr etwa auch auf den Weihnachtsmarkt?« Ben bleibt lächelnd stehen, während seine Freunde sich hinter ihm versammeln wie eine Gruppe starrender Kinder, die sich fürs Riesenrad anstellt.

»Äh, hey!«, erwidere ich. »Nein, wir waren gerade schon da.«

»Ach so, nice. Ist es voll?«

»Ziemlich.«

»Okay.«

Ich nicke, und Ben nickt, das Gesicht seltsam ausdruckslos, als wäre sein Lächeln festgefroren, sonst sagt niemand etwas. Gott, ist das awkward. Hilfe suchend stupse ich Selina an.

»Wie läuft's?«, platzt sie heraus.

Die anderen, die noch keinen guten Grund hatten, sie unverwandt zu mustern, holen das jetzt nach. Lina scheint es nicht zu stören – betont gleichgültig, dreht sie den Talisman um ihren Hals. (Ich vergesse immer, wie gewohnt sie an Aufmerksamkeit ist.)

»Gut«, sagt Ben. »Und bei dir?«

»Gut.«

»Wer bist du denn?«

»Ich? Ach, ist das Konzept von Identität nicht überbewertet?«

Ich widerstehe dem Bedürfnis, Selina erneut anzustupsen. Was habe ich mir eigentlich dabei gedacht, sie um Hilfe bei einer seltsamen Situation zu bitten? Ist nicht so, dass sie seltsame Situationen nicht zutiefst genießt. Chris derweil versucht, nicht besonders überzeugend, ein unfreundliches Lachen zu unterdrücken.

»Äh«, macht Ben.

»Aber wenn's dir so wichtig ist – wer bist du?«

»Ich – ich bin Ben.«

»Aus Felix' Schule?«

»Genau.«

»Und wie heißt du?« Selinas Blick ist wie ein Laser, der sekundenschnell seinen Fokus wechselt.

Ben merkt, dass er nicht mehr im Mittelpunkt steht, und wendet den Kopf, um das neue Ziel auszumachen.

Mir wird übel.

»Wer – ich?«, fragt Christian.

»Ja du«, sagt Selina.

»Chris.«

»Chris! Genau. Wusste ich's doch, dass du mir bekannt vorkommst. Du bist der Typ mit der Kamera. Ich fand deine Aufnahmen ja sehr interessant.«

Chris wirkt kaum überrascht. »Du bist die Satanistin mit dem Totenkopf.«

Selina grinst. Chris verschränkt die Arme. Sie starren einander herausfordernd an. Am liebsten würde ich mich zwischen beide werfen, Selina packen und wegführen – nicht aus Sorge um ihre Sicherheit, sondern um seine.

»Lasst uns gehen, Leute«, sagt Chris. »Die hat sie nicht mehr alle.«

»Ey, jetzt bleib doch noch kurz. Man hat nicht jeden Tag die Gelegenheit, das Genie hinter der Linse kennenzulernen. Erzähl, wie bist du darauf gekommen, billige Prank-Scheiße zu filmen? Woher hast du deine Inspiration? Ist dir Jake Paul in einem Traum erschienen und hat dich erleuchtet?«

»Bitch«, brummt Chris.

»Ich bevorzuge *Witch*. Aber ernsthaft, du scheinst dir viel Mühe damit zu geben, ein Arschloch zu sein, akzeptier ruhig ein bisschen Anerkennung dafür. Das ist immerhin auch Arbeit.«

»Sagt der Freak, der sich in aller Öffentlichkeit von Felix Laubmeyer betatschen lässt.«

»Neidisch?«

Chris prustet. »Nope.«

Ben und seine Freunde verfolgen den Wortwechsel schweigend, obwohl sich auf Bens Stirn langsam einige Falten verfestigen.

»Felix und ich sind nicht zusammen. Wir sind Freunde. Die besten. Weißt du, wie man das macht? Einen richtig guten Freund finden? Weil du wirkst auf mich eher wie der Typ Blutegel: saugst dich an Ben fest und hoffst, dass er dich nicht irgendwann abschüttelt.«

Ich bin so geschockt, dass ich Mühe habe, mich auf die Situation zu konzentrieren.

Hat Selina gerade das F-Wort benutzt? Meint sie das ernst? Sind wir Freunde? Oder will sie nur Chris verärgern? (Was übrigens wunderbar klappt. Chris wurde so hart out-gecalled, er wird richtig rot.)

»Felix hat keine Freunde«, schnappt er.

»Das sehe ich anders.«

»Dann bezahlt er gut.«

Selina lacht. »Jetzt verrat nicht deine besten Tricks.«

»Fuck you.«

»Kreativ. Bist du nicht Künstler? Streng dich an, das kannst du besser.«

»Lina.« Ich berühre ihre Hand. »Lass.«

»Wieso? Hast du dir mal seine Videos angeguckt? Wer austeilt, muss auch einstecken können. Oder schneidest du die schlimmsten Parts raus, bevor du alles hochlädst?«

»Was meint sie damit?«, fragt Ben, aber Chris reagiert nicht.

»Ich meine damit die ganze *abusive* Scheiße hinter den Kulissen. Oder wissen deine Viewer, dass das Mädel, das ihr ständig verarscht, überhaupt nicht reingelegt werden will? Wie oft hat sie euch jetzt schon gebeten aufzuhören?«

»Mel macht gerne mit«, schaltet sich nun auch Lukas ein. »Du kennst sie überhaupt nicht.«

»Ich muss sie nicht kennen, um zu hören, was sie sagt«, hält Lina dagegen.

»Es ist ein *Witz*.«

»Ihr beide seid ein Witz.«

Für einige Momente lang herrscht Schweigen. Selina hat anscheinend nichts mehr hinzuzufügen, während Luke und Chris Mühe haben, sich nicht allzu sichtbar unter ihren Worten zu winden. Es ist verrückt. Ich wusste, dass Selina schnell ist – und schlagfertig –, aber bis jetzt bin ich noch nie in den Genuss gekommen, auf ihrer Seite zu stehen. Heute hat sie mich beschützt. Und Mel. Selbst wenn sie das F-Wort nicht ernst gemeint hat, selbst wenn es nur dazu da war, um Chris auf die Palme zu bringen – noch nie hat sich jemand mit solcher Angriffslust für mich in den Kampf geworfen. (Generell hat sich noch niemand in einen Kampf für mich geworfen. Am allerwenigsten ich selbst, fürchte ich.)

»Ich wusste gar nicht«, unterbricht Gia letztendlich die angespannte Stille, »dass Melanie nicht in den Videos sein will.«

»Ja, weil es Bullshit ist.« Chris tritt kopfschüttelnd ein paar Schritte zurück. »Los, Leute, wir gehen.«

Gia wirft einen zweifelnden Blick auf Selina. Auch Ben hat all seine übliche Lockerheit verloren. Seine Augen blinzeln unter dicht zusammengezogenen Brauen hervor.

»Sie lügt«, betont Chris erneut, als sich niemand regt. »Wen kennt ihr besser? Mich oder sie? Ich meine, die beiden sitzen so gut wie jeden Tag in dem alten Spukhaus rum. Wer weiß, was die dort machen. Du hast es selbst gesagt, Ben: Felix hat voll die creepy Aura.«

»Das habe ich nicht – das war, bevor ich –, das war früher«, entgegnet Ben panisch.

Mein Herz pumpt. Davon wusste ich nichts. Also natürlich habe ich gemerkt, dass die meisten Leute aus meiner Schule einen Bogen um mich machen oder mich wie eine sehr spezielle Spezies behandeln, doch Ben – der war in letzter Zeit so anders gewesen.

»Alles klar.« Selina packt mich am Arm. »Ihr seid nutzlos, jeder Einzelne von euch. Und wir sind jetzt weg.«

Sie zieht mich über die Straße, zum Glück ist die Fußgängerampel gerade grün, sodass wir uns unbehelligt zwischen den brummenden, parkenden Autos hindurchdrängen können. Auf der anderen Seite angekommen, bleibt Selina stehen.

Ich habe beide Hände in den Jackentaschen vergraben und traue mich kaum, sie anzuschauen.

»Ich hab's dir gesagt.«

Bei diesen Worten hebe ich doch den Kopf.

»Damals«, erklärt Lina. »Als du die Cam von diesem Lauch da wiederhaben wolltest. Ich hab dir gesagt, dass er und seine Freunde es nicht wert sind.«

»Aber Ben … ich versteh das nicht.«

»Was gibt's da auch zu verstehen? Sie sind Pisser. Wir sind besser.«

Ich wünschte, ich könnte dieselbe Scheiß-egal-Einstellung wie Selina an den Tag legen. Kann ich aber nicht. Vor allem, wenn es um Ben geht.

»Felix …« Lina seufzt. »… du guckst wie ein getretener Welpe.«

»Tu ich gar nicht«, murmle ich, während ich über meine Wangen wische. »Ich bin nur – ich hab nur –, echt absurd, wie du Chris rundgemacht hast.«

»Ach.« Mein Ablenkungsmanöver ist zwar offensichtlich, doch Selina strahlt trotzdem sofort. »Nicht der Rede wert.«

»Er hasst dich.«

»Wunderbar. Ich liebe nichts mehr, als von Typen wie dem gehasst zu werden. Zeigt dir, dass du was richtig machst.«

»Vielleicht hätte ich die Videos gucken sollen. Dann hätte ich gewusst, dass ich gar nicht mit ihm befreundet sein will. Also falls ich – falls ich den Mut gehabt hätte, mir das einzugestehen. Ich weiß nicht, ich war so verzweifelt, ich hätte … wahrscheinlich hätte ich mich trotzdem an ihn drangehängt. Wie du gesagt hast, wie ein Blutegel.«

Selina schüttelt ungläubig den Kopf. »Gib dir ein bisschen mehr Credit.«

»Nein ernsthaft, ich bin nicht so mutig wie du. Du sagst einfach, was du denkst. Du bewegst dich wie ein Hai und bahnst dir einen Weg, wo vorher keiner war. Ich bin mehr so die Qualle. Ich werde einfach mitgezogen. Vielleicht strample ich ein bisschen dagegen, aber –«

»Fee. Hör auf mit dem Selbstmitleid. Und mit den dummen Vergleichen, du bist kein Blobfisch und du bist keine Qualle. Du kannst das genauso. Filter dich nicht einfach zwanzigmal, bevor du den Mund aufmachst.«

»Ich will halt nichts Falsches sagen.«

»Du *wirst* etwas Falsches sagen.« Selina packt mich an den Schultern. »Leb damit.«

»Nein danke.«

»Komm, sag etwas zu mir. Irgendetwas. Was dir durch den Kopf geht. Denk nicht drüber nach.«

Ich weiche Selinas drängendem Blick aus. Ihre Hände auf meinen Schultern drücken zu, nicht unfreundlich oder schmerzhaft, eher bekräftigend. Als würde sie mir einen Schubs geben wollen.

Ich schüttle den Kopf.

»Los«, sagt sie.

»Ich bin nicht in Stimmung.«

»Du bist nicht in Stimmung, du selbst zu sein?«

»Exakt.«

»Los. Los!«

»Oh mein Gott, du machst mich wahnsinnig!«, platze ich heraus. »Und du kannst echt übergriffig sein manchmal! Und verwirrend! Kein bisschen konsequent. Mir sagst du, wir sind keine Freunde, aber vor Chris sind wir es plötzlich?!«

Selina nimmt beide Hände von meinen Schultern.

»Nicht das, was du hören wolltest?«, murmle ich.

»Spielt es eine Rolle, was ich hören wollte? Hast du es immer noch nicht verstanden?«

»Ach, fuck you.«

Selina sieht kurz erschrocken aus, dann schlägt sie begeistert die Hände zusammen. »Das ist ja echt mal was Neues aus deinem Mund.«

»Was sind wir, Lina?«, frage ich, ohne auf sie einzugehen. »Ernsthaft jetzt. Was ist das hier? Und komm mir nicht damit, dass wir Hexen sind, weil ich keine Ahnung hab, *was das überhaupt bedeuten soll.* Willst du mit mir befreundet sein oder nicht? Entscheid dich. Weil – ich will.«

»Ja.«

»Was?«

»Ja, Mann, ich will mit dir befreundet sein.«

»Ernst … ernsthaft jetzt?«

Selina verschränkt die Arme, was ich bei jedem anderen Menschen als Geste der Ablehnung gedeutet hätte, doch bei ihr ist es etwas anderes: zerknirschte Zustimmung – ein *Da, du hast gewonnen, ich mag dich, bist du zufrieden?*.

»Wow«, sage ich und verschränke ebenfalls die Arme. »Okay.«

»Ab jetzt wirst du unerträglich sein, oder?«, fragt Lina.

»Wahrscheinlich.«

Wir schauen uns an – und grinsen.

25

Mein Vater staunt nicht schlecht, als ich unseren Drucker leer drucke und mich dann mit einem dicken Stapel Papier zu Selina verabschiede. Er weiß zwar nicht, dass »zu Selina« eigentlich »zum Haus« bedeutet, doch dieses Detail halte ich lieber zurück.

»Lernt ihr gemeinsam für die Schule?«, fragt Papa, als ich schon Schuhe anhabe und im Flur stehe.

»Äh, ja quasi.«

»Quasi«, wiederholt Papa. »Verstehe.«

»Boah, Papa.«

»Passt auf, dass ihr nicht zu viel Spaß habt, ja?«

Augenrollend stampfe ich die Treppe hinunter.

Warum ist er eigentlich so versessen darauf, aus mir und Selina irgendetwas Romantisches zu machen? Ich bin überglücklich, dass wir Freunde geworden sind. Alles, was ich je wollte, war ein richtiger Freund. Muss ich das jetzt verkomplizieren, indem ich anfange, von ihren Schenkeln oder Hüften oder wasweißich zu schwärmen? (Macht man das überhaupt? Ehrlich, ich weiß nicht einmal, wie man schwärmt. Und worüber. Schenkel und Hüften? Gott, ich klinge wie ein Fleischer. Oder ein Serienkiller.)

Auf dem Weg bekomme ich eine Nachricht, aber ich schaue nicht aufs Handy.

Es ist sowieso nur Ben. Seit gestern schreibt er mir eine Entschuldigung nach der anderen, keine kann ich mehr glauben. Wer weiß, ob er wieder etwas will, die Spirit-Box ausleihen oder so, und dafür meine *creepy Aura* in Kauf nimmt. Selina hat recht: Die anderen sind Pisser, wir sind besser.

Das Haus begrüßt mich, wie immer, ohne großes Interesse.

Obwohl der Winter gerade erst beginnt, steigen seit einigen Tagen die Temperaturen, und unter dem schmelzenden Eis taucht eine nasse Welt auf: platt gedrückte Pflanzen und matschiges Gras, das fast durchsichtig geworden ist – als hätte die Kälte jede Farbe daraus gesogen. Die Villa wirkt noch grauer als vorher, das Holz mit dem abblätternden Lack noch schäbiger.

Die perfekte Atmosphäre also, um ein Rätsel zu lösen.

Selina scheint dasselbe gedacht zu haben, denn als ich die Tür zum ersten Stock öffne, empfängt mich schon der Schein von Kerzen. Klar, die richtige Beleuchtung gehört natürlich auch dazu. Ich finde Lina im Salon, wo sie auf dem Sofa mit den Klauenfüßen sitzt und das Telefon anstarrt.

»Was machst du da?«, frage ich und lasse meinen Rucksack von der Schulter gleiten. »Wartest du darauf, dass das Ding aufspringt und dich angreift?«

»Ich überlege nur«, antwortet Selina. »Und du bist spät dran.«

»Sorry, ich hatte zwischenzeitlich technische Probleme. Aber ich hab eine Menge Material ausdrucken können. Vor allem Zeitungsartikel über die Villa, aber auch ein paar Blog-Posts und so. Ich dachte, wir können uns heute in die Recherche stürzen. Oder hast du andere Pläne?«

Selina wiegt nachdenklich den Kopf, murmelt dann aber: »Noch nicht, nein.«

Der Kerzenschein wirft weiche Schatten an die mit Bücherregalen bedeckten Wände und ein überraschend angenehmer Duft von altem, feuchtem Papier hängt in der Luft. Ich ziehe den dicken Stapel aus meinem Rucksack und fächere ihn auf dem alten Holzfußboden auf.

Jeder Artikel ist einzeln mit einer Klammer abgeheftet. Dazu werfe ich meine Sammlung von Textmarkern.

»Oh, Hekate«, sagt Selina. »Das ist viel.«

»Ja.« Ich richte mich auf, um mein Werk zu betrachten. »Aber irgendwo dort liegen unsere Antworten. Ich spüre es. Wir müssen nur den Schatz unter der Wasseroberfläche finden. Er leuchtet schon zu uns herauf.«

Selina prustet. »Okay, Robinson Crusoe, jetzt reiß dich mal zusammen, das sind nur Wörter.«

»Nur Wörter«, ereifere ich mich gespielt. *»Nur Wörter?«*

Selina verdreht die Augen, kommt jedoch auf die Knie und sucht einige zusammengeheftete Blätter heraus. »Mann, hör dir den Titel hier an: ›Ein Berlin-Krimi im Vollmond‹. Oder, der ist noch besser: ›*Theodora* terrorisiert eine ganze Gemeinde‹.« Selina verstummt und überfliegt einen der Artikel. »Moment«, murmelt sie, dann beginnt sie, laut vorzulesen: »›Es ist mittlerweile keine Neuigkeit mehr, dass man im Lederhaus Herold, einer Institution seit 1955, nur noch ungern das Telefon abhebt. Seit einigen Wochen gehen dort vermehrt Scherzanrufe ein. Der Besitzer Justus B. Herold lässt sich normalerweise nicht schnell beeindrucken, doch im Licht jüngster Ereignisse ist selbst der hartgesottene Ur-Berliner verunsichert. Das Lederhaus ist nämlich das jüngste Opfer einer Terror-Kampagne, die ihren Ursprung in der Villa *Theodora* hat, einem Gründerzeithaus im Constanzenkiez. Nach Jahrzehnten der vermeintlichen Ruhe scheint das verlassene Gebäude zum Leben erwacht zu sein. Nicht nur Herr Herold, auch andere Geschäftsbesitzer, Anwohner und sogar öffentliche Dienststellen wie die ansässige Polizeidirektion 5 erhalten regelmäßig Anrufe von *Theodora*. Die Krux: Nie ist jemand am anderen Ende der Leitung. Erst am vergangenen Sonntag …« , Selina unterbricht sich, langt nach einem meiner Textmarker und unterstreicht den Abschnitt, bevor sie fortfährt: »›… erst am vergangenen Sonntag ging ein weiterer stimmenloser Notruf bei der Polizei ein, genau zur Mittagszeit.‹ – Mittagszeit am Sonntag! Das ist ein Hinweis! Wann erschien der Artikel? Anfang Dezember … Waren wir am letzten Novembersonntag im Haus?«

Selina wirft den Artikel auf die Couch und greift nach ihrem Handy. »Nein«, murmelt sie enttäuscht, nachdem sie eine Weile stumm gescrollt hat. »Laut meiner Liste nicht. Shit.«

»Das ist trotzdem gut. Wir haben neue Informationen für unsere Datenbank. Irgendwann wird sich ein Muster ergeben.«

»Ja, aber das kann ewig dauern, bis wir alles durchgegangen sind.«

»Ich hab Tee dabei.«

Selina stöhnt. »Ich hoffe für dich, dass du damit aufgebrühten Tee zum Trinken meinst und nicht irgendwelche Beutel, die du auf Geister werfen willst.«

»Tee zum Trinken.«

Ich hole eine Thermoskanne und zwei Tassen aus meinem Rucksack, Selina öffnet schon den Mund zu einem spöttischen Kommentar – wahrscheinlich über das penible Maß meiner Vorbereitungen –, entscheidet sich jedoch um. Dankbar umschließt sie eine der Tassen mit beiden Händen, während ich vorsichtig Earl Grey hineingieße.

»Ich weiß, du magst meinen Ansatz nicht so sehr wie dein Ouija-Brett«, sage ich und gieße mir selbst etwas ein, »aber … ich hab Spaß.«

»Momentan kann ich mit dem Brett sowieso nicht viel anfangen.«

»Wirklich? Warum?«

»Die Person, mit der ich am liebsten kommunizieren würde, ist nicht tot. Nur tot für mich.«

»Dan?«

Selina nickt.

»Also willst du wieder mit ihm reden?«, frage ich und spüre einen kleinen Stich in meinem Magen. Überrascht identifiziere ich ihn als Eifersucht. Fühle ich mich ernsthaft von der Möglichkeit bedroht, dass Selina ihren alten besten Freund wiedersehen will?

»Kein Plan«, sagt Lina. »Ich bin wütend.«

»Zu Recht.«

»Manchmal wünschte ich, ich könnte es ihm heimzahlen. All den Schmerz. Und dann will ich, dass wir den ganzen Scheiß einfach vergessen und von vorne anfangen.«

»Auch das ist normal, denke ich.«

»Und dann wiederum überlege ich, ob ich ihn verfluchen soll.«

»Was?«

»Am liebsten würde ich Dan einen Fluch auflegen.«

»Kannst – kannst du das?«

»Ich hab's noch nie probiert, aber ich hab nachgelesen, wie so ein Fluch funktioniert. Im Grunde läuft das Ganze wie ein normaler Zauberspruch, nur dass du Hilfsmittel auswählen musst, die negative Energie ausstrahlen. Schwarze Kerzen zum Beispiel, rostige Nägel oder Essig …« Selina lacht. »Irgendwer hat auch geschrieben, man soll einen Spell-Jar mit einem Foto der betroffenen Person erstellen und dann reinpinkeln. Um Dominanz zu zeigen.«

»Wo hast du das denn her?«

»Tumblr, Insta…«

»Du solltest niemanden verfluchen. Das ist schwarze Magie. Das ist doch etwas Schlechtes.«

»Ugh, Fee, jetzt mach nicht wieder einen auf Ober-Mutti.«

»Aber so ein Fluch wäre schwarze Magie, oder nicht?«

»Ja«, brummt Selina.

Ich drehe die Tasse zwischen meinen Fingern. Der warme Dampf steigt nach oben und beschlägt meine Brille. Langsam lasse ich mich neben Lina auf den Boden sinken. »Mir gefällt das nicht«, gebe ich zu. »Ich verstehe dein Bedürfnis zurückzuschlagen, aber … du bist besser als das.«

»Vielleicht nicht.«

Ich hebe den Blick. »Lina.«

»Dan hat mein Leben ruiniert. Er hat mich fallen lassen. Scheiß auf dieses Rumtanzen um sein Ego und die richtige Wortwahl. *Er hat mich fallen lassen.* Ich habe mir den Rücken gebrochen. Und ich bin nicht besser als das. Ich bin *fucking* wütend.«

»Ich verstehe, aber –«

»Nein, Fee, tust du nicht, sonst würdest du mir das nicht ausreden wollen.«

»Ich weiß auch, was Schmerz ist, doch wir dürfen uns nicht von dem definieren lassen, was uns passiert ist.«

»Unmöglich.«

»Aber was soll dabei rauskommen? Willst du dein Leben lang wütend sein?«

»Willst du dein Leben lang *nicht* wütend sein?«, entgegnet Selina.

Ihre hitzige Frage lässt meinen Widerspruch ersticken. Nachdenklich nehme ich meine Brille ab und schiebe sie ins kurze Haar. »Ich mag Wut nicht«, murmle ich. »Es ist so eine hässliche Emotion.«

»Na und? Dann sei hässlich. Mach richtig ein Fass auf. Explodier. Sei eklig und unangenehm. Weißt du, wie viel Zeit ich damit verbracht habe, mich hübsch zu machen? Ich hab mir halb die Haare ausgerissen, damit meine Frisur fürs Turnier gut aussieht. *Wer schön sein will, muss leiden* und der ganze Scheiß. Was für ein unfairer Tausch ist das bitte? Niemand kann es endlos durchhalten, schön zu sein. Aber überall wirst du dazu gezwungen. Ich jedenfalls lass mich nicht mehr mit Schmerz füttern und lächle nett dabei. Ich *bin* wütend.«

Einige Momente lang bleibe ich still, meine dünnen Finger, für die ich mich immer geschämt habe, um die Tasse geklammert. »Vielleicht musst du mir beibringen, wie das geht«, erwidere ich.

Selina lächelt, anscheinend nicht so verdutzt über meinen Vorschlag wie ich selbst. »Klar. Ich hatte sowieso überlegt – also bevor du kamst –, dass wir langsam etwas tun müssen. Gegen Dan. Und gegen diesen Chris.«

»Du willst sie verfluchen.«

»Wenn du das sagst, klingt das wieder so negativ. Sieh es einfach als Karma. Wir geben nur zurück, was sie angefangen haben.«

Ich seufze, nicht hundertprozentig überzeugt, aber irgendwie auch interessiert. »Na gut, rein theoretisch: Was müsste ich mitbringen? Und wann willst du das machen?«

»Ich schreib dir nachher die Details«, antwortet Lina begeistert. »Am besten richten wir uns nach der Mondphase und …«

»Was?«, frage ich, als Selina mitten im Satz innehält, mit glasigen Augen, als hätte sie gerade eine Vision.

»Die Mondphase«, murmelt sie und wühlt in dem Stapel mit meinen ausgedruckten Materialien. »Wo hab ich das vorhin gelesen? Da stand etwas vom Vollmond …«

Sobald ich verstehe, worauf sie hinauswill, beginne ich ebenfalls mit der Suche. Der Vollmond mag nicht auf den ersten Blick als Datum durchgehen, aber ein verlässlicher Zeitmarker ist er allemal.

»Hier!« Lina greift in die Mitte unseres kleinen Papierzirkels. »›Ein Berlin-Krimi im Vollmond‹! Erschienen am 17. November!« Sie fährt mit dem Finger über die einzelnen Zeilen und murmelt dabei ein ungeduldiges »Blablabla« vor sich hin, dann zieht sie wieder unsere Timeline auf ihrem Handy zurate. »Yes! Ein Treffer!«

»Wirklich?«

»Guck dir das an! Der Artikel redet vom November-Vollmond –

das war der Neunte –, und da waren wir im Haus! Erinnerst du dich? Ich hatte wegen der komischen Stimmen angerufen.«

»Und an dem Tag ging ein Anruf raus?«

»Ja!«, ruft Selina.

Ich kann es nicht glauben. Aufgeregt stelle ich meine Tasse beiseite. »Zeig mal her.«

Selina hat recht. Nicht nur war das Telefon an diesem Tag aktiv, es war aktiv, als wir uns im Haus befunden haben. Normalerweise hätte ich nicht auf die Uhrzeit geachtet, aber wenn man zehn Uhr abends vom Zähneputzen losgerissen und zu einer Geisterjagd verpflichtet wird, vergisst man das nicht so schnell.

»Unglaublich«, flüstere ich.

»Du weißt, was das heißt, oder?« Selina reißt mir den Artikel wieder aus der Hand. »Wir haben den Beweis. Hier spukt es.« Ich öffne den Mund, doch sie unterbricht mich sofort. »Oh nein, keine Widerrede! Du hast es selbst gesagt: Wenn wir einen Moment finden, wo wir im Haus waren, während es einen Anruf gab, kann es nur ein Geist gewesen sein!«

»Ich hab das sicher nicht so formuliert …«

»Aber du hast damals in den Salon geschaut, oder nicht?«

»Äh.« Angestrengt versuche ich, mir jedes Detail des betreffenden Tages zu vergegenwärtigen, während Selina mich mit brennenden Augen anschaut und mir der Schweiß ausbricht. »Also du hast angerufen … und ich bin losgegangen … und ich bin über die Küche rein … und dann … bin ich die Treppe hoch … nein, warte – ja. Ja, ich habe in den Salon geschaut.«

»Und er war leer?«

»Er war leer.«

»Wahrscheinlich waren die Möbel auch noch alle abgedeckt? Genauso wie das Telefon?«, hakt Lina weiter nach.

»Darauf habe ich nicht geachtet, aber … wahrscheinlich schon.«

»Also wäre dir aufgefallen, wenn jemand gerade am Telefon gestanden hätte, oder?«

»Na ja, der Artikel ist vage genug mit der Uhrzeit, dass es einen kleinen Spielraum gibt, vielleicht war ich noch nicht da.«

»Ich war aber schon da, Fee. Und ich habe auch niemanden gesehen. Aber ich habe etwas gehört.«

Obwohl ich gerne weiter entgegengehalten hätte, verstumme ich. Mir fällt einfach nichts mehr ein. Ich nicke.

Selina strahlt. Berauscht von ihrem Sieg, reckt sie triumphierend die Faust in die Höhe, doch mich befällt plötzlich eine ganz irrationale Angst.

Die Kerzen sind heruntergebrannt und die Schatten in den Ecken wachsen und wir sind nicht allein. Irgendwo – in der Dunkelheit hinter der angelehnten Salon-Tür oder in der Stille des Kellers oder der Küche – ist etwas. Und ich verstehe es nicht. Ich verstehe es ganz und gar nicht.

Abrupt schieße ich in die Höhe. »Vielleicht sollten wir gehen.«

»Wieso?«, fragt Lina.

»Äh – weil es hier spukt?«

»Du gibst es also zu, ja?«

»Oh mein Gott, ja, Lina. Aber ich finde, damit haben wir dringendere Probleme als deine Freude darüber, dass du recht hattest. Wir sind in Gefahr.«

»Das glaube ich nicht.«

»Und woran machst du das fest?«

Meine Entschlossenheit scheint Lina durcheinanderzubringen. »Weil …«, beginnt sie und verliert sich kurz in Gedanken. »Ach, jetzt krieg nicht sofort Schiss, okay? Wir sind schon lange hier und uns ist nie etwas passiert.«

»Wir hatten halt Glück.«

»Nein.«

Mein erzwungener Richtungswechsel wirbelt unsere übliche Dynamik gehörig durcheinander. Selina schaut kritischer, als ich es normalerweise tue. Vielleicht fürchtet sie auch um unseren Spielplatz. Denn wenn die Villa wirklich heimgesucht wird, dann wären wir vollkommen verrückt, wenn wir hierblieben.

»Das reicht.« Ich nehme die aufgefächerten Zeitungsartikel und staple sie. »Ich gehe nach Hause.«

»Och, Fee, du bist ein schlechter Verlierer.«

»Du gehst besser auch.«

»Und was dann? Wir kehren nie wieder zurück?«

»Ja.«

»Und was dann?«

Blöde Frage, will ich erwidern. Wir gehen und wir kehren nicht mehr zurück und wir sind einfach ohne das Haus Freunde. Aber ich komme nicht dazu, den Satz überhaupt anzufangen, so sehr verschlägt die nächste Angst mir die Stimme.

Kann unsere Freundschaft ohne *Theodora* überhaupt existieren?

Natürlich haben wir uns oft woanders getroffen oder haben über andere Dinge geredet, doch *Theodora* ist der Startpunkt von allem, von uns. Wenn wir mal wieder streiten oder uneins sind, dann finden wir trotzdem zueinander – weil wir ein Rätsel zu lösen haben. (Korrigiere. Wir *hatten* ein Rätsel zu lösen. Es ist gelöst. Geister. Das ist die bescheuerte Lösung.)

»Und dann sehen wir weiter«, murmle ich schließlich.

»Bullcrap.« Selina steht auch auf. »Ich mach mich nicht vom Acker, sobald es interessant wird. Und du genauso wenig. Wir müssen uns nicht vor den Kräften dieses Ortes fürchten, wir können sie nutzen.«

»Ich … ich weiß nicht.«

»Wir können es Dan und Chris heimzahlen«, legt Selina nach.

Ich weiß nicht, ob ich das will.

»Lass uns die Geister bei unserem Fluch um Hilfe bitten.«

Ich weiß wirklich nicht, ob ich das will.

Aber ich will dein Freund sein, Selina. Ich will nicht, dass das aufhört. Dass wir aufhören. Lieber treffe ich auf einen deiner Geister. Metaphorisch gesehen. Oder wortwörtlich? Was weiß ich.

Ich schaue sie an. »Okay.«

26

das ist so bescheuert. was soll ich denn jetzt machen?

Meine Finger schweben über dem Handy-Display. Die Nachricht an Lina leuchtet wie ein einsames SOS, doch sie antwortet nicht.

Ich drehe mich unauffällig nach hinten um. Christian und Lukas sitzen in der letzten Reihe, mit gelangweilter Miene kritzeln sie in ihren College-Blöcken. In zehn Minuten wird es zur Pause klingeln, und dann muss ich etwas von Chris besorgen, etwas, das seine Person symbolisiert, für Linas Rache-Ritual. Sie hat das Ganze so einfach klingen lassen, als ob Leute ständig einen essenziellen Teil ihrer Seele herumliegen lassen, aber ich habe keine Ahnung, was ich tun soll. Ganz zu schweigen davon, dass ich mich überhaupt nicht wohl damit fühle, Rache an irgendwem zu üben.

Lina bleibt offline und ich stecke mein Handy weg.

Wäre es nicht schön, versuche ich, mich zum dutzendsten Mal zu überzeugen, wenn Chris einen Teil dessen spürt, was ich spüre? All die Scham? Das Gefühl, defekt zu sein, überfordert, einsam? Würde es ihn vielleicht zu einem besseren Menschen machen? Tue ich ihm sogar einen Gefallen, wenn ich ihn verfluche?

Es klingelt. Verdammt. Ich fürchte, ich muss es durchziehen. Selina ist meine Freundin. Sie braucht mich. Ich darf das nicht vermasseln.

»Hey!«, sage ich und lasse meinen Rucksack auf Christians Tisch knallen, bevor er die Gelegenheit hat, seinen Kram einzupacken.

»Was?«, raunzt Chris.

»Ich – äh –, ich wollte mich entschuldigen, also für letztens – ihr wisst schon, meine Freundin war etwas … harsch.«

Chris und Lukas bleiben unbeeindruckt.

»Ja, jedenfalls – das wollte ich sagen.« Meine Finger schieben sich unter den Rucksack und tasten nach einem Stift oder einem Zettelchen oder einem Radiergummi oder so. »Ist wieder alles gut zwischen uns?«

Lukas lacht. Chris brummt: »Wer hat dir ins Hirn geschissen?«

»Äh – ich«, antworte ich, immer noch panisch nach etwas suchend, das Christians Seele beinhaltet.

»Was?«

»Ich – ich hab mir ins Gehirn geschissen. Wie gesagt, mir tut es echt leid. Ich hab Lina klargemacht, dass das nicht geht, so mit Leuten zu reden.«

»Boah, was kommst du mir mit irgendwelchen Entschuldigungen? Wir spielen nicht in derselben Liga, okay? Um mal das offensichtlichste Beispiel zu nennen: Du musst dich von einem Mädchen beschützen lassen.«

»Das stimmt natürlich, aber fürs Protokoll: Es ist ein sehr starkes Mädchen.«

»Fick dich, Felix.«

Ich greife meinen Rucksack, setze ihn auf und vergrabe beide Hände in den Jackentaschen. »Okay. Nette Unterhaltung. Danke.« Mit hämmerndem Herzen kehre ich auf dem Absatz um und laufe los, meine Füße haben beinahe die Schwelle des Klassenraums überschritten, als Chris plötzlich ruft: »Warte!«

Mit bemüht unschuldiger Miene halte ich an. »Ja?«

»Was hast du mit meinem Kuli gemacht?«

»Ich? Kuli?«

Christian kneift die Augen zusammen. »Mein Kuli lag gerade noch hier und jetzt ist er weg.«

»Oh, wow, das ist allerdings tragisch. Vielleicht ist er dir runtergefallen?«

Christian schweigt.

»Oder Luke hat ihn verbummelt?«, schlage ich vor.

Lukas, der nicht mitkriegt, was gerade passiert, erwidert in seinem typisch gedehnten Tonfall: »Das kann schon sein.«

»Siehst du? Rätsel gelöst!«, erwidere ich lächelnd. »Also dann – tschau!«

Ich stürze fast aus der Tür. Noch nie bin ich einmal durchs komplette Schulgebäude gerannt, doch heute halten meine Beine erst an, als ich drei Stockwerke zwischen mich und Chris gebracht habe. Schließlich, versteckt hinter einer Reihe Schließfächer, ziehe ich seinen Kugelschreiber aus der Jackentasche. Er ist aus Plastik und hat Bissspuren, wahrscheinlich steckt in den abgeknabberten Vertiefungen genug Sabber, um DNA für drei Spurensicherungsteams zur Verfügung zu stellen.

Was könnte dichter an seiner Seele dran sein als das?

☾☾☾

Diesen Nachmittag hat Papa früher Schluss, und ich finde ihn zusammen mit Emma in der Küche, wo sie Plätzchen backen. Auch in meinem Zimmer riecht es nach warmem Teig, Puderzucker und Zitronensaft, aber ich schließe meine Tür und versuche, alle Festlichkeit auf Abstand zu halten.

Ich muss mich konzentrieren. Selina will pünktlich zur Wintersonnenwende Kontakt zu den Geistern aufnehmen und sie um Hilfe bitten. Laut ihrer Theorie braucht wirksame Magie nicht nur symbolische Gegenstände, sondern auch einen symbolischen Zeitpunkt, weshalb wir uns am dunkelsten Tag des Jahres zusammenfinden müssen – und der ist schon morgen.

Mit einem dicken Seufzer schalte ich meine Leselampe an. Über meinen Schreibtisch verteilt liegen die Zeitungsartikel, die wir angefangen haben durchzugehen, jedoch ohne große Fortschritte. Nachdem Lina den Beweis für ihre Geisterthese gefunden hat, war jede Diskussion vorbei. Ich wollte es nicht vor ihr zugeben, aber ich bin weiterhin skeptisch.

Ja, nach den Fakten, die wir haben, sieht es so aus, als ob etwas Übernatürliches in diesem Haus sein Unwesen treibt. Ja, allein der Gedanke daran macht mir Angst. Kann ich mich deshalb hundertprozentig mit dieser Erklärung zufriedengeben? Nein.

Wir haben Fakten, doch was, wenn wir nicht *alle* Fakten haben?

Ich beginne meine Recherche am Tisch, mit einem Notizblock und einem gelben Textmarker bewaffnet, aber bald schon ziehe ich ins Bett um. Dort liege ich bis spätabends, nur unterbrochen von einem kurzen Abendbrot, und lese.

Die Villa *Theodora*, so viel wird schnell klar, hat eine lange Geschichte. Das wusste ich im Grunde schon. Gia hatte sie bei unserer ersten Nacht dort erwähnt – das Haus überstand zwei Weltkriege und einen kalten Krieg, nur um nun sang- und klanglos zu zerfallen. Was ich jedoch nirgendwo wiederfinde, ist die Geschichte der zwei Schwestern. Hat es sie überhaupt gegeben? Oder sind sie nur eine Legende, ein Schauermärchen, das zu gut zu der Villa passt, um es sich nicht auszudenken? Ich notiere mir, in einem Archiv nachzuschauen, sobald ich die Zeit habe, was wohl nicht demnächst sein wird. Dann wende ich mich wieder unserer Timeline zu.

Das Telefon ist das Zentrum unseres Rätsels.

Hier muss ich ansetzen.

Emma geht um acht ins Bett und kommt gute Nacht sagen. Papa schaut eine Stunde später rein, weil er weiß, dass ich noch auf bin, worüber er sich jedoch kaum wundert. Er gibt mir bloß den Tipp, bald Schluss zu machen. Das ist der Vorteil davon, ein Streber zu sein. Es ist die perfekte Tarnung.

Kurz vor elf döse ich ein paar Stunden ein. Dann mache ich weiter. Dann habe ich es endlich geschafft. Müde und mit schmerzenden Augenlidern hebe ich eine Liste hoch, auf der ich alle Daten und Uhrzeiten notiert habe, an denen das Telefon verrücktgespielt haben soll. Ich stehe auf und lege das dünne Papier direkt unter das Licht meiner Schreibtischlampe.

Für einige Minuten starre ich gebeugt darüber.

Ich schüttle den Kopf.

Es ergibt keinen Sinn.

Wir wissen bestimmt nicht von jeder Aktivität des Telefons, doch selbst, was ich bisher sehe, hat keinerlei Muster. Es ist total zufällig. Drei Anrufe genau hintereinander, mehrere Tage nichts, ein Anruf um vier Uhr morgens, einer mittags, einer halb drei Uhr nachmittags… immer, wenn ich glaube, ein System zu erkennen, kommt ein neuer Ausreißer.

Welcher Mensch hat so einen komischen Zeitplan? Wer kann überhaupt über Wochen hinweg einen Scherz dieser Tragweite aufrechterhalten? Und wozu? Was hat derjenige davon? Was hätte ein Geist davon? Es gibt kein Ziel, keine Message und keine Methode. Das Ganze ist so ohne jede Intention, es könnte aus einer Maschine stammen.

Frustriert schalte ich meine Lampe aus und lege mich – endlich – schlafen. Meine Träume sind unruhig und voller klingelnder Telefone, schreiender Geister und Selina, die in der Villa auf dem Küchentisch sitzt und in einem großen Hexenkessel rührt.

27

Am dunkelsten Tag des Jahres scheint die Sonne, wenn auch nur schwach. Ihr fahles Licht hat beinahe etwas Falsches: Die Gesichter der Menschen wirken darin ausgewaschen und traumgleich. Ich kämpfe mich durch den Vormittag, schreibe den letzten Test vor den Weihnachtsferien und fühle mich dabei immer mehr, als würde ein Fieber kommen, es braut sich über mir zusammen wie ein nahender Sturm. Erst der Sonnenuntergang bringt Erlösung: Die Luft kühlt meine Stirn und die Laternen springen an und tauchen alles in angenehmes Halbdunkel.

Ich fürchte, Selina hat mich endlich geknackt.

Trotz all meiner Bemühungen, rational zu bleiben, werde ich heute ein magisches Ritual abhalten. Nicht nur das. Ich werde jemanden verfluchen. Mir ist den ganzen Tag schon so übel. Der bloße Plan, einen Fluch auszusprechen, scheint genug zu sein, um mich in meinen Grundfesten zu erschüttern. Ich weiß nicht, was genau mit mir los ist, aber ich spüre die Wellen unseres Vorhabens, als hätte ich in der Zukunft einen Stein ins Wasser geworfen, der so schwer ist, dass ich dessen Aufprall sogar in der Vergangenheit spüren kann. Keine Ahnung. Vielleicht nennt man das eine Vorahnung. Oder vielleicht ist es einfach Angst.

Mein Schultag endet um sechzehn Uhr, nach dem Sportunterricht. Ich mache mich auf den Weg ins nächstgelegene Einkaufszentrum, um ein paar letzte Dinge zu besorgen. Im Deko-Laden kaufe ich schwarze Kerzen und in der Drogerie eine Packung Salz. Die Kerzen sind fürs Symbolische und das Salz, damit wir uns vor dem schützen können, was wir auf Chris loslassen wollen. Ich verstehe nicht, warum ausgerechnet Salz vor irgendetwas schützen soll, doch zumindest hat sich Selina diesen Kram nicht ausgedacht. Schon seit der Antike wird Salz benutzt, um böse Geister zu vertreiben. Das sollte mich beruhigen, nehme ich an. Normalerweise beruhigt mich jedenfalls die Gewissheit, dass ich gut recherchiert habe. Heute nicht.

Die Strecke zur Villa lege ich mit dem Rad zurück, obwohl ich hin und wieder anhalte, um nach rostigem Schrott Ausschau zu halten. Bis auf ein paar Hundehaufen finde ich jedoch nichts – und ich schaufle definitiv keine Kacke in eine Tüte und nehme sie mit, so wütend könnte ich gar nicht auf jemanden sein, dass ich das mache.

Selina hat hoffentlich auch darauf verzichtet, ihren Urin mitzubringen. (Das ist echt so ein Satz, von dem ich nie gedacht hätte, dass ich ihn mal formuliere.) Ich finde sie in der Küche der Villa, ihren großen Rucksack an die Brust gedrückt.

»Bereit?«, fragt sie, ohne jede weitere Begrüßung.

Nein, denke ich.

»Ja«, sage ich.

»Dann lass uns aufbauen.«

Der Küchentisch ist aus Holz, verblasste Ringe von Gläsern, die vor Jahrzehnten dort abgestellt wurden, leuchten im aufflammenden Kerzenlicht. Selina benutzt dieses Mal nicht den Labradorit, der immer um ihren Hals hängt. Tatsächlich benutzt sie heute gar keine Steine. Sie ist auch ernster als sonst, angespannt. Wir schieben die Kerzen in einen losen Kreis, dann stellt sie zwei leere Einmachgläser in die Mitte.

»Hast du etwas von Chris?«

Ich ziehe den angeknabberten Kugelschreiber aus meiner Jackentasche. Selina lacht nicht oder fragt, ob ich nichts Besseres finden konnte. Ich lasse den Kuli klirrend ins Glas fallen. Dann greift sie in ihren Rucksack und holt ein kleines Kuscheltier heraus, das sie in ihren Becher stopft. Große Plastikaugen drücken erschrocken gegen das Glas.

»Hat er mir mal geschenkt«, murmelt sie auf meinen Blick hin.

Ich habe keine Ahnung, was ich dazu sagen soll, also nicke ich stumm.

Wir setzen uns fast zeitgleich hin. Die Kerzenflammen zucken in der bewegten Luft. Wir warten, bis sie sich beruhigt haben. Selina kramt wieder in ihrem Rucksack und fördert eine Flasche Essig und ein paar vergammelte Schnürsenkel zutage. Sie stopft die Schnürsenkel zum Kuscheltier und gießt Essig über beides.

Ich verkneife mir die Frage, wessen Schnürsenkel das sind – ihre eigenen vom Unfall oder Daniels – und was sie symbolisieren sollen.

Mir ist wirklich doll übel.

Selina schaut mich erwartungsvoll an, doch ich habe nichts weiter mitgebracht. »Nur Essig für mich«, erwidere ich, als wären wir in einem Restaurant und ich wäre bescheiden bei meiner Bestellung.

»Okay.« Lina schiebt die Flasche zu mir herüber.

»Was soll ich jetzt machen?«

»Dein Glas mit Essig füllen.«

»Aber was dann?«

»Dann sprechen wir unsere Flüche aus.«

Ich zögere. »Klar«, sage ich. Die Flasche Essig steht vor mir. Ich traue mich kaum, sie anzufassen.

Jetzt komm schon, Felix, das ist kein Gift, denke ich. Chris wird nichts Schlimmes passieren.

Aber plötzlich bin ich immer unsicherer, was das angeht. Vielleicht liegt das bloß an der Atmosphäre in diesem Haus. Ich habe das komische Gefühl, beobachtet zu werden. Als es irgendwo in einem angrenzenden Raum knackt, fahre ich auf meinem Stuhl herum und stiere in den dunklen, langen Flur.

»Du bist geschützt«, flüstert Selina hinter mir. »Vergiss nicht, du hast einen Salzkreis um dich herum.«

Wenn es nur so einfach wäre, denke ich. Wenn alles, was ich in meinem Leben je gebraucht hätte, so ein blöder Salzkreis gewesen wäre. Wenn schreckliche Dinge nie hätten passieren müssen, wenn ich mich hätte schützen können. Schreckliche Dinge, die ich jetzt Chris wünsche.

»Fee.«

»Ja«, sage ich und drehe mich wieder um.

»Der Essig.«

»Ja.«

Ich schraube die Flasche auf und gieße mein Einmachglas voll, bis der Kugelschreiber bedeckt ist, kurz zappelt und nach oben steigt. Dort hängt er dann wie eine armselige Marionette.

Selina streckt nicht die Hände aus, damit wir einen Kreis bilden können. Stattdessen schließt sie einfach die Augen und sagt mit einer Stimme, die schwer klingt wie Blei: »Was Daniel König mir angetan hat, soll auf ihn zurückkommen.« Daraufhin verschließt sie das Glas mit einem Deckel.

»Du bist dran.«

Ich drehe mich wieder um. In meinem Rücken hat sich etwas bewegt. War es der Wind? Ein Geist? Einbildung? Es ist nichts zu erkennen außer Kerzenlicht und Schatten.

Mit einem tiefen Luftholen komme ich zurück zu meiner Aufgabe, obwohl ich am liebsten losrennen würde. Mein Handy klingelt gedämpft. Ich ignoriere es, umschließe das Glas mit den Handflächen und beginne: »Was … was Christian mir angetan hat …«

Meine Stimme bricht. Abrupt stoße ich das Glas von mir. Ein

Schwall Essig ergießt sich quer über den Tisch, den Fußboden – und Selina.

Sie starrt mich erschrocken an.

Ich greife auch ihr Glas, schraube es auf und schütte den gesamten Inhalt aus.

»WAS MACHST DU DA?«, schreit Selina. »WIESO HAST DU MEINEN FLUCH KAPUTT GEMACHT?«

»STOPP!«, entgegne ich ebenso laut. »HÖR AUF! STOPP!«

»Bist du wahnsinnig geworden?«

»Bist *du* wahnsinnig geworden? Meine Güte, was zum Teufel machen wir hier, Lina? Was er dir angetan hat, soll auf ihn zurückkommen? Ist das deine Lösung fürs Leben? Die ganze Scheiße einfach verdoppeln?«

Selinas Mund steht weit offen. Essig tropft von ihrer Kleidung. Tap, tap, tap.

»Ich kann das nicht! Ich will das nicht! Du liegst vollkommen falsch! Du kannst nicht – das geht nicht –, du kannst nicht so mit deinem Hass umgehen! Du kannst ihn nicht zu einem Pingpongball machen, den du durch die Gegend schießt, du – du bist so hasserfüllt. Das macht mir richtig Angst.«

Selina bleibt still.

»Ich weiß, was dir passiert ist, war schlimm«, fahre ich fort. »Aber war es wirklich *so* schlimm? Ich meine, war es schlimm genug, dass du diesem Menschen jetzt die Hölle an den Hals wünschen willst? Ich – Mann, ich hab meine Mutter verloren. Das war – ich weiß nicht mal, was ich dazu sagen soll. Aber geh ich rum und verfluche ihre Krankenschwester? Oder den Arzt? Oder meinen Papa, der nicht gecheckt hat, dass etwas falsch läuft, obwohl er medizinisch ausgebildet ist? Oder soll ich jetzt meine kleine Schwester verfluchen, weil ohne sie das alles nie – nein. Nein, Selina. Nein. Das ist nicht richtig.

Ich weiß, es ist scheiße, aber du musst Daniel vergeben – oder du hängst ewig in der Vergangenheit fest.«

Selina steht da wie eingefroren. Ihre Augen glänzen, verschwimmen, bis schließlich Tränen daraus fließen und stumm über ihre Wangen rollen.

Ich stoppe sofort. Mir fallen noch viele Dinge ein, doch ich kann nicht weitersprechen. Innerhalb weniger Sekunden ist dieses Mädchen mit den Algenhaaren, das sich von nichts beeindrucken oder ängstigen ließ, verschwunden. Stattdessen ist eine andere Person aufgetaucht, sie wirkt entwaffnend kampflos und ihr Schmerz überstrahlt sie wie eine Krone. Es ist ihr alles ins Gesicht geschrieben, so klar, dass ich kaum begreife, wie ich es nicht von Anfang an hatte sehen können.

Selina schließt die Augen. Sie schüttelt den Kopf. Immer wieder. Ihre Hände sind zu Fäusten geballt. Sie weint. Ihre Schultern heben und senken sich.

»Du meinst, es war nicht so schlimm?«

Ihre Frage hallt dünn und zitternd durch das Haus und erschreckt mich – als hätte ein Teil von mir nicht erwartet, dass sie überhaupt noch reden kann.

»Es war schlimm«, sage ich.

»Aber nicht *so* schlimm?«

»Ich weiß nicht.«

»Nicht schlimm genug, um auf Dan wütend zu sein.«

»Na ja, also, du kannst wütend sein, aber –«

»Aber nicht so.«

»J-ja.«

Unter den Tränen taucht ein dünnes Lächeln auf. »Verstehe.«

Erleichtert gehe ich ein paar Schritte auf sie zu. »Wirklich? Heißt das, wir lassen diesen Fluch jetzt sein?«

»Ja klar, immerhin hast du eh alles zerstört.«

»Es tut mir leid, dass ich so impulsiv war, ich –«

»Verpiss dich aus meinem Leben, Felix.«

»Was?«

Erst jetzt merke ich, dass Selinas Lächeln nicht ehrlich ist. Oder ein richtiges Lächeln. Eher eine enttäuschte Grimasse.

»Ich sagte, verpiss dich aus meinem Leben! Wenn du denkst, dass das hier ein Wettbewerb ist, dann hau ab!« Selina wischt sich die Tränen von den Wangen. »Du hast kein Recht, mir vorzuschreiben, wie ich mich fühlen soll. Oder wem ich vergeben muss.«

»Ich – das stimmt, es ist kein Wettbewerb, doch es gibt einen Unterschied zwischen Verarbeiten und Austeilen. Egal, wie unfair es ist, jeder muss seinen Schmerz mit sich selber ausmachen.«

Lina prustet. »Unglaublich. Du willst mir was von Verarbeiten erzählen? Mach mich ruhig zu diesem hasserfüllten Monster, wenn du willst, aber du bist nicht besser. Du bist der perfekte Märtyrer – und du willst es sein. Du willst dich für alle aufopfern und dich darin wälzen, was für ein tolles Wesen du deswegen bist. Aber weißt du, du bist genauso wütend und hässlich und eklig wie ich, du tust nur so, als wärst du was Besseres. Weil du einfach alles verdrängst. Sei halt wütend auf den Arzt, der deine Mama nicht gerettet hat. Sei wütend auf deinen Vater, der dich als Babysitter benutzt. Sei wütend auf deine Schwester. Wo ist das verdammte Problem? Oder bist du dann nicht mehr der perfekte Felix, der sich über alle anderen stellen kann?«

»Das ist« – wieder versagt meine Stimme und ich räuspere mich mühsam – »das ist *nicht*, was das hier ist.«

»Und was ist das hier?«

Ich suche nach einer Antwort. »Das – das hier bin ich. Der die Schnauze voll hat.«

»Mit anderen Worten: Die Schnauze voll von mir.«

Wir schauen uns an. Lina wartet. Ich will widersprechen. Nein, natürlich habe ich nicht die Schnauze voll von ihr. Immerhin mag ich sie. Immerhin verstehe ich sie. Dachte ich zumindest. Aber tatsächlich habe ich die Schnauze voll von ihrem Hyperfokus auf die Vergangenheit. Ich will nicht wütend und traurig sein. Ich will vergessen. Und sie lässt mich einfach nicht.

»Geh«, sagt Selina schließlich, als ich nur dastehe und meinen eigenen Gedanken zuhöre. Sie schreien so laut, dass ich mich kaum auf etwas anderes konzentrieren kann. »Wenn du die Schnauze voll von mir hast, dann geh.«

Das ist ein Test, flüstert ein leiserer Gedanke unter den lauten. Er geht im Chaos unter.

»Okay.« Ich greife meinen Rucksack. »Ich gehe.«

Selinas Lippen zittern kaum merklich. »Gut.«

Ich trete in den Flur, wo mir ein unerwartet kalter Stoß Luft entgegenschlägt – als wäre irgendwo ein Fenster oder eine Tür geöffnet worden. »Ach so.« Ich wende mich noch einmal um. »Versuch wenigstens, mich nicht zu verfluchen, wenn ich weg bin, okay? Das ist nämlich ziemlich lächerlich.«

28

Meine Füße hämmern auf die Gehwegplatten. Nachtluft betäubt mein Gesicht.

Was für eine unglaubliche Behauptung von Selina, ich wäre gerne das Opfer. Was für ein absoluter Mist. So etwas kann nur jemand sagen, der sich selber kaum versteht. Wieso habe ich geglaubt, das mit uns könnte funktionieren? Habe ich nicht gesehen, was sie mit jedem tut, der ihr in die Quere kommt? War ich wirklich so blind? Sie ist eine Hexe. Eine verbitterte alte Hexe.

Ich suche nach meinem Handy, um die Uhrzeit zu checken.

Dann fällt mir auf, dass ich fünf verpasste Anrufe habe, alle von Papa.

Wahrscheinlich fragt er sich, wo ich bleibe, aber selbst, wenn ich das erklären wollte, ich könnte es nicht. Was soll ich ihm erzählen? Dass ich von einem Ritual davongerannt bin? Mit klopfendem Herzen wähle ich seine Nummer.

»Felix?«

»Hey, Papa. Sorry, ich hab nach dem Sport getrödelt, aber ich bin schon auf dem Heimweg –«

»Emma ist im Krankenhaus.«

»Was?«

Papas Stimme klingt abgehackt durchs Telefon. »Emma wird gerade operiert. Ihr Blinddarm ist geplatzt. Anscheinend war er schon eine Weile entzündet, jedenfalls sind wir zur Notaufnahme gefahren und sie ist gut hier angekommen und du musst dir keine Sorgen machen. Ich bin im Wartebereich, und ich wollte nur Bescheid sagen, damit du dich nicht fragst, wo wir –«

»Warte. Moment. Was? Emma wird operiert?« Ich bleibe stehen. »Sie ist krank? Wie – wie kann das sein?«

»Manchmal sind die Symptome einer Blinddarmentzündung sehr diffus und entwickeln sich über einen längeren Zeitraum. Ich vermute, das ist hier passiert. Aber –«

»Wird sie – wird sie sterben?«

»Was? Nein.«

»Oh Gott, sie wird sterben.«

»Felix, nein –«

»Wie konnte ich das zulassen?«

»Felix!«

Papa redet weiter auf mich ein, doch ich fühle mich gleichzeitig betäubt und geblendet und als ob man mir in die Magengrube geschlagen hätte. In meinen Ohren schrillt ein Klingeln, das so schmerzhaft und laut ist, dass ich fast in die Knie gehe. Ich schaue mich panisch um. Ich brauche Hilfe. Ich brauche jemanden, der die Zeit zurückdrehen kann. Niemand ist auf der kleinen Nebenstraße zu sehen. Selbst wenn: Niemand kann die Zeit zurückdrehen. Aber irgendwer muss. Ist mir egal, ob es geht. Irgendwer *muss*.

Ich fange an zu rennen.

Papas Stimme dringt schwach zu mir durch. Irgendwo, in einer anderen Welt, redet er noch mit mir. Aber hier, jetzt, in diesem endlosen Moment sind seine Worte wie ein leiser Wind und die Wahrheit ist wie ein Sturm: Das ist alles meine Schuld. Ich wusste, dass Emma ständig Bauchschmerzen hatte, und ich habe es abgetan. Gott, schlimmer noch, ich habe Papa gesagt, dass sie simuliert. Was für ein Monster macht das? Wer glaubt einem kleinen Kind nicht? Wenn ihr jetzt etwas passiert, dann nur, weil ich es nicht verhindert habe.

Ständig passieren schlimme Dinge und nie tue ich etwas dagegen. Ich hätte heute da sein sollen und ich war es nicht. Ich war in dem beschissenen Haus. Warum läuft es immer wieder so? Bin ich ein Unglücksbringer? Oder will ich vielleicht insgeheim, dass schlechte Dinge passieren? Ist das der wahre Fluch, den ich heute nicht aussprechen konnte? Hat sich trotz meiner Kehrtwende etwas aus meinem Unterbewusstsein losgerissen, das nun alles zerstört, was mir teuer ist, weil ich es – tief in mir drinnen – so will? Bin ich nur zu feige, um es zuzugeben? Mein Gehirn steht in Flammen. Ich habe solche Angst. Ich habe solche Angst, dass ich schuld bin.

Keine Ahnung, an welchem Punkt Papa auflegt. Oder an welchem Punkt in der Zeit ich mich befinde. Ich bekomme kaum mit, wie ich mich bewege, wie ich einen Busfahrer anschreie, dass ich zum Krankenhaus muss, wie ich im Bus sitze, wie ich wieder renne, bis ich dort ankomme, wo ich nie wieder hinwollte, an meinen eigenen Ort maximaler Verzweiflung.

Die Krankenhaustüren gleiten auseinander.

»Felix!«

Im Foyer, noch bevor ich die Rezeption anschreien kann, stoße ich mit Papa zusammen, der anscheinend gerade auf dem Weg zu seinem Auto war. Sein Gesicht ist ein Schleier. Alles ist ein Schleier.

»Felix, Gott sei Dank! Was ist los? Du musst durchatmen. Tief durchatmen.«

»Ich habe – ich habe Mama umgebracht«, bringe ich heraus, während mein Hals zuschwillt und ich immer angestrengter nach Luft schnappe. »Und jetzt habe ich Emma umgebracht.«

»Felix, du hast niemanden umgebracht!«

»Du verstehst das nicht, vielleicht nicht direkt, aber ich bin schuld. Ich hätte es verhindern können. Ich hätte Mama – ich hätte es verhindern können – und ich – und ich habe es nicht getan.«

Papa antwortet nicht. Wahrscheinlich, weil er weiß, dass ich recht habe. Alles Schlimme, was mir je passiert ist, habe ich verdient, und er weiß es.

»Er hyperventiliert«, sagt jemand.

Plötzlich sind da Papas Hände auf meinen Schultern, und er manövriert mich einen Gang hinunter, und dann knistert dieses komische Papier unter meinen Oberschenkeln, das immer auf die Untersuchungsliegen beim Arzt gelegt wird. Jemand steckt mir einen kleinen Pulsmesser an den Finger.

»Ich kann tauschen«, sage ich zu niemand Bestimmtem. »Wenn ihr mich lasst, dann tausche ich mit Emma. Oder mit Mama.«

»Du bleibst schön an Ort und Stelle«, erwidert Papa.

Seine Stimme klingt weit weg und trotzdem dringt eine gewisse Unbeirrtheit hindurch. Papa öffnet meine Jacke. Ich spüre seine warme Hand auf meinem Bauch.

»Okay, du machst einfach, was ich sage, ja?«, murmelt er. »Atme in meine Hand. Einatmen. Ausatmen. Langsam. Pause. Einatmen. Ausatmen …«

Die Zeit läuft komisch. Gar nicht. Zu schnell. In großen, erstickten Brocken. Doch durch Papas Singsang geht sie irgendwann zurück auf Normal. Ich blinzle angestrengt.

Papa nimmt die Hand wieder weg.

Er setzt sich neben mich.

»Ich muss kurz schauen, wie weit Emma ist«, höre ich seine Stimme aus der Ferne zurückkehren. »Danach komme ich gleich wieder zu dir. Eine Kollegin passt solange auf dich auf.«

Papa geht.

Ich bleibe.

Es ist wie damals. Ich sitze und ich warte und Papa ist weg und die Welt geht tausendmal hintereinander unter.

»Möchtest du nicht rangehen?«, fragt die junge Frau, die mit mir im Zimmer geblieben ist.

»Was?«, antworte ich.

»Dein Handy hat gerade geklingelt.«

»Oh.«

Ihre Haare sind kurz und ihr Gesicht ist jung und sie scheint noch nicht lange hier zu arbeiten. Ein anderer Grund fällt mir jedenfalls nicht ein, warum sie sonst anfangen würde, von meinem Handy zu reden. Als ob das jetzt wichtig wäre. Trotzdem krame ich geistesabwesend in meiner Jackentasche.

Ben hat geschrieben:

hi hast du gerade zeit? Kann ich dich anrufen? Ich weiß du bist sauer und voll zu recht aber es ist wichtig.

Ich starre lange auf die Nachricht. Eigentlich denke ich nicht einmal darüber nach, was das zu bedeuten haben soll, dass Ben etwas Wichtiges besprechen muss. Ich bin auf Stand-by.

Nein, will ich antworten, lass mich einfach in Ruhe.

Dann kommt Papa zurück und es ist sowieso egal.

29

Meine Stirn liegt auf der weißen Bettdecke.

»Und das Ladekabel«, sagt Emma. »Nicht vergessen.«

»Dein Handy, dein Tagebuch, die Switch, Animal Crossing und das Ladekabel«, zählt Papa auf. »Roger. Hole ich sofort.«

»Animal Crossing ist schon in der Switch drin.«

»Alles klar, Schatz.«

»Musst du nicht extra suchen.«

»Mach ich nicht. Ich bin gleich wieder da. Kannst du hierbleiben, Felix?«

Ich nicke, ohne den Kopf zu heben. Tränen laufen meine Wangen runter, und ich will nicht, dass Emma sie sieht. Außerdem bin ich so erleichtert, wenn ich mich auch nur einen Zentimeter bewege, übergebe ich mich.

Emma ist endlich aufgewacht und in einem Doppelzimmer im Krankenhaus untergebracht. Der geplatzte Blinddarm wurde erfolgreich entfernt. Es ist gut gegangen. Obwohl ich versagt habe, ist es gut gegangen.

»Felix?«, fragt Emma.

»Ja?«, murmle ich in die Bettdecke.

»Das war ganz schön gruselig.«

»Ja. Stimmt. Fand ich auch.«

»Bleibst du die Nacht hier?«

»Ich muss fragen, ob ich darf.«

»Und wenn du darfst, bleibst du?«

»Ja.«

Papa kommt eine Dreiviertelstunde später mit einem großen Care-Paket für Emma wieder. Mittlerweile habe ich mich so weit beruhigt, dass ich zumindest nicht mehr weinen muss. Emma teilt Papa ihren Plan mit, dass ich bei ihr übernachte, der bringt ihn wiederum zur Stationsschwester, die uns eine Absage erteilt. Die Betten sind zu knapp.

»Meine Schicht beginnt um sechs«, verspricht Papa Emma zum Abschied. »Dann schaue ich bei dir vorbei.«

»Und ich komme nach der Schule«, sage ich.

Als wir das Krankenhaus verlassen, ist es mitten in der Nacht. Raureif knistert unter meinen Schuhen, während wir zum Parkplatz laufen.

Ich spüre Papas Blick in meinem Nacken. Er beobachtet mich. Ich höre ihn förmlich über das nachdenken, was ich gesagt habe. Aber davon war auszugehen. Wenn man mitten in einem Krankenhausfoyer herumschreit, dass man seine eigene Mutter umgebracht hat, lässt das die Leute wohl nachdenklich werden.

Gott, ich schäme mich.

Jetzt, als die Panik abnimmt, kann ich kaum glauben, wie ich mich verhalten habe. Ich war komplett außer Kontrolle – als ob das Wort »Krankenhaus« ausgereicht hätte, um irgendeinen Schalter in mir umzulegen, von dem ich bis jetzt nicht mal gewusst hatte, dass er existiert. Also vielleicht habe ich von ihm gewusst, ihn ein bisschen gefühlt, in den Tiefen meiner Seele; bin um ihn herumgetappt und habe mich bemüht, nicht darüber zu stolpern. Aber das hier, heute, damit habe ich nicht gerechnet.

Wir verbringen die Fahrt schweigend.

Nachdem wir vor unserem Block ausgestiegen sind, nimmt Papa mich lange in den Arm. Er lässt mich kaum los, bis wir in der Wohnung ankommen, und die Minute, die er die Hand von meiner Schulter nimmt, weiß ich, dass das unvermeidliche Gespräch beginnt.

»Was du da gesagt hast … vorhin«, beginnt Papa auch wie auf Kommando. »Darüber müssen wir reden, Felix. Ich wusste nicht, dass du so etwas denkst. Wie kommst du auf die Idee, dass du irgendeine Schuld an dem hast, was passiert ist?«

Ich zucke die Schultern.

»Du warst ein Kind.«

»Ja, ich weiß.«

»Du hast nichts – absolut nichts – falsch gemacht.«

»Das weiß ich auch. Keine Ahnung, ich hab Mist geredet. Vergiss es einfach.«

»Nein, das will ich nicht. Ich will, dass du mir erklärst, wieso du glaubst, dass du deiner Mutter etwas angetan hast.«

Ich seufze. »Wie gesagt, keine Ahnung. Ich hatte Angst um Emma. Es war Quatsch. Mir ist klar, dass ich Mama nicht … umgebracht habe. Sie hat Eklampsie gehabt. Ich weiß, was das ist. Ich hab's nachgelesen.«

»Na gut, dann weißt du rein logisch, dass es nicht so war, aber du scheinst ein anderes Gefühl zu haben. Oder?«

Ich antworte nicht sofort. Als ich eine Hand hebe, um mir übers Gesicht zu streichen, zittert sie. Papa bemerkt es und bugsiert mich in mein Zimmer und aufs Bett. Dann setzt er sich neben mich, mit dieser stillen, ruhigen Autorität, die er auch schon während meines Ausrasters ausgestrahlt hat. Ich kann nur spekulieren, dass sie von seiner Arbeit in der Notaufnahme herrührt. Was heißt, dass er gerade wirklich glaubt, dass es ernst ist.

»Es ist alles gut«, sage ich in einem schlappen Versuch, ihn vom Gegenteil zu überzeugen. »Ich hab mich nur erschreckt.«

Papa schüttelt den Kopf. »Das, was du vorhin durchgemacht hast, war kein kleiner Schreck. So etwas nennt man einen Flashback. Wenn ein altes Trauma aufgerührt wird, dann –«

»Ich hab kein Trauma.«

»Fee, wir haben etwas wirklich Furchtbares erlebt. Keiner von uns ist da ohne Trauma herausgekommen.«

»Es ist lange her.«

Papa greift nach meiner Hand. Widerwillig schaue ich ihm in die Augen. Ich sehe keine Tränen, nur tiefes Mitgefühl. Fast fürchte ich, in seine dunklen Pupillen zu stürzen, wenn ich noch länger hineingucke. Ruckartig wende ich den Kopf ab.

»Mir ging es genauso wie dir«, sagt Papa.

»Ich weiß.«

»Dir darf es schlecht gehen. Egal, wie lange es her ist. Schuldgefühle sind oft nicht das, was sie vorgeben zu sein. Du denkst, du hättest etwas ändern können. Du denkst, das ist es, was dir dieses nagende Gefühl sagen will. Hättest du aber nicht. Du bist nicht Gott. Du bist kein Hellseher. Dein Schuldgefühl ist nicht die Realität, es ist verirrte Trauer. Verdrehte Liebe. Es ist ein bisschen wie ein Fluch.«

Bei Papas letztem Wort zucke ich zusammen. »Aber ich bin verantwortlich.«

»Nein.«

»Für Emma schon.«

»Nein. Emma ist mein Kind. Nicht deins.«

»Aber ich bin der große Bruder.«

»Das heißt nicht, dass du verantwortlich für sie bist. Wenn jemand ihre Bauchschmerzen früher als Problem erkannt haben sollte, dann ich.«

»Aber ich bin eben doch verantwortlich«, beharre ich. Langsam steigt eine eigentümliche Verzweiflung in mir hoch. »Oder wer hat sie die meiste Zeit gesehen? Wer hat ihr Essen gemacht? Wer hat sie zur Schule gebracht und abgeholt? *Ich.* Ich war das. Ich *war* verantwortlich!«

Papa schweigt. Keine Ahnung, was ich überhaupt von ihm hören will. *Ja, Felix, stimmt, du hast verkackt?* Warum will ich darauf hinaus? Warum ist mir das wichtig? Warum fühlt es sich fast unfair an, dass er mir nicht die Schuld gibt? Ich habe doch all diese Sachen gemacht. Ich war Emmas Ersatz-Mutter und manchmal war ich sogar sehr stolz darauf. Dass ich das hinkriege. Dass ich diesen riesigen Stein gehoben bekomme. Warum will Papa mir das nehmen? Warum ist das überhaupt eine Angst von mir? Was zum Teufel ist los?

»Es tut mir leid«, sagt Papa, und dieses Mal sehe ich Tränen in seinen Augen funkeln, »es tut mir wirklich leid.«

»Was?«

»Ich habe es dazu kommen lassen, dass du so viel für Emma da sein musst.«

»Das fällt dir aber früh auf!« Plötzlich bin ich auf den Beinen. »Wo war diese Einsicht an Halloween, als ich sie die ganze Zeit mit mir rumschleppen musste? Oder gestern beim Abendbrot? Oder vorgestern? Oder – jeden einzelnen Scheißtag? Weißt du, was die Mutter von Emmas Freundin immer zu mir sagt, wenn ich sie abhole? *Felix ist ja so vernünftig! Wenn er aufpasst, machen wir uns nie Sorgen.* So ein Bullshit! Da siehst du, was passiert, wenn ich aufpasse. Ich hab überhaupt keine Ahnung! Und du hast mich all die Jahre einfach machen lassen! Dabei hab ich … dabei hab ich überhaupt keine …« – meine Stimme beginnt zu schwimmen, und meine Beine werden weich; vernichtet sinke ich zurück aufs Bett – »… dabei hab ich doch überhaupt keine Ahnung, was ich tue.«

Ich fange an zu weinen. Papa fängt an zu weinen. Wir sitzen nebeneinander, schluchzend, wortlos, wie zwei aufgelöste Häufchen Elend.

In gewisser Weise hatte ich immer Angst vor diesem Moment, wo die mühsam aufgebauten Mauern fallen. Weil Papa recht hat. Und Selina. Sie sagte, mir wäre etwas Schlimmes passiert. Und sie hat recht. Es ist etwas Schlimmes passiert, und es ist ein Teil von mir, und ich will es nicht wahrhaben, denn dann wird es real, und dann tut es weh, und ich könnte um mich schlagen, und, am schlimmsten, die ganze Zeit, die vergangen ist, die ich mich durchgekämpft habe, fühlt sich an, als hätte ich sie nie hinter mich gebracht. Was ist, wenn ich anfange, den Schmerz anzuerkennen und er dann nie wieder aufhört? Wenn ich anfange zu weinen und einfach nie mehr stoppen kann?

Papa hält meine Hand. Ich erinnere mich nicht daran, wie er sie gegriffen hat. Ich spüre seine Traurigkeit in den Fingern. Und dann, ganz langsam, ohne den Zwang, mit dem ich meine schlechten Gefühle oft abzuwehren versuche, spüre ich seine Traurigkeit sinken. Er wird ruhig und er bleibt bei mir und ich heule weiter und er wartet geduldig und irgendwann spüre ich meine Traurigkeit auch zurückgehen. Und ich merke, dass das bodenlose Fass, vor dem ich all die Jahre Angst hatte, doch einen Boden hat.

30

hi felix, hier ist gigi. Können wir uns in der hofpause treffen? Bitte?

Ich lese die Nachricht, dann stecke ich das Handy weg und starre wieder an die Decke meines Zimmers. Unsere Wohnung ist zu still ohne Emma, vor allem am frühen Morgen. Meine Gedanken können sich ungehindert ausbreiten, niemand lenkt mich davon ab.

Auf meiner Brust liegt ein Fossil, das ich vom Fensterbrett genommen habe, es ist etwas staubig, und ich spüre sein Gewicht wie ein Talisman auf meinem Oberkörper.

Gib mir meinen Gleichmut zurück, denke ich und schließe beide Hände ums Fossil, erinnere mich daran, dass meine Probleme in drei Millionen Jahren egal sind.

Ich öffne meine Hände, doch ich bin noch immer wütend.

Obwohl Papa sich gestern entschuldigt und sogar versprochen hat, unseren Alltag umzustrukturieren, damit ich nicht mehr so viel auf Emma aufpassen muss, bin ich wütend. Auf ihn, der sich alle Mühe gibt. Auf die Situation, von der ich fürchte, dass sie sich nicht ändern kann, wo wir Papas Gehalt doch so dringend brauchen. Auf die Welt.

Das Fossil rutscht von meinen Rippen, als ich mich ruckartig aufsetze. Ich halte es hier drinnen nicht mehr aus. Scheiß auf Ben und Gia und was auch immer sie von mir wollen, ich werde heute nicht zur Schule gehen. Sollen sie sich halt wundern oder ärgern oder was auch immer. Ich muss an meinen Lieblingsort.

☾☾☾

Wenn ich könnte, stünde ich jetzt am Meer, knietief zwischen den Wellen, und würde im Sand nach Muscheln und Versteinerungen suchen. Der Wind würde mir ins Gesicht peitschen und das Schnauben und Toben der Brandung würde all die verwirrenden Gefühle aus meinem Kopf spülen. Blöderweise liegt Berlin nicht am Meer und das Nächstbeste, zumindest für mich, ist das Naturkundemuseum.

Gedämpftes Licht fällt durch ein hohes Glasdach und in die Halle mit den Dinosaurierskeletten. Der Brachiosaurus ist ein alter Freund von mir, sozusagen. Ich besuche ihn mindestens einmal im Jahr. Allerdings ist es nicht ganz fair, den Brachiosaurus so herauszuheben. Jeder findet Dinos faszinierend. Sie sind riesig und Furcht einflößend und bringen viel Aufmerksamkeit, aber am beeindruckendsten finde ich eigentlich die Fische und Mollusken, die in den unscheinbaren Vitrinen zu den Füßen der Dinos ausgestellt sind. Sie sind die wahren Helden. Dinos kamen in eine belebte Welt, doch als die Fische das Meer verließen, waren sie die ersten. Diesen Gedanken fand ich schon immer gruselig: Die Meerestiere mussten aus ihrem gewohnten Lebensraum hinausgehen in eine unbekannte, leere Welt. Sie mussten das ganze Leben neu lernen. Wie verrückt ist das? Klar, wissenschaftlich gesehen vereinfache ich gerade einen endlos langen Prozess, aber ich komme nicht von diesem Bild los: Das erste Tier kriecht aus dem Wasser und kämpft sich an Land, und niemand ist da, um ihm zu sagen, was nun passieren wird. Es muss mutig sein und alleine laufen lernen.

Ich starre in die Vitrine, im Glas spiegelt sich mein Gesicht.

Als Mama gestorben ist, war ich dieser Fisch. Ich bin an eine unbekannte Küste geworfen worden, deren Luft ich nicht einmal atmen konnte. Trotzdem musste ich einen Weg finden zu überleben. Das ist nicht schwach oder peinlich, im Gegenteil, es erfordert Kraft. Vielleicht war ich nie dieser hilflose Blobfisch, um den sich die Leute versammeln und angeekelt fragen: »Was ist das denn?« Vielleicht bin ich schon immer ein Tiktaalik gewesen – der erste Fisch, der das Wasser verließ und den Mut gefasst hat, laufen zu lernen.

Meine Füße tragen mich irgendwann aus der zentralen Halle hinaus, in angrenzende Räume, die weniger dicht besucht sind. Sobald ich die Mineralien-Sammlung erreiche, bleibe ich stehen. Hier reihen sich hölzerne Ausstellungsschränke aneinander, hinter blitzblankem Glas liegen alte Schilder mit den Bezeichnungen noch viel älterer Steine.

Ich muss an Selina denken.

Steine sind unser Ding gewesen. Obwohl wir aus zwei total unterschiedlichen Richtungen gekommen sind, konnten wir uns beide für ein Stück Lapislazuli begeistern. Das ist richtig dämlich und richtig wunderbar zugleich.

Ich schlendere die einzelnen Reihen entlang auf der Suche nach dem unverkennbaren Ultramarin unseres Lieblingssteins. Nachdem ich ihn gefunden habe, bleibe ich stehen und krame in meinem Rucksack, bis ich das Glas von Selinas Geschenk unter meinen Fingern fühle. Seit sie mir den Spell-Jar gegeben hat, trage ich ihn durch die Gegend, aber so richtig darüber nachgedacht habe ich nie.

Der Lapislazuli symbolisiert Freundschaft. Außerdem Ehrlichkeit, Selbsterkennen, Optimismus und diesen Quatsch, den nur Esoterik-Fans ernst nehmen können. Und Selina natürlich. Sie muss gewusst haben, was der Stein bedeutet, als sie ihn mir geschenkt hat. Ein Kribbeln breitet sich in meinem Magen aus, während ich die Phiole ins träge Wintersonnenlicht halte.

Was hat sie gesagt, was der Sinn vom Spell-Jar war? Freude in schlechten Zeiten? Oder die Erinnerung an schlechte Zeiten – nee, an gute Zeiten *in* schlechten Zeiten –, jedenfalls war da etwas mit Erinnerung und etwas mit uns beiden. Selina und mir. Das hat sie nur leise hinterhergeschoben, und ich war unsicher, ob ich es überhaupt richtig gehört habe.

Ich verstaue das Glasgefäß in meiner Jacke, und doch spüre ich seine Anwesenheit, als hätte ich ein kleines Vögelchen eingesteckt, das nun in meiner Tasche nistet. Die tief stehende Sonne trifft das Regal mit dem ausgestellten Lapislazuli; er strahlt so grell, dass ich die Augen schließen muss, und für einen Moment lang ist alles blau und gold, Licht und Wärme, fernes Lachen und Fußgetrappel.

Dann öffne ich langsam die Augen.

Vielleicht ist Selinas Magie wirksamer, als ich dachte.

Hi, Gigi, was ist los?
Hofpause geht klar.

31

Gigi und Ben sind nicht schwer zu finden. Bens Haare glänzen in einem frisch gefärbten Krähenschwarz und Gigis Make-up ist knallpink.

Die beiden erwarten mich mit ernsten Gesichtern.

»Felix«, sagt Ben.

»Hi«, erwidere ich.

Für einen Moment herrscht angespannte Stille. Es war einfacher, auf Ben sauer zu sein, als ich ihm nicht gegenüberstehen musste. Jetzt frage ich mich, ob er sich noch einmal entschuldigen will und wie ich dann nicht sofort einknicken soll.

»Wir haben etwas herausgefunden, das wir dir zeigen müssen«, fährt Ben stattdessen fort.

»Oh, okay.«

Gigi holt ihr Handy hervor und beginnt zu tippen. »Hier.« Sie dreht mir den Bildschirm zu. »Schau dir das an.«

Auf ihrem Handy startet ein Videoclip und mein Magen sackt abrupt in die Knie. Diesen alten Dielenboden würde ich überall wiedererkennen: Das ist die Villa. Jemand tritt aus dem Off ins Bild. Wieder sackt mein Magen ein Stück tiefer.

»Chris«, murmle ich. »Was macht er da?«

Eine steile Holzleiter befindet sich im Hintergrund. Der Aufstieg zum Dachboden. Chris erklimmt die ersten paar Sprossen, dann streckt er den Arm aus und angelt nach einem Lampenschirm. Sein blöder, wichtigtuerischer Karabinerhaken mit den tausend Schlüsseln rutscht unter dem Pulli hervor. Er lässt etwas Kleines, Schwarzes in die Schale aus Milchglas fallen.

»Was ist das?«, frage ich.

»Ein Bluetooth-Speaker«, antwortet Ben.

»Aber wieso …?«

Chris holt sein Handy hervor. Eine Weile schauen wir ihm dabei zu, wie er abwechselnd scrollt und dann zu dem Lampenschirm hochschaut.

»Man kann es hier draußen nicht gut hören«, sagt Gia. »Aber er spielt Geräusche auf dem Speaker ab.«

»Was für Geräusche?«

»So Horror-Soundeffekte. Stimmen. Flüstern. Knacken. Poltern. Kannst du überall runterladen.«

Mein Mund wird trocken.

Stimmen, die aus dem Nichts kommen und einfach nicht zu lokalisieren sind. Ferne Geräusche, die viel zu nah klingen.

Kein Wunder, dass Lina und ich nie etwas gefunden haben. Wir sind nicht auf die Idee gekommen, nach einem verdammten Lautsprecher direkt über unseren Köpfen zu suchen.

»Gleich kommt deine Freundin.«

Tatsächlich dauert es nicht lange, bis Chris innehält, lauscht und rasch aus dem Bild verschwindet. Keine Minute später steigt Selina die Treppe hoch. Sie hat ihren großen Rucksack dabei und sieht irgendwie niedergeschlagen aus. Sie erklimmt die Leiter zum Dachboden.

»Spul mal vor«, sagt Gia.

Ich folge Gias Hinweis mit klopfendem Herzen.

Eine Weile passiert nichts, dann taucht Selina wieder auf, mit großen Augen. Sie schaut sich um. Steigt zurück unters Dach. Wieder folgt minutenlange Bewegungslosigkeit, zusammengerafft auf einige quälende Sekunden. Dann komme ich. Oh mein Gott, wird mir klar, das ist der Tag, als Selina mich wegen der Geister angerufen hat. Ich habe meinen Rucksack dabei und wir reden und Lina umarmt mich. Sobald sie loslässt, kann man kurz erkennen, wie überrascht ich bin.

»Ihr seid ein hübsches Paar«, bemerkt Ben.

Ich weiß nicht, was ich darauf sagen soll und warum Ben so zerknirscht klingt, aber er hat recht – auf Gigis Handy sehen wir aus wie ein Paar. Selina und ich passen auf absurde Weise zusammen, wie wir so dastehen und aufeinander einreden. Video-Ich fängt an, Kreise im Flur zu drehen, die Ohren gespitzt. Schließlich drücke ich Lina eine Packung Tee in die Hand und wir hauen ab.

Ich lasse das Handy sinken.

»Ist das die einzige Aufnahme?«, frage ich, obwohl ich die Antwort ahne.

»Nein.« Gia nimmt mir das Handy ab. »Chris hat euch ständig gefilmt und verarscht.«

Ein ekliges Gefühl kriecht über meinen Rücken. Es ist nicht so, dass Lina und ich in diesem Haus irgendeine Geheimoperation abgehalten oder halb nackt rumgemacht haben oder so. Trotzdem. Chris hat eine Grenze übertreten. Hätten wir etwas gemacht, wäre es jetzt auf Band.

»Das ist nicht okay«, flüstere ich mit zitternder Stimme und stelle erschrocken fest, dass ich schon wieder wütend bin. Richtig doll wütend sogar. »Was für ein Arschloch. Wie – wie seid ihr da herangekommen?«

»Na ja, nachdem deine Freundin Chris beschimpft hat, sind wir nachdenklich geworden. Gigi hat Melanie gefragt, ob es stimmt, was sie erzählt hat. Also dass Chris und Luke sie ständig ohne ihr Einverständnis in blöde Pranks verwickeln. Und sie hat es erst runtergespielt und nicht zugeben wollen, aber dann fing Mel an zu weinen, und alles kam raus – anscheinend sind die lustigen Videos von Chris hinter der Kamera weniger lustig. Er ist richtig pushy und berechnend, wie er das Ganze aufsetzt. Ich dachte immer, das wäre alles spontan und alle hätten Spaß, aber wenn sogar Mel Angst hat, davon zu erzählen – egal. Ich bin los und hab seine Karte geklaut.«

»Oh.« So etwas hätte ich nicht von Ben erwartet. Christian ist ein Freund von ihm. »Das – das war ganz schön riskant.«

Ben zuckt mit den Schultern. »Passt schon. Chris hat sich gerade erst eine neue gekauft. Wahrscheinlich hat er eh tausend Kopien und kriegt gar nicht mit, dass etwas fehlt. Außerdem hat Melanie etwas Besseres verdient. Und – du auch. Aber dich und deine Freundin haben wir erst entdeckt, als wir die Karte durchgegangen sind. Ich glaube, Chris sammelt Material für ein Video, das er hochladen will.«

»Über das Haus?«

»Ist unsere Theorie, ja.«

Bens Theorie klingt logisch, doch ich habe das ungute Gefühl, dass sie nur die halbe Wahrheit abdeckt. Ich weiß mittlerweile, wie Rache aussieht: passioniert, dramatisch und ein kleines bisschen hinterhältig. Und das hier schmeckt verdammt nach Rache.

»Selina hat ihn provoziert«, überlege ich laut. »Vielleicht will er es ihr heimzahlen – sie erschrecken, wie sie ihn erschreckt hat. Obwohl er natürlich nie zugeben würde, dass er Angst empfinden kann.«

»Meinst du den Weihnachtsmarkt?«, fragt Gigi.

Ben, der mich bis jetzt geradeheraus angeschaut hat, blickt auf den Boden, seine Ohren werden rot. Wir wissen alle, wie unser Zusammentreffen vor dem Weihnachtsmarkt verlaufen ist.

Ich reiße mich zusammen und ignoriere Bens Reaktion. »Nein. Also ja. Aber sie hat ihn schon vorher ordentlich durcheinandergebracht. Ich weiß nicht, ob ihr es mitbekommen habt: Ich hatte seine Kamera an Halloween im Haus liegen lassen. Selina hat sie gefunden und ihn – na ja – auch reingelegt. Sozusagen. Irgendwann muss er gecheckt haben, dass mein Gerede von dem Mädchen im Haus keine Lüge war.« Ein Schaudern überzieht meinen Nacken. »Er hat uns echt schon ewig beobachtet.«

»Warte, was hat Selina gemacht?«

»Seine Karte formatiert und ein Video von einem blutüberströmten Totenkopf aufgenommen, damit er sich von dem Haus fernhält.«

Ben schaut auf. Gigi blinzelt. Dann fangen beide an, lauthals zu lachen. »Ich mag dieses Mädchen!«, prustet Gigi. »OMG, stell dir sein Gesicht vor! Ja, das hat ihn definitiv fertiggemacht.«

»Eins verstehe ich trotzdem nicht«, sage ich, sobald die beiden sich wieder beruhigt haben. »Wieso hat Chris angefangen, die halbe Nachbarschaft mit dem Telefon anzurufen? So sind wir doch erst auf das Haus aufmerksam geworden.«

Bens Lächeln verblasst. »Hm«, macht er nachdenklich. »Keine Ahnung, ehrlich gesagt. Das dämliche Telefon hatte ich schon komplett gelöscht.«

»Das sind wirklich viele Anrufe, die da rausgehen. Eigentlich zu viele für eine einzige Person, die hin und wieder dort einsteigt. Lina und ich haben das recherchiert. Wenn Chris keinen Roboter gebaut hat, der ständig das Telefon benutzt, dann verstehe ich echt nicht, wie er das gemacht haben soll.«

»Er hat nichts mit dem Telefon zu tun«, sagt Gia.

»Woher willst du das wissen?«, erwidert Ben.

»Weil ich es war, die ihn auf die Villa aufmerksam gemacht hat, und da war das mit den Anrufen schon in Gang.«

»Vielleicht hat er nur so getan, als wäre es etwas Neues für ihn? Sich dumm gestellt? Vielleicht ist das alles ein großer Prank von ihm und Luke?«

»Nee, sorry, Benni, aber da traust du ihm zu viel zu. Du erinnerst dich, dass er sich sogar verlaufen hat, als wir uns Halloween getroffen haben? Wegen der neuen Baustelle? Die müsste er doch sonst gekannt haben.«

»Er ist eben ein guter Schauspieler«, beharrt Ben. »Also ich wette, er hat das Telefon benutzt, um Felix und Selina noch mehr Angst einzujagen. Das – oder es gibt wirklich Geister.«

Gia verstummt, doch mir missfällt die Richtung, in die unsere Überlegungen gehen. Geister sind ein Totschlagargument. Man könnte alles mit ihnen erklären, ohne irgendetwas wirklich erklärt zu haben. Vielleicht gibt es sie, vielleicht gibt es sie nicht, aber so oder so: Die Welt ist kompliziert. Zu kompliziert für eine Erklärung, die kaum länger ist als eine kurze Insta-Story.

»Moment«, sage ich, plötzlich aufgeregt. »Die Welt *ist* kompliziert! Kann ich das Video noch einmal sehen?«

Verwirrt gibt Gia mir ihr Handy. Der Clip ist noch offen. Ich stelle die Lautstärke hoch und halte das Telefon dicht an mein Ohr, während ich Christian erneut alles für seine Überwachung vorbereiten lasse. Ja. Da ist es. Das Geräusch, wenn er sich nach dem Lampenschirm streckt und sein Schlüsselbund unter dem Pullover hervorrutscht, kenne ich. Ein helles Klimpern.

»Okay.« Ich schalte das Video aus und fixiere Ben und Gia. »Ich habe eine neue Theorie. Chris hat das Telefon mindestens einmal benutzt, nämlich um mich anzurufen. Ich habe seinen Schlüsselbund gehört. Ben hat recht, er will mir Angst einjagen. Und Lina. Aber er hat nicht mit den Anrufen angefangen.«

»Wer dann?«

»Das Telefon hat angefangen.«

»Was?«

»Es wird wieder in der Gegend gebaut, oder? Möglicherweise wurde irgendwo Strom angestellt, der vorher ausgeschaltet war. Das

Telefon hat ganz einfach einen Defekt und wählt von alleine. Deswegen sind die Anrufe auch so zufällig, wie von einer Maschine! Wir müssen nur den Anfang der Bauarbeiten mit dem Anfang der Anrufe vergleichen, und – voilà: Ich wette, dann haben wir des Rätsels Lösung. Den Rest hat einfach unser Durst nach guten Geschichten erledigt.«

Ben und Gia starren bloß. Vielleicht liegt es daran, dass sie den Großteil der Recherchen verpasst haben, doch sie sind nicht so aufgeregt, wie Selina es jetzt wäre. Obwohl ein defektes Telefon nicht dasselbe Flair hat wie ein Geist, bin ich mir sicher, dass Selina meine Euphorie teilen oder mir zumindest mit derselben Energie widersprechen würde. Wir würden uns sofort daranmachen, diese neue These zu überprüfen, entweder mit Recherche oder mit der Hilfe von irgendjemandem, der sich besser mit Technik auskennt als wir. Wir würden … Mann, ich vermisse unsere Diskussionen.

Ich vermisse Selina.

Die Wintersonnenwende hat alles verändert. Sind wir uns vorher nur hin und wieder auf den Nerv gegangen, ist an diesem Tag plötzlich die Erde aufgebrochen. Eine Schlucht hat sich zwischen uns aufgetan. Selina will sich durch den Bodensatz ihrer Traurigkeit wühlen, sie will rasen und sie will zerstören. Ich will einfach weitermachen. Wie soll das je funktionieren?

»Wir müssen sie warnen«, murmle ich trotz meiner Zweifel. »Selina weiß nichts von Chris; sie wird ihm direkt in die Falle laufen.« Dann füge ich, mehr zu mir selber gewandt, hinzu: »Falls sie mir überhaupt zuhört.«

»Wieso sollte sie das nicht?«, fragt Ben.

Ich suche verlegen nach Worten und Gia hebt die Augenbrauen. »Gibt es etwa Ärger im Paradies?«

»Sozusagen«, weiche ich aus.

Geh, hat Selina gesagt, als wir uns das letzte Mal gesehen haben. *Wenn du die Schnauze voll von mir hast, dann geh.*

Ich bin gegangen, oder? Ich dachte, ich habe recht, immerhin hat Lina sich total irrational verhalten. Jemanden verfluchen – was für ein Blödsinn. Was ich vergessen habe, ist, dass ich gar nicht an Flüche glaube. Und dass es vielleicht nicht darum geht, recht zu haben.

Es klingelt zum Ende der Hofpause. Ich hebe den Kopf und schaue mich um. Niemand scheint es zu hören, aber ich habe das komische Gefühl, dass gerade ein Countdown gestartet ist. Vielleicht stimmt das sogar. Das Jahr endet bald und die Ferien beginnen und Chris wird erst recht Zeit haben, Selina hinterherzuspionieren und sein Video zu vervollständigen. Ich glaube kaum, dass Lina es schätzen würde, auf seinem Prank-Kanal zu landen.

»Falls Lina mich ignoriert, wovon ich leider ausgehe«, fahre ich nach einer langen Pause fort. »Dann muss ich Chris wohl oder übel eine Kostprobe von seiner eigenen Medizin geben.«

Mein Satz verklingt, Ben und Gia starren mich an, und ich merke erschrocken, dass ich mich wie Selina anhöre. Als würde ich jetzt eine persönliche Vendetta gegen Chris starten.

Schließlich fragt Ben: »Okay, was hast du vor?«

32

Wie ich es mir gedacht habe, antwortet Selina nicht. Seit Mittwoch rufe ich ständig an und texte sie mit Nachrichten zu, alle mit Variationen von: *Chris filmt dich. Geh nicht ins Haus.* Doch meine Anrufe landen jedes Mal auf der Mailbox und keine Nachricht wird gelesen. Ich fürchte, sie hat mich geblockt. Das wäre jedenfalls ihr Stil.

Grübelnd hocke ich vor meinem Laptop und gehe unterschiedliche Soundbites durch. Als ein hochgestochener Schrei durch meine Lautsprecher dringt, dauert es keine drei Sekunden, bis Papa in meiner Tür steht.

»Ist alles in Ordnung?«, keucht er.

»Ja.« Ich regle die Lautstärke runter. »Sorry. Ich hab nur … nur was für die Schule gemacht.«

»Du musst für die Schule schreien lernen?«

»Das war ich nicht, ich hab nur ein Video geguckt.«

Papa wirft mir einen langen, skeptischen Blick zu, dann schließt er die Tür, selbstverständlich nicht ohne Erinnerung daran, dass Emma Ruhe braucht, um sich von ihrer OP zu erholen. (Was ihm entgeht, ist, dass Emma schon wieder länger Animal Crossing spielt, als ich die Augen offen halten kann. Gott sei Dank.)

Die entscheidende Frage ist nun, ob Chris sich eher von einem markerschütternden Schrei oder von Wolfsjaulen und Kratzgeräuschen beunruhigen lassen würde. Jemandem Angst einzujagen ist eine ganz schön persönliche Sache, merke ich langsam. Würde ich Chris besser kennen, könnte ich umso tiefer unter seine Haut gelangen. Andererseits will ich gar nicht tief unter seine Haut. Eigentlich will ich ihm überhaupt nicht nahekommen, nicht mehr jedenfalls. Aber dafür ist es jetzt zu spät – und ich kenne Christian wenigstens gut genug, um ihn ein bisschen in den Wahnsinn zu treiben.

Ich verbringe eine weitere angestrengte Stunde vor dem Bildschirm, dann klappe ich meinen Laptop zu und schaue auf die Uhr. Es ist kurz nach acht, am Tag vor Heiligabend, und es ist Neumond. Ben hat mir vor wenigen Stunden ein Daumen-hoch geschickt, was bedeutet, dass er den Köder gelegt hat. (Ben hat mehr Spaß an der ganzen Sache, als ich gedacht hätte; er bestand auch darauf, einen – wie er es ausgedrückt hat – *Köder zu legen* und nur mit Emojis darüber zu kommunizieren, als wären wir die auffälligsten Spione überhaupt.) Lange Rede, kurzer Sinn: Die Nacht ist da und es geht los.

☾☾☾

»Wusstest du, dass der Neumond traditionell eine Zeit der Wiedergeburt symbolisiert?«, flüstert Ben. Sein Atem kribbelt auf meinem Nacken, und ich muss mich davon abhalten, mit den Fingern über das warme Stück Haut zu streichen.

»Ja«, entgegne ich. »Deswegen wollte ich, dass wir es heute machen.«

»Du denkst echt an alles.«

»Hört auf zu flirten, sonst verratet ihr unser Versteck«, mischt sich Gia ein, die hinter uns hockt. »Und lehnt die Tür an, man kann eure Rüben sehen.«

Ich will erklären, dass wir definitiv nicht flirten, aber zugleich kommt es mir bescheuert vor, extra darauf hinzuweisen. Ben und ich reden noch nicht lange wieder miteinander, da will ich nichts Falsches sagen. Es ist seltsam genug, wie es ist, vor allem, weil sich noch nie jemand so oft bei mir entschuldigt hat wie Ben. Er gestand mir sogar, dass er mich seit Halloween unbedingt kennenlernen wollte, egal, welchen vorurteilsbeladenen Mist – seine Worte – er vorher gedacht hatte. Statt einer Antwort begnüge ich mich also damit, die Badezimmertür so weit ins Schloss zu drücken, dass nur noch ein dünner Spalt offen bleibt. Wir hocken im ersten Obergeschoss der Villa und müssen dabei aussehen wie ein Verbrecher-Trio aus einem Comic. Ben ist ganz in Schwarz gekleidet (gut, das ist nichts Neues) und Gia hat ihre Haare unter einer Wollmütze versteckt. Wir beobachten den berüchtigten Lampenschirm, eine milchig weiße Schale, die unschuldig unter der Decke hängt.

Wieder ertönt Bens Stimme ganz nah an meinem Ohr. »Er ist zu spät. Steht die Verbindung noch?«

Ich schaue auf mein Handy, das mit Christians Bluetooth-Speaker verbunden ist, und nicke. Gia beschwert sich zwar völlig zu Recht darüber, dass Ben viel zu viel plappert, aber mir gefällt es irgendwie – selbst wenn es unseren Plan gefährdet.

Ben verstummt schließlich doch. Die gleichgültige Stille, die in diesem Haus wie Staub liegt, kehrt zurück. Hin und wieder knackt es. Gia wechselt von einem Knie auf das andere. Ben wuschelt durch seine Haare. Ich spüre meinen eigenen Herzschlag die Sekunden herunterzählen.

»Da«, wispert Gia nach einer gefühlten Ewigkeit. »Das ist er. Macht euch bereit.«

Ich habe Mühe nachzuvollziehen, woran sie das festmacht, doch dann bemerke ich es auch: den Widerhall von Schritten auf dem alten Holz.

Mit zitternden Fingern starte ich die erste Aufnahme.

Die Treppenstufen ächzen. Jemand ist auf dem Weg nach oben. Das leise Kichern von Kindern beginnt. In jedem anderen Kontext hätte ich das Geräusch nicht als bedrohlich empfunden, ich habe immerhin Emma zu Hause, doch in diesem Haus klingt ein Kinderlachen nicht mehr normal. (Und damit läuft alles ganz nach Plan.)

Ein verknoteter Schopf mit Algenhaaren taucht auf. (Moment. Was?) Selina bleibt vor der Leiter zum Dachboden stehen und schaut sich um. Dann dreht sie sich verwirrt im Kreis, auf der Suche nach der Quelle des unangenehmen Lachens.

Ben berührt meine Schulter. »Was macht sie hier?«, fragt er, seine Lippen bewegen sich, ohne einen Ton zu produzieren.

Panisch zucke ich die Schultern. (Das war es also mit dem Plan.)

»Chris kommt gleich«, gestikuliert Ben.

»Ich weiß«, gestikuliere ich zurück.

»Boah, Jungs«, sagt Gia.

Selina fährt zusammen. Gia stößt die Tür auf und zischt: »Herkommen, Klappe halten, abwarten.«

Linas große Augen wandern von Gia zu Ben – und dann zu mir. Eine Falte schleicht sich auf ihre Stirn. Ich wünschte, ich könnte aufstehen und etwas sagen. Stattdessen hocke ich mit eingeschlafenen Beinen neben dem zerstörten Klo. Selinas Kopf fährt zur Seite, als sich im Stockwerk unter uns erneut Schritte ankündigen.

»Komm«, murmle ich. *»Bitte.«*

Selina drängt sich in das kleine Badezimmer. Wir verschließen die Tür wieder bis auf einen schmalen Spalt. Obwohl der kleine Raum zugig ist und voller kalter Fliesen, heizen wir ihn langsam ganz schön auf. Ein Kind kichert vergnügt. Mir fährt ein Schauer über den Rücken. Dann ist es so weit und Chris erscheint tatsächlich.

Ben hat mir versichert, dass sein Köder funktionieren wird, und obwohl ich nur vage weiß, was er Chris gesagt hat, um ihn herzulocken, scheint er erfolgreich gewesen zu sein.

Christian steht auf der letzten Treppenstufe, in seiner Bewegung eingefroren, das Gesicht blass vor Schreck, die Taschenlampe fest zwischen seine Finger geklammert. Er sieht aus, als wolle er sofort umdrehen und wegrennen.

Hinter mir hebt Gia einen Arm, um Chris besser ins Bild ihrer Handykamera zu bekommen. Ich tippe auf den nächsten Soundeffekt. Füße schlagen in einem schnellen Stakkato auf imaginären Boden. Sie klingen, als kämen sie immer näher, würden Chris direkt passieren und dann wieder leiser werden. Chris weicht zurück, rutscht zwei Treppenstufen ab, ehe er sich am Geländer festhalten und fangen kann.

»What the fuck?«, flüstert er, dann fügt er lauter hinzu: »Luke?«

»Was?«, kommt es von unten.

»Wo bleibst du?«

»Ich muss pissen.«

»Hier ist auch ein Klo«, erwidert Chris gepresst, immer noch unwillig zuzugeben, dass er sich fürchtet.

»Da stinkt's aber.«

Chris murmelt eine Beleidigung in sich hinein. »Beeil dich, Mann!«

»Was ist denn los?«

»Hier ist etwas.«

Lukes ungläubiges Prusten dringt bis zu uns nach oben. Das Getrappel fängt wieder an, unterbrochen von widerhallenden Schlägen, die für meinen Geschmack schon ein bisschen Overkill sind, aber leider gehören sie zu der Aufnahme dazu, und ich habe nichts Besseres gefunden. Chris wird noch blasser. Er ist schon im Begriff abzuhauen, dann kann ich eine Erkenntnis über sein Gesicht huschen sehen. Chris schwingt sich auf die Leiter zum Dachboden und angelt nach dem Lampenschirm. Schließlich kriegt er seinen kleinen Bluetooth-Lautsprecher gegriffen. Ich schalte weiter.

»Hallo, Christian«, dröhnt eine verzerrte Stimme durch das Obergeschoss, Chris lässt den Lautsprecher abrupt fallen. »Ich habe dich bereits erwartet.«

Ben neben mir muss eine Hand auf den Mund pressen, um nicht loszulachen. Ich habe ihm erzählt, was ich vorhabe, aber jetzt, als er meine mit dem Computer bearbeitete Stimme das erste Mal hört, kann er sich wohl doch nicht zusammenreißen.

»Luke!«, schreit Chris.

»Du dachtest, ich sehe dich nicht, oder?«

»Lukas!«

»Aber ich habe dich auch beobachtet, Christian.«

Luke kommt die Treppe nach oben gepirscht. »Was hast du auf einmal?«, fragt er.

Chris wirft ihm den Lautsprecher zu, als hätte er plötzlich einen elektrischen Schlag bekommen. »Das Ding spielt verrückt.«

Luke runzelt die Stirn. Meine Stimme bricht ab. Ehrlich gesagt, ist mir nichts weiter eingefallen, das irgendwie bedrohlich klingt. Doch jetzt, da der Lautsprecher schweigt, ist mein Einsatz gekommen. Für einen Moment zögere ich. Es war nicht geplant, dass Selina dabei ist und alles mitkriegt, doch das ist wohl nur noch eine von vielen Sachen, die ich nicht mehr kontrollieren kann.

Gia gibt mir ihr Handy, ich komme auf die Beine und öffne die Tür.

Chris stößt einen Schrei aus.

»Hi«, sage ich nonchalant. »Du also auch hier. Was für ein lustiger Zufall.«

»Felix!«

»Wow. Wie ich sehe, ist deine Auffassungsgabe unverändert präzise.«

»Ich –«

»Pass auf, du Arschloch. Was auch immer du hier treibst, endet genau heute. Wir wissen, dass du uns gefilmt hast. Was ein ziemlicher Creep-Move ist. Aber vielleicht war dir nicht klar, wie scheiße es sich anfühlt, heimlich gefilmt zu werden?« Ich pausiere gerade lange genug, dass Chris glaubt, antworten zu dürfen, dann unterbreche ich ihn mit dem Ultimatum, das ich mir überlegt habe: »Wenn du hochlädst, laden wir hoch.« Ich halte Gigis Handy in die Höhe.

»Ihr habt mich aufgenommen?«

»Ja.«

»O-kay. Na und? Ist mir doch egal.«

»Das bezweifle ich.«

»Ich hab mehr Footage von euch als ihr von mir. Und ihr habt hier definitiv den seltsameren Kram abgezogen. Vor allem die da.« Chris nickt Richtung Selina, deren Gesicht steinhart wird. »Also ladet ruhig hoch. Ich kann damit leben. Könnt ihr mit euch leben?«

Mir bricht der Schweiß aus, trotzdem öffne ich den Mund, um etwas zu entgegnen. Ich habe gelernt, dass man in einem Schlagabtausch schnell sein muss, sonst verliert man seinen Vorsprung – und ich verliere ihn gerade. Bevor ich jedoch etwas sagen kann, spüre ich eine Hand auf meiner Schulter. Selina schiebt sich an mir vorbei. Sie stellt ihren Rucksack ab, wühlt seelenruhig darin herum und zieht dann ein großes Marmeladenglas heraus. Ein Kuscheltier schwimmt darin. Ihr Fluch. Sie hat ihn also erneuert, nachdem ich abgehauen bin.

»Weißt du, was das ist?«, fragt sie Christian, der das Kuscheltier misstrauisch beäugt. (Es sieht aber auch furchtbar aus mit seinen panisch aufgerissenen Augen, wie eine Kreatur, die lebend eingelegt wurde.) »Das ist ein Fluch. Und ich habe gerade entschieden, dass er für dich ist. Also wenn du so weitermachen willst wie bisher, nur zu. Dann verfluche ich dich.«

Plötzlich herrscht Stille.

Lukas, der hinter Chris auf der Treppe steht, sieht Selina an, als wäre sie eine mächtige Priesterin. Er traut sich gar nicht, etwas zu sagen. Selbst Chris bleibt stumm.

»Na?«, setzt Selina hinterher. »Du glaubst doch sicher nicht an Magie. Willst du es riskieren? Nur zu deiner Information allerdings: Ich bin keine gnädige Person. Wenn ich dich verfluche, wirst du es auch *wirklich* merken.«

»Du bist krank«, bringt Chris heraus.

»Oh, absolut.«

»Ernsthaft. Du hast 'nen Schaden.«

»Ein Grund mehr, mich nicht als Feindin zu haben, oder?«

»Lass uns abhauen«, zischt Lukas.

Christian reagiert nur mit einem unwillkürlichen Kopfzucken. Er und Selina taxieren sich. Für einen Moment steht alles auf Messers Schneide. Doch ich habe Vertrauen in Selinas Fähigkeit, ihr Revier zu verteidigen. Und tatsächlich – endlich tritt Chris einen Schritt zurück.

»Du bist krank«, wiederholt er. »Absolut gestört. Ihr wisst, dass sie hier rumhängt und irgendwelche Ritual-Scheiße macht? Ohne Witz, die glaubt ernsthaft, dass sie eine Hexe ist.«

Ben und Gia tauschen einen Blick. Ich jedoch sage: »Bei Hekates unsterblichem Namen, sie *ist* ja auch eine Hexe.«

»Alter, du jetzt auch? Ist ihr Wahnsinn irgendwie ansteckend oder so?«

Statt einer Antwort zucke ich nur mit den Schultern. Im Grunde braucht Selina keine Verteidigung. Würde ich mich gerne vor sie schmeißen wie ein Superheld, der einen Kugelhagel von ihr fernhalten will, nur um zu demonstrieren, dass mir echt leidtut, wie alles gelaufen ist? Ja. Aber sie würde mich dafür hassen. Zu Recht.

Meine Gleichgültigkeit scheint Chris weiter zu verunsichern. Ohne ein weiteres Wort dreht er sich um und poltert die Treppe hinunter, zurück ins Erdgeschoss. Luke folgt ihm mit einem raschen Seitenblick.

Als die Schritte der beiden verhallt sind und das Haus wieder zur Ruhe kommt, platzt Ben heraus: »Okay, das war einfach nur badass.«

Selina packt zufrieden ihr Fluchglas ein und antwortet nicht. Ich will ihm zustimmen, aber im Moment gibt es wichtigere Dinge zu besprechen.

»Können wir reden?«, frage ich, erst vorsichtig, doch dann habe ich plötzlich keine Lust mehr, ständig um Erlaubnis zu bitten. Wir *müssen* reden. Ich ende nicht einfach sang- und klanglos im nächsten Fluchglas. »Du lagst falsch, Lina. Also mit den Geistern. Die Villa ist nicht verflucht. Ich bin ziemlich sicher, das Rätsel mit den Anrufen lösen zu können, sobald –«

»Soll das eine Entschuldigung werden? Weil, wenn ja, dann ist sie beschissen.« Selina schultert ihren Rucksack. »Und annehmen werde ich sie sowieso nicht.«

»Nein«, erwidere ich. »Keine Entschuldigung, sondern ein überarbeitetes Freundschaftsangebot.«

»Oh, fuck off, Felix!«

»Du bist eine Hexe, und ich bin ein Normalo, und wir sollten endlich aufhören, einander auf die andere Seite ziehen zu wollen. Ich meine es wirklich ernst, wenn ich sage, dass du eine Hexe bist. Ich hab deine Magie selbst gespürt. Außerdem sehe ich doch, wie sie dir hilft. Wer bin ich, das zu beurteilen? Meine einzige Bedingung ist, dass ich mich nicht komplett umkehren muss, damit wir funktionieren. Weil wenn wir funktionieren, sind wir echt unschlagbar. Deal?«

Lina verdreht die Augen, beide Arme verschränkt. Ben und Gia verfolgen stumm unser Gespräch. Das hier muss sehr absurd auf sie wirken, andererseits haben wir gerade eine halbe Stunde in einem verlassenen, stinkenden Badezimmer gehockt, um jemanden mit Geistertönen zu erschrecken.

»Ich kann unsere Freundschaft nicht aufgeben«, füge ich hinzu, und als Selina weiterhin regungslos bleibt, krame ich in meiner Jackentasche nach dem Spell-Jar. Im grellen Gegenlicht unserer Lampen strahlt der Lapislazuli wie ein Splitter blauen Himmels. »Du bist mir wichtig. Sei halt sauer auf mich, aber ich werde nicht wieder abhauen. Ich verspreche es. Das erste Mal war schlimm genug.«

Gigi gibt ein leises »Ooh« von sich.

»Hm. Und was bringt mir dieses Versprechen, *nachdem* du schon abgehauen bist?«, entgegnet Lina. »Ich hab dir einmal vertraut, warum sollte ich es noch mal riskieren?«

»Weil wir einen magischen Pakt daraus machen.«

»Was?«

»Einen Freundschaftspakt.«

Selinas Augenbrauen senken sich. »Willst du mich jetzt manipulieren oder was? Denkst du, ich bin so leicht rumzukriegen?«

»Nein, natürlich nicht. Das ganze Konzept von *Rumkriegen* ist eklig. Ich will nur zeigen, dass es mir ernst ist. Aber wenn du wirklich nichts mehr mit mir zu tun haben willst«, für einen Moment halte ich inne, es ist schwer weiterzusprechen, »dann ist das auch okay. Ich habe jedenfalls einiges von dir gelernt.«

Gigi und Ben fixieren Selina und warten fast genauso angespannt auf ihre Antwort wie ich. Lina seufzt. Sie setzt ihren Rucksack wieder ab. »Hab ich das richtig mitgekriegt?«, fragt sie. »Dieser Vollhorst hat uns gefilmt? Und das hier sollte deine Rache sein? Heilige Hekate, von wegen *einiges gelernt*. Ich muss dir noch so viel beibringen!«

BB Wochenblatt

Autor: Felix Laubmeyer
fl@bbwochenblatt.de

Ein Spukhaus mitten in der Großstadt

Was nach einer Gruselgeschichte von Shirley Jackson klingt, ist für die Anwohner:innen der Constanzenstraße zur seltsamen Wirklichkeit geworden: Sie leben Tür an Tür mit Geistern.

Der Grund des Spuks? Die Gründerzeitvilla Theodora. Das baufällige Haus steht am Eingang der Straße gegenüber vom Bezirksschwimmbad. Gerüchten zufolge wird es schon seit Jahrzehnten heimgesucht, doch nie gab es so merkwürdige Vorfälle wie jetzt. Seit September 2023 hat das Haus nämlich angefangen zu telefonieren. Wie das gehen soll? »Geister«, ist sich Birgit Müller sicher, die als eine der Ersten den berüchtigten Anruf erhalten hat. »Ich hab ein Gefühl gekriegt, das war nicht von dieser Welt«, sagt sie. »Ich bin sicher, dass das kein Mensch in der Leitung war.« Im ganzen Constanzenkiez stimmt man ihr zu, vom neuen Immobilienbüro bis zum eingesessenen Kleingartenverein. Eine Frage stellt sich allerdings: Wieso akzeptieren wir in unserer fortgeschrittenen Zeit immer noch Geister als adäquate Begründung? Sollten wir nicht tiefer graben? Schauen wir uns einmal die Fakten an: Am 03.09.2023 beginnt der Tag ganz unscheinbar, eine dünne Wolkendecke bedeckte den Himmel und die Firma Inter Bau benötigt für ihren neuen **Auftrag Zugang zum Stromnetzwerk…**

[Fortsetzung auf Seite 6]

34

»Wär echt blöd, wenn jetzt einer von uns dringend auf Klo müsste«, bemerke ich, während Selina das rosafarbene Band um unsere beiden Hände schlingt, vom Gelenk zu den Fingern, bis unsere Handflächen fest aufeinanderpressen.

»Dann hältst du eben an«, brummt sie und wedelt mit einem Räucherstäbchen herum.

»Und wenn ich Durchfall kriege? So richtig schlimmen? Den kann man nicht anhalten.«

»Dann«, Selina zögert und lässt das Räucherstäbchen sinken. Schließlich, nachdem ihr entweder nichts oder nur ein sehr merkwürdiges Szenario zur Lösung einfällt, fängt sie an zu lachen. »Ach, konzentrier dich einfach, Mann.«

»Okay, okay.«

Wir sitzen am Küchentisch und die Sonne scheint schräg durchs Fenster. Die Brombeerbüsche vor der Villa sind noch kahl, doch ein paar verschrumpelte Blätter vom letzten Jahr tänzeln träge und hinterlassen Schatten auf dem Holz. Zwischen uns liegt ein großer Brocken Rosenquarz.

Selinas Augen treffen meine.

»Bereit?«, fragt sie.

Ich nicke und hole tief Luft. »Mögen unsere Leben immer so verbunden bleiben wie unsere Hände heute verbunden sind, in schlechten und in guten Zeiten, in Leid« – ich spüre Selinas Hand in meiner kurz zucken – »und in Freude. Selbst wenn wir uns einmal verlieren« – dabei muss ich schlucken –, »werden wir immer wieder zusammenfinden.«

Selina lächelt. Sie löst das rosafarbene Band. »Hast du gut gemacht.«

»Habe gestern den halben Tag daran gefeilt.«

»Dachte ich mir schon – du musst mich übrigens nicht weiter festhalten.«

»Oh, sorry.«

Wir stehen auf und räumen die Reste unseres Rituals zusammen.

»Wann, meinst du, wird es losgehen?«, fragt Lina.

»Im Internet stand etwas von nächster Woche. Aber mit so Abrissarbeiten weiß man nie, das verzögert sich doch immer.«

Lina blickt sich um. In ihrem Gesicht hängt Schwermut. Wir gehen noch einmal alle Räume ab, in denen wir uns aufgehalten haben, angefangen mit dem Dachboden. Ich war nie wirklich dort, aber Selina zieht eine Tüte mit alten Sportklamotten unter einer zerbrochenen Diele hervor.

»Die wollte ich noch verbrennen«, sagt sie, beinahe amüsiert.

»Das wird jetzt wohl nichts mehr.«

»Nein.«

Bis in den Keller steigen wir hinunter, dann treten wir in den Garten hinaus. Der Winter ist noch in vollem Gang, trotzdem ist es schön hier. Die braunen Brombeerranken türmen sich zu hohen Wänden.

»Das werde ich vermissen«, sage ich. »Man war hier wie in seiner eigenen Welt.«

»Ich versteh auch nicht, warum die jetzt darauf kommen, die Villa abzureißen. Gibt es da keinen Denkmalschutz? Du warst doch beim Bauamt, hast du nachgefragt?«

»Nee, nur wegen des Stroms.«

Selina seufzt. »Ich kann nicht glauben, dass der ganze Spuk wirklich an einem Defekt gelegen haben soll. Und dass du auch noch einen Artikel darüber geschrieben hast wie der größte Streber ever!«

»Ach, niemand liest unsere Bezirksnews.«

»Ich hab sie gelesen. Also dieses eine Mal. Deinen Rant über *das menschliche Bedürfnis, sich Geschichten auszudenken,* konntest du dir wieder nicht verkneifen, was?«

Ich muss schmunzeln. »Sorry.«

»Ach was, du kannst gut labern. Wenn ich mir dich in zehn Jahren vorstelle, bist du so ein richtig langweiliger, arschfreundlicher Naturwissenschaftler. Vielleicht erforschst du Meerestiere oder so. Aus der Steinzeit. Und ich …«

»Und du?«

Selina starrt auf die stumpfen Scheiben des Gewächshauses. Ich weiß, was sie denkt. Dass sie einen Weg sucht. Aber wir stehen beide noch ganz am Anfang – ich muss überhaupt erst eine Richtung finden, und Selina muss sich entscheiden, ob sie die Richtung ändert. Vielleicht will sie noch nicht darüber reden.

»Ich mach eben mein Ding«, sagt sie schließlich. »Und geh dir dabei gehörig auf die Nerven.«

»Also alles wie immer.«

»Fee?«

»Hm?«

»Danke. Als du mir damals deine Nummer gegeben hast, damit ich dich im Notfall um Hilfe bitten kann, hat mir das viel bedeutet.«

In meinem Hals steckt plötzlich ein dicker Knoten. Selina wendet den Blick vom Gewächshaus. Ich blinzle angestrengt. Sie kommentiert meine mühsam zurückgehaltenen Tränen nicht, stattdessen fährt sie fort: »Ich glaube, wenn Emma einmal groß ist, wird sie dir auch sehr dankbar sein. Ist es fair, dass du so viel für sie machen musstest? Nope. Finde ich es gut, dass du das jetzt änderst? Definitiv. Aber denk ja nicht, dass es umsonst war. Du hast ihr damit das größte Geschenk gemacht, das man jemandem machen kann.«

»Meinst du?«, erwidere ich und senke den Kopf, damit ich unauffällig mit dem Jackenärmel meine Wangen betupfen kann.

»Du hast ihr ein normales Leben geschenkt. Das warst du, Fee. So was schafft man nicht einfach mal nebenbei.«

In den Brombeerbüschen zwitschern die ersten Vogelstimmen des neuen Jahres. Zu beschämt, um Selina zu antworten, konzentriere ich mich auf den zertretenen Boden. Mittlerweile haben wir kleine Pfade im Garten hinterlassen: vom Keller bis zum rückseitigen Zaun, um das Haus herum, zu der Bank neben der Vogeltränke. Wahrscheinlich werden sie bald wieder verschwinden, spätestens wenn *Theodora* abgerissen wird. Ich schaue die Fassade hoch. Oben auf dem Dach hängt die gebogene Antenne, in den Fenstern die weißen Geistervorhänge. Beim Anblick des alten Hauses empfinde ich keinen unangenehmen Schauer mehr, eher Dankbarkeit. Selina hat recht: Ich habe lange gekämpft, um an dieser fremden Küste atmen zu lernen. Aber jetzt bin ich hier. Und jetzt geht es weiter.

35

Von: ajc@gmail.com
An: fl@bbwochenblatt.de

Betreff: Theodora

Lieber Herr Laubmeyer,

vielen Dank für Ihren informativen Artikel in der letzten Ausgabe. Ich habe ihn sehr gerne gelesen. Leider muss ich Ihnen mitteilen, dass Sie falschliegen. Ihre Theorie mit dem Strom ist schön und gut, doch die mysteriösen Anrufe haben schon vor dem September und damit den Bauarbeiten der Firma InterBau begonnen. Ich bin mir dessen sicher, denn ich habe selbst einen Anruf erhalten, und zwar am 14.05.2023 um circa 15 Uhr. Bitte beenden Sie Ihre Nachforschungen noch nicht. Ich möchte wirklich wissen, was mit diesem Haus los ist.

Mit freundlichen Grüßen

AJC

EPILOG

»Du siehst aus wie ein Panda«, sagt Ben. »Komm mal her.«

»Besser krieg ich es nicht hin. Wo hast du schminken gelernt?«

»Gigi.«

»Und woher kann sie das so gut?«

»Mädchen halt.«

»Das ist sexistisch.«

Ben lacht. »Stimmt. Eigentlich ist mein Lidstrich besser als ihrer.«

Ich lasse mich auf mein Bett sinken. Ben stemmt sich in die Höhe, um mit einem Daumen über meine Augenbraue zu streichen. »So wird das nichts«, murmelt er, während sein Gesicht so nah vor meinem schwebt, dass ich mich nur einige Zentimeter vorbeugen müsste, um ihn zu küssen. »Hast du Abschminkpads? Mizellenwasser?«

Ich werfe ihm einen Blick zu. »Was glaubst du wohl?«

»Ugh, ich frag deinen Papa nach einer Creme und Taschentüchern.«

Bevor ich ihn aufhalten kann, ist Ben aufgestanden, hat meine Zimmertür geöffnet und ist im Flur verschwunden. Er trifft dort auf Emma, die seine Meinung zu ihrem diesjährigen Halloween-Kostüm abholen will.

»Hella fucking creepy!«, ist Bens begeisterter Kommentar.

»Nicht vor meiner Schwester fluchen!«, rufe ich.

»Sie findet das aber lustig!«

»Sie findet auch Kettensägen lustig, deswegen musst du noch lange keine mitbringen!«

Aus dem Flur kommt nur ein verhaltenes Lachen. Ich stelle mich vor meinen Spiegel, der, eingeklemmt zwischen Bett und Schrank, an der Wand lehnt. Es ärgert mich mehr, als vernünftig ist, dass Ben mein Gesicht mit einem Panda vergleicht, wo ich fast eine Stunde mit dem Make-up zugebracht habe. Wir gehen auf eine Halloween-Feier, meine erste überhaupt, und ich wollte einen passablen Jack Skeleton abgeben. Ich habe sogar einen alten Anzug von Papa mit Nadelstreifen bemalt.

Ben kehrt mit einer Dose Nivea und einer Packung Taschentücher zurück. »Also wir müssen nur die Ränder ein bisschen hübsch machen, dann ist es eigentlich …«

»Vielleicht schmink ich mich besser wieder ab.«

»Was? Nein, du siehst voll gut aus! Halt jetzt still.«

Ben schiebt eine Hand unter mein Kinn und beginnt, meine Wangen zu bearbeiten. Ich werde rot.

Er bemerkt es und murmelt: »Du bist süß.«

Ich wünschte, meine Zimmertür stünde nicht sperrangelweit offen. Jede Sekunde könnten Emma oder Papa reinplatzen und sehen, wie Ben mich komplett aus der Fassung bringt. Das macht er gerne. Seitdem er mir vor einigen Monaten gestanden hat, dass er etwas für mich empfindet, sehen wir uns fast jeden Tag. Ich habe es an dem Punkt schon zu ahnen begonnen, so unglaublich und wunderbar es mir auch vorkam. (Genauso unglaublich wie die Tatsache, dass ich es so wunderbar fand. Ich musste nicht einmal darüber nachdenken.)

»Kommt Lina hierher?«, fragt Ben, während er tupft.

»Sie hat noch Training, ich glaube, sie fährt gleich zur Party.«

»Also ist sie wieder voll ins Eislaufen eingestiegen?«

»Seit letzter Woche. Aber nicht mehr kompetitiv.«

»Comparison is the thief of joy«, säuselt Ben gedankenverloren und kramt in Emmas Faschingskiste.

»Roosevelt? Ernsthaft? Manchmal klingst du wie ein alter Mann.«

»Ja, das ist Absicht, denn weißt du, es ist so: Wenn ich nicht ein bisschen ulkig wäre, wäre ich *zu* sexy, und das würde nur unnötig den Weltfrieden gefährden.«

»Interessante Theorie.«

Ben grinst. Er geht als Damiano David, dem Frontmann von Måneskin, weil – natürlich. Als ob Ben eine Gelegenheit auslassen würde, sich exzentrisch zu kleiden und mithilfe eines tiefen Ausschnitts das neue Tattoo zu präsentieren, das ihm seine Eltern erlaubt haben.

Halloween ist in diesem Jahr deutlich milder als im letzten. Statt Nebel zieht der Rauch von Lagerfeuern durch die Straßen. Es hängen immer noch große Büschel Blätter an den Bäumen. Wir laufen zur Bushaltestelle, doch auf halbem Weg bleibe ich stehen und frage: »Können wir einen kleinen Abstecher machen?«

»Schon wieder?«, fragt Ben.

»Es ist Jahrestag.«

Wir biegen in die Straße vor dem Schwimmbad ein. Die Bauzäune sind verschwunden, die Brombeerranken auch. Auf dem Grundstück der Villa steht das Gerippe eines angefangenen Neubaus. »Hässlich«, sagt Ben.

Ich will ihm gerade antworten, als ich eine Bewegung zwischen den blanken Mauern sehe. Für einen Moment bin ich wieder sechzehn und jage einer Geistergeschichte hinterher. Dann sehe ich einen grünblauen Schimmer wie von Algen.

»Lina?«, frage ich.

Selina steckt den Kopf aus einer Fensterhöhle. »Was zum Teufel macht ihr hier?«

»Dasselbe könnte ich dich auch fragen! Hast du nicht Training?«

»Ey, das ist jetzt mein Hobby, ich hau ab, wann es mir passt … und ich war nostalgisch drauf.«

Ben prustet. »Fee genauso. Es ist langsam ekelhaft, wie ähnlich ihr euch seid.«

»Wir sind uns kein bisschen ähnlich«, sagen Selina und ich unisono.

Ben schaut uns an. »Obvi. Na los.« Er klettert durch das Fensterloch. »Kommt. Lasst uns schauen, ob es sich wenigstens gelohnt hat, unsere liebe Theodora zu zerstören.«

»Hat es nicht«, erwidert Lina, während Ben vorangeht und ich ihm folge.

Weißer Baustaub knirscht unter unseren Schuhen. Es gibt nicht viel zu sehen: grauer Boden, graue Wände, die Ringe eingetrockneter Pfützen auf kahlem Beton, Durchgänge ohne Türen, Treppen ohne Geländer, alles seelenlos. Was für ein trauriges Labyrinth.

Ben streicht mit den Fingern über einen Stahlträger. »Damit ist der Spuk wohl endgültig vorbei, was?«

»Logisch ist er das«, kann ich mir nicht verkneifen zu antworten, »denn wie jeder weiß, hassen Geister Neubauten. Zu den heimsuchbaren Gebäudetypen gehören nach dem paranormalen Kodex von 1899 nur Burgen, Villen, alte amerikanische Eigenheime und Friedhöfe, nichts anderes.«

Ben verdreht die Augen. »Klugscheißer.«

»Ich meine ja nur.«

»Fee ist bloß sauer, weil seine Theorie mit dem Strom zerschlagen wurde«, mischt sich Selina ein.

»Sie wurde nicht zerschlagen«, kontere ich. »Wir haben keine Möglichkeit zu überprüfen, was in diesem Leserbrief behauptet wird, und das ist Absicht. Der Absender – oder die Absenderin – hat ja nicht einmal einen Namen genannt. Wenn man ein Rätsel gelöst haben will, sollte man sich wenigstens minimal hilfreich verhalten.«

»Sag ich ja: sauer.«

»Ich wette, es war Chris«, kommt Ben mir zuvor, ehe ich ein Gegenargument zum Zurückschießen gefunden habe. »Würde ihm doch ähnlich sehen, deinen Artikel runterzumachen.«

Nachdenklich kaue ich auf meiner Unterlippe herum. Vielleicht hat Ben recht. Vielleicht stammt der unbekannte Leserbrief von Chris und ist sein letzter Versuch, den Spuk aufrechtzuerhalten. So oder so – wir werden es nie herausfinden können. Theodora ist tot und hat ihre Geheimnisse mit ins Grab genommen.

»Was ist eigentlich mit dir?«, fragt Ben. »Wo ist dein Kostüm?«

»Meins?« Selina klopft auf ihren Rucksack. »Das hab ich dabei, gib mir zwanzig Minuten in Melanies Badezimmer.«

»Okay, aber das werde ich der Jury mitteilen, dass du noch nicht fertig bist.«

»Die Jury ist nur Mel und ich hatte gerade Training! Wie soll ich mich da bitte verkleiden?«

»Hey, du wolltest an Halloween einen Kostüm-Wettbewerb machen! Ich nehme so was halt sehr ernst.«

Lina wirft Bens blanker Brust einen Blick zu. »Das sehe ich.«

»Meine Augen sind hier oben, Selina.«

Ich muss lachen. »Ihr seid beide blöd. Hört auf zu streiten und genießt lieber den Abend. Wie war dein Training?«

Selina geht nicht auf die Frage ein. »Der macht sich schon wieder zu viele Sorgen«, sagt sie, an Ben gewandt.

Ben greift meine Hand. »Macht mein Freund immer.«

Mein Freund.

»Hey, sag mal, was wird das hier? Verschwört ihr euch gegen mich?«

»Chill, Felix.« Wir haben die Rückseite des Rohbaus erreicht, Selina balanciert eine Holzrampe hinunter und springt in den ehemaligen Garten. Dort kreuzen sich Baggerspuren und hin und wieder lugt ein Brombeerzweig aus der Erde. »Wie pflegt ein guter Freund von mir zu sagen? In drei Millionen Jahren ist sowieso alles egal.«

Ein guter Freund.

Im Garten gibt es nichts mehr zu sehen, also gehen wir zurück zur Straße. Dort stehen wir dann für einen Moment, und ich stelle mir dieses eine besondere Wort vor, wie es als Leuchtreklame im Himmel hängt, genau dort, wo sich das Haus befunden hat: *Freund.* Und obwohl ich es immer noch nicht so richtig glauben kann –, damit bin ich gemeint.

DANK

Es gibt viele Leute, ohne die dieses Buch wahrscheinlich nicht existieren würde. Allen voran gilt der Dank meinen Eltern: Meiner Mutter, die jeden Text begeistert liest, egal, wie unausgereift er noch ist, und meinem Vater, der die Hoffnung nicht aufgibt, dass ich irgendwann mal etwas wie Indiana Jones schreibe (sorry, Papa). Meinem Mann kann ich nur wie immer für einfach alles danken.

Hanna Schneidawind leitete dieses Projekt in die Wege und Madita Hofmann hat wunderbar in der Mitte übernommen, ich bin sehr froh über ihre vielen Tipps und Verbesserungen. Marie Völkening danke ich für ihren Einsatz in der Übergangsphase. Genauso danke ich allen anderen aus der Agentur Langenbuch & Weiß – Gesa, Kristina und Jessica – sowie dem Team von Magellan.

Ohne meine Testleserin Felicitas Drews hätte ich nur halb so viel Zuversicht in die Wirren des Schreibprozesses und ohne Jascha Schmitz und Celia Wicher wäre jede Arbeits-Session deutlich anstrengender.

Der letzte Dank gilt meinem Hund – dafür, dass er mir (manchmal) erlaubt hat zu schreiben, obwohl die Welt gerade so wahnsinnig interessant ist.

Als Kind verfasste Anne Hoffmann am liebsten Detektivgeschichten. Keine davon schrieb sie je zu Ende. Mittlerweile interessiert sie sich mehr für die zwischenmenschlichen Rätsel: Freundschaft, Liebe, komplizierte Gefühle, aber auch psychische Probleme. Sie wurde 1990 geboren, hat Literaturwissenschaft studiert und lebt mit ihrem Mann in Berlin. Tatsächlich schreibt sie ihre Bücher nun auch zu Ende.

Content Note

Dieses Buch enthält sensible Themen:

Umgang mit vergangenem Verlust und Trauma
Mobbing
Parentifizierung
Flashbacks
Gaslighting
Chronische Schmerzen

Hilfeseiten und Kontaktmöglichkeiten findet ihr unter:

Natürlich magellan®

FSC
www.fsc.org
MIX
Papier | Fördert gute Waldnutzung
FSC® C083411

Wir pflanzen Bäume
Für unsere Umwelt
www.magellanverlag.de

Hergestellt in Deutschland
CO_2-Ersparnis durch kurze Lieferwege
Gedruckt auf FSC®-zertifiziertem Papier
Lösungsmittelfreier Klebstoff
Drucklack auf Wasserbasis
Farben auf Pflanzenölbasis

Weitere Infos gibt es hier:

www.magellanverlag.de/natürlich

1. Auflage 2024

Dieses Werk wurde vermittelt durch die Langenbuch & Weiß Literaturagentur
Text: Anne Hoffmann
Lektorat: Madita Hofmann
Herstellung: Romy Schulz, Ilona Falk
Umschlaggestaltung: Carolin Glaser
unter der Verwendung von Motiven von shutterstock:
Raggedstone / Illia Vakulko
Druck: CPI, Leck
ISBN 978-3-7348-5082-0

www.magellanverlag.de